爱情高级定制

【下册】

艾小图 著

青岛出版社
QINGDAO PUBLISHING HOUSE

第十章
节外生枝

说实话，周放从未对任何人说过自己的理想，以前和汪泽洋都不曾说过。素不相识的苏屿山是第一个知道她梦想的人，他的理解和支持让周放有种得遇知己之感。而反观让她心动的宋凛，一大盆冷水泼下来，让她感到失落。她不愿比较，因为这种比较对宋凛是不公平的。

对于宋凛的揶揄，周放没有再回应什么。

不管他怎么看，她就是有股想把梦做成真的牛脾气。

那天之后，苏屿山又联系了周放好几次，周放一直没有正面回应，甚至没有和公司副总们商量的意思，她承认，她有几分感情用事。

这么多年的经营过程中，周放第一次遇到这么大的诱惑，她实在不知道该如何选择。

烦恼了一个星期，周放感觉到实在太压抑，压抑得她的情绪几近爆发。

按照惯例，周末，周放约了秦清去做美容。

美容的全程秦清一直在自说自话，吐槽“五三”如何纠缠不清，抱怨自己着了一只小狐狸的道。她自己感觉不到，周放却是看得清清楚楚，那哪里是烦恼，分明是女人坠入爱河后的甜蜜抱怨。

想到自己的那些烦恼，周放想想还是决定不要带坏秦清的情绪了，因此没有开口。

两人一起吃饭，秦清也是按照惯例选了家排队能排死人的火锅店。

坐在店外的等候区，秦清依然在叽叽喳喳，像有说不完的话。周放心不在焉地听着，手机突然收到了一封邮件，屏幕上显示了发件人和标题。

“苏屿山：以下是我的诚意，你可以再考虑。”

周放想了几秒，还是把邮件点开了。

邮件内容并不长，关于入驻周放公司，苏屿山提到了三倍的价格，并且给出了更优厚的条件：以一亿人民币的价格入股周放的公司，持有百分之四十的股份，并承诺在一年内会把生活馆建好，以示诚意。周放的公司若是得到百赛的融资，有百利而无一害。百赛是上市公司，又是最大的 C2C 平台，和百赛合作，利于品牌的经营。如果顺利，衣谜两年内就能 IPO（首次公开募股），不出意外，在股市至少可以融资三十倍市值。

这简直是天降馅饼，周放自己都觉得有点儿难以置信。

苏屿山的穷追不舍让周放感到诧异，她实在不能理解，他那么大的老板，为什么会对她这么一个市值两三千万的公司感兴趣，并且愿意花三倍的价钱扶植她？这不符合逻辑。周放始终怀疑苏屿山的目的。

周放想了想，决定问清楚，她拿着手机找了个僻静的角落打了过去。

周放没指望苏屿山立刻回应，让人意外的是，电话那头居然很快就接听了。

没有谈那些条件，周放只是提出了自己的疑问。

“为什么是我？”

苏屿山似乎对这个问题早有准备，语速不紧不慢。

“没有人能永远当龙头老大，盛极则衰，月盈则亏，所以，我必须有危机意识。现在市面上发展快的公司不少，远的不说，April 就是典型，眼看他们公司的 B2C 平台流量越做越大，我也害怕有一天会被威胁到。”

“你认识宋凛？”

苏屿山道：“当然。”

周放忍不住皱眉：“你是故意找我的？”

苏屿山顿了顿，坦荡地回答道：“能从宋凛手里讨到便宜的女人，脑子一定非同寻常，百赛需要你这样的人才。”

周放冷静地问他：“看来你从头到尾都很清楚我和宋凛的关系。”

苏屿山笑道：“我想把你当枪，想必你也不会愿意。我扶植你，只是因为我需要市面上有个公司可以抵挡 April，不至于让火烧到我身上。”

周放对于这个答案有些意外，却又觉得确实合乎常理，一时也有些纠结，她沉默了几秒，回复苏屿山：“让我考虑一段时间。”

就在周放要挂断电话的那一刻，苏屿山突然说话了。

“周放，问问你自己，你做这个公司到底是为了什么？”苏屿山顿了顿，说话始终逻辑清晰，简明扼要，“你是对自己没有信心，还是对他没信心？”

两天后，苏屿山大大方方地约周放吃饭，周放考虑了一会儿，答应赴约。

苏屿山是业内大佬，他的公司三年前已经在纽交所上市，身家数十亿美元。若他真想对周放出手，靠资本就能压死她，周放无力抵抗，以卵击石也只是死得悲壮点儿而已。以苏屿山的地位，他也骗不着周放什么，周放那点儿钱，他哪里看得上？

苏屿山倒是贴心，约的地方在周放家附近的购物中心，是一家寻常的滇菜馆，周放下班回家就可以路过去吃饭。

周放到了店里，才发现林真真居然也在，有点儿吃不准苏屿山的意思。

隔着包厢的大圆桌，周放选了个离苏屿山最远的地方坐下。

苏屿山对此没有反对，见周放坐下，只是抿唇笑了笑。

“本以为你被我吓到，不会来了。”

服务员给周放倒了一杯茶，周放端起来喝了一口。

“怎么会，苏总给了我那么好的条件，我巴结还来不及。”

苏屿山笑而不语，周放的世故，在他意料之中。

当着林真真的面，苏屿山讲了很多融资的细节，周放听得认真，但鲜少回应，生怕自己一个不察说错话。

不过滇菜够辣，周放倒是吃了不少。

这顿晚饭在轻松的氛围中结束，苏屿山亲自去签单，周放和林真真紧跟着走出去。

林真真意味深长地看着周放，苏屿山就在不远处，两人没有说话，周放也不屑和她说什么。

三人一同下了扶梯向停车场走去。

刚下到一层，周放就发现，远处有一个绿头发的姑娘突然穿过人群，急匆匆地走了过来。

人走近了，周放才确定，那绿头发的姑娘确实是宋凛的女儿宋以欣。

在这里碰到宋以欣倒是不奇怪，毕竟宋凛住在这附近。可是在这里宋以欣和林真真碰到，且是在苏屿山面前，不得不说，场面很诡异。

宋以欣站在林真真面前，看到宋以欣的那一刻，林真真的眼神有些慌乱，但在苏屿山面前，她始终保持着若无其事的样子。

林真真微笑着从宋以欣身边走过，仿佛不认识她一样。对于林真真的无视，宋以欣也不哭闹，只是倔强地又绕到她面前。

苏屿山大概从来没见过宋以欣，眉头微蹙，看向林真真：“怎么回事？”

林真真瞥了苏屿山一眼，没有说话，她没有认宋以欣，也没有回答苏屿山。

宋以欣见林真真还是没反应，始终一脸漠然，眼眶一下子就红了。

周放眼看着那颗一贯嚣张跋扈的绿脑袋颓丧地垂了下去，忍不住鼻头一酸。周放也不知道自己怎么了，突然同情心爆发。

那孩子失望沮丧的样子，看上去实在太可怜了。

周放一把将宋以欣拉到身边，笑眯眯地对苏屿山解释道：“这是我朋友的孩子，从小没妈，大概是看林小姐长得亲切。”说着，她拍了拍宋以欣的头，“别挡着人家的路，走了走了。”

说完周放拉着宋以欣就走：“苏总，那我先带孩子回去了。您慢走。”

苏屿山很久没有亲自开车，也很久没有带林真真一起去吃饭了。

事实上，他离婚后，林真真就没怎么见过他了，他每天睡在哪里，只有他自己知道。

这顿饭林真真吃得忐忑不安，她心里清楚，这场鸿门宴针对的是她，而不是周放。

苏屿山今晚心情不错，甚至笑了好几次，看得出来，他很欣赏那个叫周放的女人，这让林真真有种危机感。

苏屿山开着车，只有他和林真真两个人时，他面上温柔的表情便敛去了，又恢复了平时的冷酷无情。

“感觉到差距了吗？”苏屿山毫不留情地打击林真真，“这就是现在在宋凛身边的女人。”

“你什么意思？”林真真警觉之心顿起。

“没什么意思，只是觉得她还不错。”看向林真真，苏屿山突然语重心长地道，“人还是要和自己层次差不多的人在一起。你啊，别再做那些不切实际的梦了。”

苏屿山越说越直白，林真真觉得自己好像被扒光了衣服扔在马路上一样，愤怒、羞愧、难堪，种种纷乱的情绪突然袭来，她心中五味杂陈。

“你想甩掉我？”

苏屿山笑了：“别说得那么难听，都是你情我愿的事。最开始你愿意跟我，不也是为了钱吗？”

林真真缓缓地低下了头，沉默了几秒，随后深吸了一口气：“苏屿山，我得了癌症。”

“嗯。”苏屿山神色淡定，仿佛林真真说的是“我没吃饭”这样无关痛痒的话。他转过头，微笑着看着林真真：“想要多少钱？一千万怎么样？够治病吗？”

林真真怔怔地看着苏屿山，脑子里一闪而过的是自己苟延残喘一般的生活和宋以欣被周放带走时那失望的表情。这些年，她把自己活成了一个笑话。

林真真的眸子逐渐暗淡下去，她没有继续这个话题，只是不甘心地问苏屿山。

“她到底哪里特别？”

苏屿山没有回答林真真。

在苏屿山心中，周放特别吗？并不是。只是很难得，在这个圈子里，周放还保存着几分孤勇和天真，很像当年的她。

苏屿山刚创业时，所有人都觉得他是疯子，只有她陪他一起疯。百赛最艰难的时候，是她跟着他没日没夜地熬，直到把她累垮……

他说有一天会让百赛在纽交所上市，会带她一起去敲钟，可后来，伊人不再。

她跟着苏屿山吃了那么多苦，可终究没有看见百赛走向辉煌。

万众瞩目的纽交所，他一个人完成了敲钟仪式。

用了十年，苏屿山终于兑现了最初的诺言，可是最想与之分享喜悦的人不在了，一切都变得没有意义了。

这么多年，他结了婚，又离了婚，谈过很多次恋爱，也与很多女人逢场作戏，却再也没有遇到过一个女人像她那般坚韧、勇敢、慧黠，在事业上与他齐头并进，在他最痛苦的时候能给他依靠。

也许再也没有这样的女人了。

现在的大多数女人，只是依靠着男人改变命运，或者平庸地过完一生。没有人理解他建造的商业王国，也没有人懂得他的自我实现。

这个周放也许有些特别之处，可终究比不上她。

宋以欣不想被周放牵着，离开林真真的视线后，她用力甩开周放的手，一个人要往外冲。周放也没客气，直接扯着她卫衣的帽子就走，跟扯狗绳似的。

拽叛逆期的小姑娘真是技术活，这孩子跟她爸一个德行，都是得了狂犬病不打针的那种。为了把宋以欣拽上车，周放可真是花了不少力气，等坐上车的时候，周放已经满头大汗了。

周放开车出了停车场，还不忘提醒宋以欣："把安全带系上。"

宋以欣把书包往挡风玻璃上一摔："你怎么这么爱多管闲事，为什么要把我拉走？"

周放年轻，也没有和这种叛逆期的小孩打交道的经验，被宋以欣这么一说也发怒了，一踩刹车，直接在路边停车。

"那你下车。"

宋以欣脾气大，连书包都不要了，二话不说就直接跳下车，头都不回就走了。周放脾气也大，不耐烦去哄个绿毛丫头，她一踩油门，开着车就往家走了。

周放开了一会儿，从后视镜里看到宋以欣突然蹲在了路边，双手抱着腿，那绿脑袋埋进了臂弯里，后背一抖一抖的，明显是在哭。

周放想了想觉得宋以欣挺可怜的，又把车倒了回去。

下车后，周放把宋以欣的帽子一拎，宋以欣下意识地抬头，满脸泪痕，稚嫩的脸哭得像只小花猫。她看见来人是周放，又把头别过去。

"不要你管我。"

"你以为我想管啊？"周放啧啧两声，"瞅瞅这没妈的孩子。"

"你……你居然敢这么说我！你以为你很好吗？！"

周放挺了挺腰板，嘴皮子还是一贯的溜："我当然好，我有妈，我妈对我可好了。"

“你……”被戳到了痛处，宋以欣再也克制不住情绪，呜呜地哭了起来，“我妈是真的不要我了吗？”

宋以欣一脸期待地看着周放，等待着她的回答。

周放同情地看了她一眼：“显而易见，她就是不要你了啊，可怜见的。”

“呜……”宋以欣哭得更凶了。

周放头疼地揉了揉太阳穴，忍不住叹了口气。

唉，小孩子真难哄啊。

宋凛可真是不容易，怪不得他老动手。要是周放生了这样的孩子，都想把她给塞回去了……

宋以欣这个小孩再怎么小怪物也不过是个15岁的高中生，虽说哭个没完，但也没耽误她在哈根达斯里吃掉三个酸奶球。

这姑娘猴精，之前还和周放撇清关系，付钱的时候倒是自觉地往后退。

周放觉得她这样子很好笑，故意说道：“刚才不是还跩得很，说不要我管吗？你爸那么有钱，你自己付。”

宋以欣耸耸肩，理直气壮地说：“我是小孩，你是大人，哪儿有大人带小孩出来，让小孩自己付钱的道理？”

她话说得挺满，眼神其实还是慌乱的。宋凛对孩子的经济管束很严，大约是真怕周放不付钱就跑了，宋以欣一只手已经不自觉地拉住了周放的衣角，这举动把周放逗得忍不住笑了起来。

虽然宋以欣有时候叛逆得让人想打死她，但是周放倒是没觉得她讨厌。

付完钱，周放也没理她，拎着包优哉游哉地往外走。宋以欣这会儿彻底老实了，安安静静地跟在周放身后。

“你还跟着我做什么？”周放回头看着她。

宋以欣撇嘴：“你住我爸对面，顺便带我一路。”

周放双手环胸，意味深长地笑着说：“对你这种不礼貌的小孩，我从来都不顺路。”

宋以欣已经熟悉了周放的“套路”，立刻服软：“阿姨，您顺便带我一路行吗？”

周放心满意足：“乖。”

周放把宋以欣带回家，刚一出电梯，宋以欣就冲到宋凛门口狂捶门。宋凛刚把门打开，两人还没说上话，宋以欣已经一阵风似的冲进了厕所。

眼前这一幕让宋凛忍不住皱起了眉头。

“怎么回事？”

周放掩嘴笑着：“大晚上的，三个酸奶冰淇淋吃下去，也是要闹肚子了。”

宋凛皱了皱眉，有些疑惑地看向周放：“你们怎么会一起回来？”

周放轻咳两声，回答：“吃完饭在商场里碰到的。她想找林真真，林真真没认。”

“有苏屿山在场？”

周放诧异地啊了一声：“你怎么知道的？”她明明还没说啊？

周放的坦荡反而让宋凛的眼神变得意味深长。

“你去见了苏屿山。”他用了陈述的语气。

周放抬头看了宋凛一眼，淡淡地敛眉：“嗯。”

“周放，”他叫着周放的名字，说话字字清晰，“你要想清楚。”

“想什么？”

“苏屿山这样的人不是你这样的小玩家玩得过的。”

周放笑了：“我没打算和他玩，如你所说，我这样的小玩家，最多也就加个战队。”

“不是什么战队都可以加的，周放。”

周放读懂了宋凛眼中的意有所指，但她并不觉得宋凛的话都对。

她微微偏头看向他：“那宋总，如果你是我，你怎么选？”

宋凛看了周放一眼，许久，他郑重其事地说了三个字。

“我选你。”

周放呼吸一滞，感觉有种温柔的力量落在了自己身上，她觉得心底一片柔软。

“我——”周放话还没说完，就被从厕所出来的宋以欣打断了。

“爸，我肚子饿了。”

宋凛回头看了孩子一眼，人没有动，又回过头看向周放。

“你刚才要说什么？”

周放嘴唇动了动，耳边传来宋以欣咋咋呼呼的声音，最后她什么都没有说，只是笑着摆了摆手：“我回去了。”

看周放进了家门，宋凛才关上大门。

听见关门声，原本瘫在沙发上的宋以欣一下子跳了起来。

她够着身子向门口看，见只有宋凛进来，又回过头去。

“那女的走了？”

宋凛皱眉：“叫周阿姨。”

“哦。”

宋凛有些疑惑宋以欣为什么会突然问起周放：“有什么事吗？”

宋以欣假装无意地瞟向门口，摇摇头说：“没事。”

宋凛原本进了厨房，突然想到什么，又退了出来。

“你喜欢这个阿姨？”

宋凛这话一出，宋以欣像被踩了尾巴的猫一样一蹦三尺高：“我疯了吗？她对我又不好。”

“哦。”宋凛语气淡淡的，“这阿姨，你觉得怎么样？”

宋以欣仰着下巴，以鼻孔示人，却没有平时的刻薄，只是很无厘头地说了一句：“太年轻了。”

宋凛笑了笑：“你爸也不老。”

宋以欣别扭地看了宋凛一眼，又坐回沙发里。

“反正我不喜欢，一点儿也不喜欢。”

关于百赛此次抛来的橄榄枝，周放第一次在例会上提了出来，一时在公司里引起了激烈的讨论。

公司基本上属于周放的一言堂，除了周放和她爸妈，公司持有最多股份的也就是跟着周放打江山的副总和一个经理，持的还是周放这么多年来奖励的员工技术股，两个人加起来不过百分之十。

副总稍微能说上点儿话。

“百赛的融资对我们公司绝对是个好机会，百赛平台好、财力雄厚，对我们来说有百利而无一害。”

周放转着手上的钢笔，若有所思。

周放问：“April 对我们提出过收购要求，你怎么看？”

“April 确实是现在发展势头最猛的公司，但宋凛毕竟还是比不上苏屿山根基稳，也远不如苏屿山有财力。”副总大约是猜到周放和宋凛关系的不同，斟酌再三才说，“这是一个弱肉强食的社会，有些选择到底是比较现实和残酷的。”

这句话在周放听来是如此熟悉，想了许久才想起这是宋凛说过的话。

周放抬起头看着副总，副总始终苦口婆心：“周总，这事希望您以公司利益为重。”

周放皱着眉头思索了一会儿，淡淡地回答：“我知道了。”

第二天，周放在郑重考虑后，正式带副总去了百赛，第一次就融资条件和细节和百赛进行谈判。

对苏屿山来说，这笔融资不过是从指缝里漏些利益给周放，但周放始终严阵以待。一亿人民币，这对一个创业团队来说是一笔可观的融资，她必须保持认真，也保持清醒。

谈判结束，大概掌握了一些细节后，周放和苏屿山一起从会议室走了出来。

苏屿山似乎对周放的选择很有把握，不管周放怎么犹豫和摇摆，他始终不急不躁。

“我总觉得我们以后还有很多见面的机会。”苏屿山微笑地看着周放，“我等着你的决定。”

“其实我并不知道，接受你的融资，对我个人到底是不是合适的选择，但对我的公司，也许是，所以我今天来了。”周放笑了笑，说话始终滴水不漏，“谢谢苏总赏识，我会认真考虑。”

“我相信你最终会做出正确的选择。”

“我也希望是这样。”

晚上副总和周放一起吃饭时，就百赛提的条件发表了很多自己的看法，也把需要再谈的条款提了出来。他非常谨慎，完全是以公司的发展为原则出发。

副总和周放一样，对公司充满着感情。

百赛的融资无疑是对他们公司经营的肯定，对他们未来发展前景的看好，这会让公司上下充满信心。

吃完饭，副总顺路把周放送回了家。

临走前，他突然叫住了周放。

“周总，我知道您还在犹豫，我并不是要逼您做出选择。”副总说道，“我只是想起很多年前，我想辞职跳槽的时候，您对我说，要我再给公司一段时间，您一定会把公司经营成让我有安全感的大公司。那时候我刚结婚，买了房子，公司给的工资让我连还贷都有压力，但我还是留了下来。因为是您让我相信，这家公司未来一定会做大做强，到今天，我依然相信。”

他的话勾起了周放这么多年的回忆。

这一路，经历过那么多不易，才换回今天的可能，她自是不能忘。

“我至今也没有改变过初衷。”

副总笑道：“我知道。”

周放心不在焉地想着事情，从停车场上楼，在电梯里遇到了宋凛，周放也不知道怎么了，见了他，竟然有些心虚地低下了头。

“苏屿山要买你的公司？”宋凛冷冷的质问声传来。

周放身子一僵，她没想到消息传得这么快，一时心里有些没底，只含糊地点头：“嗯，有这事。”

宋凛的呼吸声急促了几分，他似乎无法接受：“你还在和他联系？”

“就是一些普通的商业往来。”

宋凛对她的轻描淡写很愤怒：“我已经和你说过了，不要相信他，不要和他来往。”

周放有些诧异，忍不住皱起了眉头：“为什么？他作为业内大佬，提携提携我，我为什么不能接触？”

“苏屿山几句话就让你膨胀了？”宋凛对周放的反应很是不能理解，“周放，你自己应该很清楚，他是不是你能玩得过的人。”

“可是我从来没打算玩。”

“就因为他愿意支持你的白日梦？”宋凛始终难以置信，“周放，你会不会活得太理想化了？建造那种生活馆到底有什么意义？有几个人穿衣服会去想衣服的历史？文化是夕阳产业，以你的资金实力，根本不适合碰。”

对于未来的发展，周放有自己的想法，不会因为宋凛泼冷水就轻易放弃。

“你认识我也有一阵了，我以为你应该对我有点儿了解。”周放目不转睛地盯着宋凛，表情坚决，不给自己留一点儿后路，“我一定会实现我的构想，我会让你知道，白日梦也是有可能实现的。”

“以什么方式实现？”宋凛不理解周放的这种叛逆，冷嘲一声，“给苏屿山做小？”

周放怎么都没想到宋凛会说出这么难听的话，他凭什么站在道德的制高点这么说她？周放越想越气，最后愤怒地瞪向他，说出口的话也是一句比一句重。

“我到现在终于理解为什么林真真宁愿去做小，都不肯跟你。宋凛，你看看你的样子，你哪里有苏屿山一半的风度？”

周放气急败坏，懒得和宋凛纠缠，转身要走，又被宋凛拉住。

宋凛站得很直，甚至有些僵硬。周放抬头，视线所及之处正是他轮廓分明的下颌骨，再往上，他浓黑的眉毛紧蹙，立体的五官，深邃的眼眸，面容依旧，只是神色复杂。他盯着周放，怎么都不肯放她走。

宋凛紧紧地抓着周放的手臂。

“周放，别走。”

“……”

他低着头，第一次向周放谈起了自己那段从来不曾对别人说起的过去。

“大学毕业那一年，直到我回老家，才知道林真真已经离开了，来了我读大学的这座城市。我不相信她真的做出这种事，又回来了。”宋凛缓缓地说着那段过去，始终一副置身事外的模样，仿佛一切都与他无关，“她只读过中专，找不到什么好工作，在百赛做电话客服。”

一向自信的宋凛第一次露出了周放不熟悉的表情：“我找到她的时候，她已经跟了苏屿山。如你所说，她宁愿给人做小也不肯跟我回家，甚至连女儿，她都不要了。”

宋凛自嘲地一笑：“当时她也和你说了一样的话，说我处处比不上苏屿山。”

周放不知道那些过往，更不知道宋凛和苏屿山以及林真真的纠葛，她甚至无法把林真真和那个气质超然的苏屿山联系到一起。

人在被愤怒支配的时候，往往会说出最伤人的话，刻薄得连自己都想不到。宋凛是，周放亦然。

周放冷静下来，才意识到自己那些话有多伤人，甚至能让高高在上、意气风发的宋凛露出这样的表情。

不知道为什么，那一刻，周放不觉得痛快，只觉得心疼。

她所熟悉的宋凛是不该有那种表情的。

“对不起。”周放一脸抱歉，“我什么都不知道。”

宋凛没有回应周放的道歉，他只是眷恋地把周放抱进怀里，紧紧地搂着周放的后背，仿佛要把她揉进自己的身体里。

第一次，宋凛在周放面前流露出了那样的情绪：“周放，不管你说的构想有多荒谬，我都会尽全力为你实现。”

不等周放搭腔，宋凛一字一顿地说：“别去见他了，好吗？”

周放被宋凛紧紧地抱在怀里，感受着他情绪的起伏。想必林真真当年的决定是他内心觉得最受侮辱的事，所以只要有人稍微触及，就会令他爆发。

作为一个男人，这么多年，宋凛一直隐忍不发，不代表他完全没有伤痕。

在此之前,周放总是希望可以探查宋凛的内心,她以为自己了解他的过去，才能更接近他的内心。可是此刻，宋凛这么赤裸裸地让她触碰他最难堪的过往，她却觉得自己似乎离他越来越远了。

该说什么？她真的不知道。毕竟他们还没有到达坦诚相对的地步。

一夜不能好眠，周放做了好几个辛苦的梦，早上被助理的电话吵醒时，全身上下的骨头都像散了架一样。

助理在电话里汇报了公司的一些情况，最后问周放：“副总说百赛又打电话问签约的事了，您考虑得怎么样了？”

周放握着电话想了许久，想到宋凛看向自己的表情以及拥抱的力度，深吸了一口气。

“如果我们再等等，会不会出现更好的选择？”

周放看着门口的简介，没想到这座城市还有这样的展览。这是一场

Vintage（古董装）主题的古董衣盛宴，在这个机器量产服装的时代，不管是二手手工衣还是罕见的具有收藏意义的古董裙，它们匠心独运的设计和无可挑剔的细节都让周放倾心。

这种时光沉淀的美，是现在所谓的高定也比不上的。

整场展览周放都看得很用心，她时常会忘记宋凛也来了。宋凛全程都没有打扰她，她一个人在展厅里来回穿梭，偶尔回过头来，宋凛都安静地跟在她的身后。

参观完所有的展品，周放抬起头，看着廊道橱窗里一件件花纹繁复冷艳、款式独特、做工精良的古董衣，再看看现场少得可怜的参观者，不禁开始怀疑宋凛带她来的目的。

“你带我来看这场展览，是什么意思？”

宋凛没有回答，只是对周放勾了勾手，带着她往廊道深处走，廊道尽头只有一个位置很不显眼的橱窗，展品是一条洁白的古董婚纱。

跟在宋凛身后，周放看见一个橱窗前站着一个四五十岁的中年女子，她身材纤细苗条，一身剪裁简单的复古黑色连衣裙搭配一条紫色丝巾，气韵逼人。她正在细心地擦拭着橱窗。

听见宋凛的声音，她慢慢回头，周放这才得以瞧见她的真容。

她并没有多精致的五官，脸上粉黛未施，眼角明显有岁月留下的浅浅皱纹，头发也只是随便绾成一个发髻，用一枚古董宝石发夹夹住，却让人觉得美得不可方物。那是一种从骨子里透出来的优雅，带着几分不食人间烟火的仙气。

“周放，这位是乐青子，你可以叫她青姐。”宋凛介绍道。

周放赶紧伸出手：“青姐你好。”

青姐摇了摇手上的抹布，对周放示意：“手上脏。”

周放也不拘泥于这种社交礼仪，只是探究地打量着乐青子。

“青姐是这场展览的发起人，也是这些古董衣的主人。”

对这样的介绍，乐青子始终只是保持着微笑。

“青姐是我的恩人。当年我没钱，做生意的启动资金都是找她借的。”

乐青子放下抹布，拿手帕擦了擦手：“不过两万块钱，你也记了很多年了，你后来给我淘的那些衣服，百倍都还上了。”

“没有您，也没有现在的我了。”宋凛笑着说。

乐青子摆摆手：“别，我和你从来不是一路的，你是个商人。”

宋凛正要说话，手机响了起来，他晃了晃手机示意要去接电话。

“青姐，你带她转转吧。”说完，宋凛拿着手机出了展厅，留下了周放和乐青子。

乐青子很好地执行了宋凛拜托的事情，带着周放又把展览区逛了一遍，为周放讲述每一件衣服的来历。

“我从来不觉得穿几十年前的旧款出门不体面，我身上的裙子是我妈妈年轻的时候去美国出差买的。”乐青子说，“人们的观念很难改变，在 Julia Roberts、Penelope Cruz 穿着古董裙现身各大颁奖典礼之前，没有人真的关注这些美丽裙子的前世今生。”

周放并不算多有情怀的女人，乐青子的话却能让她产生共鸣。

“当然，”乐青子说，“你们做服装的肯定很讨厌我们这种宣扬回头穿旧衣的人。要是人人穿旧衣，你们的生意就做不下去了。”

周放笑着说：“那时候我可能就转行了。”

“你知道宋凛为什么带你来见我吗？”

周放也很想知道答案，表情认真地看着她。

乐青子说：“他说你和我一样，是理想主义者，听说你想推广服装文化？”

周放抿唇笑了笑。

“我从 35 岁开始做这件事，事实证明，并没有人关注这些。”乐青子拿这场观众稀少的展览为例为周放上了生动的一课，态度十分豁达，“也许标上每一条裙子的价格，人们会稍微兴奋一下。”

周放跟着乐青子又走回走廊的尽头。

“整场展览，这件古董婚纱最贵。它有一百二十年的历史，曾有九位新娘穿着它出嫁。”乐青子说着，脸上流露出幸福的表情，“第九位是我。”

周放翻着橱窗下的介绍册，里面有九位新娘的照片。一条婚纱跨越时代，穿在不同的人身上，周放觉得太不可思议了。

“我一直相信，未来有一天，时尚会和幸福一样成为传承。我们可以有梦，因为我们是天性天真爱幻想的女人。”乐青子指了指那条婚纱，“我没有孩子，这条婚纱你喜欢的话，送给你作嫁衣吧。”

周放被乐青子随意的决定吓到了：“青姐，可别，我根本没场合穿啊。”

乐青子撇撇嘴，说：“看来他也有不果断的时候。”

周放摆手，表情有些尴尬：“我们还不是这种程度的关系。”

乐青子抬头看了一眼橱窗：“这么多年了，你是他带来见我的第一个女人。”她顿了顿，微笑着回过头来看着周放，“你叫什么名字来着？”

“周放。”

离开时，周放波动的心潮还是没有平静下来，她坐在副驾驶位上，想着乐青子最后说的那些话，脑子里乱得很。

“你为什么带我来见她？”

宋凛专心开着车，面上的表情淡淡的。

“觉得你的梦，她也许能懂，让你们聊聊。”

“你希望通过她来劝退我，是吗？”

宋凛别过头看了周放一眼：“如果你一定要坚持，我也愿意支持你做下去。”

“宋凛，我构想的生活馆只是像王室一样作为一种精神象征，这不是我未来的全部。”

“王室需要多少税收来维持荣光，你应该明白。”

周放抿唇，笑着说：“所以我会努力让自己更有钱，这样才能有足够的钱任性。”

与乐青子见面后，周放并没有打消开生活馆的想法。但她肯定了宋凛的观点——以她目前的财力，还不足以去支撑自己乌托邦式的理想。

所以她更认真地投入到公司的运营中。

霍辰东打来电话通知周放，她申请的贷款如期批了下来，副总很快跟进了这笔贷款，向德国订了最新的机器。新机器很快就会到位，人力资源部那边也汇报了情况，工人和新的市场销售职员都已经列入招聘计划。

工厂的大幅提产所带来的收益和压力是成正比的，大批量的生产意味着周放的公司需要更多的资金和更好的销售渠道。

银行抵押贷款的压力雷打不动，融资对公司的重要性在这时候更加明显。

苏屿山知道周放扩大了生产规模，又开出了一条合作条件，这让公司的副总和员工都无法淡定下去了。一时间，来自公司的压力让周放夜不能寐，掉了不少头发。

经过好几天的深思熟虑，周放让法务部找了一个律师团队，彻底研究了百赛拟订的融资合同，磨了几天的条款，最后基本上确定了没有问题。

苏屿山确实只是想出一笔钱扶植一个“出头鸟”去抵挡宋凛未来将会发射过来的枪炮，而这个“出头鸟”的人选，和宋凛有特殊关系的周放显然最为合适。

宋凛面冷心冷，却对周放有过两次心软，这足以让圈内的人想入非非了。

梦想可以未来再去实现，眼下资金池需要钱来平衡。以宋凛的财力可以给周放加持两千万到五千万的资金，提供的平台也比较有限，只能合作开发April的品牌项目，不能推广周放的品牌，很明显不足以支撑周放公司后续的需求。而百赛几乎拥有压倒性的优势。

公司不是周放一个人的，一百多人的公司，她不能只考虑自己和宋凛未来会如何。

从周放接手这个公司开始，她就注定了不再拥有普通女人的人生，她必须为这一百多人负责。

苏屿山的一个亿，她必须拿下。

周放拖着疲惫的身体回到家，饭也没吃，换了鞋就走进屋内。

她一眼就看到宋凛正安安静静地坐在她家的沙发上。

周放有些意外他的突然到访，转而想到最近公司的动向，又觉得意料之中。这圈子里也没什么秘密，尤其是宋凛这样级别的人，他想知道的事都瞒不过他的眼睛。

周放有些疲惫，也觉得为难，她不知道该怎么和宋凛开口，也不知道能说什么，只是疲惫地向盥洗室走去。她想，至少先洗个脸让自己清醒一下。

见周放要走，宋凛迅速起身，两步跨了过来。他一只手拦在门框上，一只手按住周放的肩膀，逼得周放不得不抬头看他。他脸色铁青，与周放对视，眼神是那么可怕。

周放皱眉："你这是要干什么？"

"他给你什么条件？"宋凛抬起了下巴，眼睛微眯，让人看不出情绪，只听到他沉稳的声音传来，"我出同等条件，你把公司卖给我。"

周放觉得这样的宋凛很不像他，也不知道该怎么回答他。宋凛连连出击，周放被他逼得有些不耐烦，一把推开他，转身想往客厅走，又被宋凛抓了回来。

"我说了，不要卖给他，卖给我！"

周放终于恼羞成怒。

"他现在给的是融资条件，一亿资金供我运营，一年内建好概念生活馆，两年内助我 IPO，你能给我这样的条件吗？"周放仰起头，一鼓作气地说，"宋凛，成熟一点儿，是你教我的，生意场上没有父母、没有兄弟，更没有夫妻，感情用事的人不会成功。"

屋内瞬间陷入一片死寂，安静得他们都能听到彼此的呼吸声。时间过得好慢，仿佛一个世纪过去了。

周放感觉宋凛好像在那一秒苍老了几分。

他低着头，声音低沉，似是下了很大的决心："公司卖给我，我和你结婚，以后我的一半财产都是你的。"

周放被他这建议惊到了，很快，又从惊讶变为愤怒。

"姓宋的，在你眼里，我的人生价值是靠结婚分钱？你在侮辱谁？"

周放气极了，那种不被理解和失望的情绪让她一秒都不想和宋凛待在同一个空间里，她气得鞋都没穿就要往门外冲。

宋凛伸手在周放腰间一捞，将她抱进怀里，他将下巴紧紧地靠在周放的肩膀上，温热的呼吸喷在周放的耳际。

"我经不起第二次背叛。"他的声音里甚至有几分颤抖，"周放，我对你是不一样的。"

周放被宋凛抱在怀里，一瞬间感到心酸极了："接受苏屿山的融资，这就是背叛吗？"

"因为他是苏屿山。"

"所以你还是在意林真真的，对吗？"

面对周放的质问，宋凛显然有些不耐烦："这根本不是一回事。"

周放一根一根地掰开了宋凛的手指，转过身来面向着他。

"公司不是我一个人的，上百人等着我的决定，我不能只考虑我们之间的私人感情。"

宋凛有些讽刺地低头看向她："在你眼里，我们之间有私人感情吗？"

宋凛的反问让周放第一次对他流露出认真的情绪："我想好好搏一次，堂堂正正地站在你面前，我错了吗？"

"难道我不能支持你好好搏一次？"

"宋凛，我也想拥有我自己的商业王国。"

"你要的商业王国，就是站在我的对立面吗？"宋凛目不转睛盯着周放，

“你以为，如果不是我愿意，你能在我手里讨到便宜吗？”

周放眼看着宋凛眼里的火苗一点儿一点儿地熄灭，又重新回到了从前那个没有情绪的宋凛。他一双深沉的眼睛如看不见底的深潭，好像与她有着难以逾越的距离，她永远也无法企及。

她突然就感觉胸口那处麻木许久的器官正在狠狠地震颤着，她感觉到了久违的痛感。

周放见宋凛转身要走，身体的本能让她走上去拥抱他。

她紧紧地贴着宋凛，却觉得他平日里火热的身躯此刻正一点儿一点儿地冷下去。

“周放，我见过太多美丽的女人，你的身体不足以留住我。”宋凛的声音冷静而疏离，就像周放最初听到的那样。

“一直以来，留住我的，是你这个人。”

宋凛冷漠的口气让周放放开了紧抱着他的手。

他理解不了她的追求，她也不能接受他对她事业的一再轻视，也许从一开始他们就是不合适的。

八年前的周放也许会因为宋凛的话伤心得死去活来，八年后的周放只会封闭自己的心。爱一个人会一次又一次地受伤，这是这么多年她唯一学会的东西。

周放的眼眶泛红，眼神却依然倔强。

看着宋凛挺拔的背影一步步远去，周放觉得心底的失落更甚。

就在她以为宋凛一定会走的时候，他却骤然回过身来。

他像暴风，像骤雨，像一道闪电，还没等周放反应过来，人已经被宋凛紧紧地搂进了怀里。

他是那么用力，用力得周放都快不能呼吸了。

“为什么你不能只是一个普通的女人？”宋凛气急败坏地说，“周放，你的野心太大了。”

周放被宋凛紧紧地拥着，终于有了片刻踏实感。她的眼泪一颗接一颗，都掉进了宋凛怀里。

她问："如果我只是一个普通的女人，你还会注意到我吗？"

良久，万籁俱寂，周放听见宋凛字字清晰的回答。

"我不会。"

宋凛走后，周放就再也没有见过他，他那么忙，若不是他愿意出现，周放并没有能力掌握他的行踪。这样也好，他们彼此都有充分的时间冷静。

周放的第一笔融资成功，由于周放多次对合同进行修改，百赛也进行了一些调整。

资金分四次入股，每笔两千五百万元，一次入股百分之十，并且在合同里订立了一个年度任务。如果其间周放超额完成任务，她可以选择加速融资，进一步扩大规模或者拒绝百赛进一步的融资，防止股份被过分稀释；如果周放不能完成年度任务，百赛可中止进一步融资，双方利益都能得到保障。

正因为百赛的精明，周放觉得这次的合作是可行的。

得到苏屿山的第一笔融资后，周放直接把资金用在了工厂。扩大规模的工厂接到的第一批订单就是周放公司和百赛的合作款。

周放公司的设计师做了一个很讨巧的系列，叫作"缺席的那一年"，以怀旧为主题，勾起顾客小时候过年添新衣的情怀。苏屿山对于周放公司的决策没有强加干涉，第一个项目只是试水，他也只是想看看周放的能力。这批货是简洁舒适的风格，百搭，价位中档，配上百赛的大广告位宣传，可以说是大获成功。

苏屿山的选择向来是圈内的风向标。因为苏屿山投资了周放的公司，所以很多大公司开始关注起过去名不见经传的周放，和她这个新近崛起的原创品牌——衣谜。当然，苏屿山这块金字招牌周放必须小心使用，毕竟他不是一般人，周放一个不慎就可能会搬起石头砸自己的脚。

融资之后，各大公司络绎不绝地向周放抛来橄榄枝，愿意给她融资的公司越来越多，周放与他们的接触都很小心翼翼。资本动向向市场说明了电商发展的新局面——互联网原创品牌比垂直电商更有投资前景。周放果然成了苏屿山口中的“出头鸟”，她必须时时提防自己被枪打。

近来春风得意的周放倒是没有被小小的成功冲昏头脑，业绩离与百赛制定的年度目标还差得很远，之后还有一整年的硬仗要打，她不能掉以轻心。

好不容易有时间休息，周放也没什么人可约，又把近来神出鬼没的秦清叫了出来。

秦清近来又发掘了一家日本料理的餐厅，据说食材都是从日本空运过来的，保证新鲜，负责制作料理的厨师也是从日本聘来的。这个餐厅一位难求，秦清提前预约，也只是得了一个等号牌而已。

秦清显然对将要吃上这家餐厅十分兴奋，她坐在周放身边，拿手机拍了等号牌，发了条欣喜的微博，脸上满满的都是幸福。

她又刷了刷新闻，才问到周放身上。

“听说你公司得了融资。为什么选了苏屿山，不选宋凛？”

“连你都知道了？”

“财经新闻里播了。”秦清收起手机，认真地说，“我以为你对宋凛是动心的。”

周放低头看着自己的手指尖，许久，才认真地回答：“因为我害怕，害怕因为爱上他而失去原则，更害怕在失去原则把他当成唯一之后，他却爱上别人。汪泽洋之后，我就再也不想和与我有关系的男人一起做生意了。爱没了，还得撕生意，太累了。”

“放，你老了，老到失去了孤注一掷的勇气。”

周放抿嘴笑了笑，不置可否。

秦清的生活永远是这么惬意，本质上她和周放完全是两种不同的人。周放的烦恼靠吐槽并不能得以宣泄，她也不愿影响秦清的心情。

又等了近半小时，好不容易排到周放和秦清。刚要进店，秦清就被一群突然出现的大学生模样的女孩围住了。

“喂，姓秦的。”来人口气不善，引得旁人侧目。

秦清皱着眉头看着那几个女孩。

“你们怎么会跟到这儿？”秦清握着手机，一下子反应过来，扑哧一笑，“看了我的微博找来的？”

“你甭管，反正今天我一定要把话和你说清楚。”其中最漂亮的一个女孩走了出来。

她的妆容很淡，满脸的胶原蛋白，绾着时下流行的丸子头，上身着KENZO 的卫衣，下身铅笔裤，完全是青春洋溢的打扮。

那女孩态度始终趾高气扬，指责秦清道：“你都这么大年纪了，吃的盐估计比我吃的米还多，想必也是有分寸的。左宇霖的爸妈已经知道你们的事了，正在回国的飞机上，我劝你早点儿醒悟，左宇霖不可能和你这种老女人在一起的。”

周放一头雾水：“你什么时候惹上一群学生了，左宇霖是谁？”

秦清低头，神色严肃地说：“五三。”

秦清皱着眉看着那姑娘，半晌，嘴角勾起一抹笑意。她一贯是越挫越勇的类型，她说：“首先，我吃得没有那么咸，‘吃的盐比你吃的米还多’这句话可当不起。其次，我和左宇霖倒是没什么关系，至于为什么他宁可缠着我这个老女人都不肯要你，你得多照照镜子。”

“你……上次我看到你和他一起从酒店走出来，你要脸吗？！和小你那么多的男生谈恋爱，还……”女孩越说越觉得难以启齿。

秦清却仿佛被她提醒后恍然大悟一般，睁大了眼睛故意说道：“啊，你是这么看的啊？不过不好意思，我从来不和小男孩谈恋爱，我只包养小白脸。”

“你、你不要脸！你居然敢这么说他！”那女孩眼看就要抓上来，周放突然看到女孩身后闪过一道人影。

快如疾风，来人一把抓住了那女孩扬起来的手，随后神情冷漠地甩开。那女孩揉着手腕，气恼地抬头看去，待看清来人，脸色有些发白。

“五三”头发乱糟糟的，也不知道从哪儿急匆匆地跑来的，就这么挡在了秦清身前。

英雄救美，来得可够及时的。

秦清见他来了，眉头皱得更紧了：“你跑来干什么？”

“五三”表情淡淡的，低头回答：“刚毕业的小孩，来仰仗你解决就业问题。”

秦清一翻白眼，方才的话她完全是气那女孩的，没想到却被他听去了，随即开口啐他：“有毛病！”

秦清没有与眼前这堆人聊下去的兴趣，拿着号牌就要进店：“你们慢慢聊，我先走了。”

秦清拉着周放要走，刚一转身就被“五三”抓住，他拽着秦清，对周放说道：“借人一用。”

周放双手一摊，往旁边让了一步：“慢用。”

也不知道两人说了什么，不一会儿，周放就看见“五三”气急败坏地走了，很明显，两人不欢而散。

从角落里走出来的秦清表情有些失落。

周放见此情景，关切地看向她，有些犹豫地问：“你还好吗？”

“总要到这一步的，早点儿发生也好，免得泥足深陷以后太难看。”秦清说完，强撑着笑了笑。

“秦清……”

“放，我也老了，所以我懂你的那种害怕。人真的不可能完全肆意而活，我俩差了 6 岁，我怕了。”

“如果他是真的爱你，他就不会在意，你更不用在意。”

秦清苦笑着抬头，眼神有些痛苦，也有些决然。

“没有真的不在意，我不能让他活在别人的闲言碎语里，我不想看到未来有一天他后悔了。”秦清羡慕地对周放说，“我很羡慕你，永远都能保持理智。”

周放觉得啼笑皆非。

她理智吗？这份理智的背后，周放会付出什么代价，秦清不会懂，也没有人能懂，周放只能独自承担。

两个难姐难妹，在感情受到巨大挫折后，选择了用胡吃海塞来发泄。好在时光已将她们淬炼得足够坚强，因此省了很多伤春悲秋的过程。

这世上还有什么痛苦是一顿酒不能解决的呢？如果有，那就两顿。

周放公司的系列作品一经上线，就冲到了当月女装类销量冠军的位置。近来不少财经类记者过来采访，当然，主要还是冲着苏屿山的名头，他是业界大佬，他的每一次出手都代表着市场的动向。

周放能多次上新闻，完全是沾了苏屿山的光。

在记者的话筒面前，苏屿山始终维持着一贯的气度，举手投足之间都透着成功人士的高雅。

他夸赞周放聪明，推荐着他们的主打产品，连做广告都说得好像是某种哲理。

采访结束，苏屿山十分绅士地提出送周放回家，周放想想两人现在的合作关系，便没有驳苏屿山的面子。

苏屿山没有叫司机，开的车也只是一辆普通的中档休闲旅游车，十分低调。两人同在一个密闭空间里，不得不聊天，周放跟随着苏屿山的话题聊着，秉持着少问多答、少说少错的原则。

苏屿山见周放如此拘谨，淡淡地看着她：“我又不是洪水猛兽，你紧张什么？”

周放笑道：“您魅力太大，怕靠近了有非分之想。”

苏屿山笑了笑：“你可以想。”

这句话暗示的意味十分明显，周放始终不接招，装作听不懂的样子：“我一直想着呢，想着怎么从您口袋里多要点儿钱。”

苏屿山的表情意味深长：“周放，你这样的女人，跟宋凛未免可惜。”

周放笑道：“是可惜，所以我打算让他跟我。”

苏屿山不会强迫任何女人，比起强迫，他更享受女人一步步为他倾心的过程。在他眼里，周放大约和别的女人没什么区别，这样也好，周放不希望他看自己的眼光太过特殊。

一路上周放都因为苏屿山的存在有些紧张，不知不觉后背出了许多汗。这会儿他终于走了，周放一身轻松地脱掉外套，随手把外套挂在胳膊上，向电梯走去。

进了电梯，周放整个人靠在电梯反光的铁壁上，正专注地想着事情，刚关上的电梯门又开了。

周放下意识地站直，一抬头就看见宋凛铁青着一张脸，两步跨进了电梯。

两人相对而立，叮的一声，电梯门再次关闭，四面铁壁将电梯隔绝成了一个小世界。

周放不知道能和宋凛说什么，下意识地往后退了一步，紧紧屏住呼吸。随后，他的身影像一朵阴云笼罩住了周放，他一只手自然地勾住了周放的腰，另一只手将她手臂上挂着的外套随意向上一掀，盖住了周放的脑袋，遮住了她全部的视线。

黑暗中，周放感觉他的气息距离自己越来越近，她的呼吸和宋凛的呼吸渐渐交织在一起，随后他冰凉的嘴唇落在她锁骨上，最后向下滑去。

周放感觉到胸口被一阵温柔地吸吮，下一秒，他突然一用力，周放只觉得胸口的皮肤突然一紧，随后痛感阵阵袭来。

下一秒，宋凛放开了她，她无力地向后靠去。宋凛抬手揭去盖在她头顶的外套，随意地披在她身上。

重见光明的周放第一反应是对着如镜的铁壁看向方才一阵湿热的胸口，果不其然，胸口的沟壑处赫然留下了一个深深的吻痕。

下电梯后，周放因为热将衬衣多解了两颗纽扣，露出了一片春光，大面积的白皙皮肤倒是衬得那一处紫红更加明显了。

周放耳根瞬间就红了，赶紧一颗一颗地把纽扣扣了起来，下一秒，抬头瞪向此刻毫无悔意的始作俑者。

宋凛很满意地看了看周放再无春光的胸口，淡淡地交代道："我要去意大利，一周后回来，差不多能消。"

周放对他久不出现，一出现就做出这样莫名的举动气恼不已："和这有什么关系吗？"

宋凛双手环胸，低头看着周放，很认真地回答："怕你被老男人诱惑了。"

第十一章
相知相惜

原来意大利知名设计师 Cristiano Antonio 决定卖掉以他名字建立的、已经风靡十三年的高定品牌。

这个消息一经传出，世界各地的服装公司都蠢蠢欲动。

所有竞争的买家里，中国公司是竞争力最强的，给出的价格一家比一家高。

其实 Cristiano Antonio 这个品牌近三年都处于亏损状态，但是由于 Cristiano Antonio 一直没有进入国内市场，因此产生了饥饿营销的效果。越是买不到的就越是格调高的，这就是目前国内消费者的普遍心理，因此反而让这个品牌在中国有了很好的口碑。

得到这个品牌，不一定能有多好的收益，但是对提升自身品牌的格调绝对有积极作用，尤其对于近来企业发展陷入瓶颈的宋凛，他对这个品牌的态度是志在必得。

宋凛不是第一次来意大利，每次都是为了工作，似乎从来没有好好地看过这个浪漫时尚的国度。

从米兰机场下了飞机，司机接到宋凛就直接往 Cristiano Antonio 的公司赶。

Cristiano Antonio 是出了名的脾气古怪，迟到绝对会让宋凛的公司出局。

路上宋凛一直靠着座位假寐，经过十几个小时的飞行，他的身体其实已经到了疲惫的顶点，但还是要强打起精神。

此时的宋凛不禁想到飞米兰前，在机场贵宾室遇到苏屿山的情景。

苏屿山给周放公司注资之后，他明显地感觉到了宋凛层出不穷的小动作，但他对宋凛那些小打小闹般的找碴儿并不放在眼里。虽然周放和宋凛有私交，但周放仍然选了自己，这已经足以让苏屿山得意。

宽敞的贵宾室里没坐几个人，苏屿山轻装上阵，他走进来的时候，宋凛正安静地坐在沙发上看报纸。

见到苏屿山，宋凛很快猜到了他的行程。宋凛没想到苏屿山对这个品牌居然也如此重视，肯亲自出面谈判，这更让他打起了十二分的精神谨慎应对。

贵宾室里那么多沙发，苏屿山偏偏坐到了宋凛的对面，明显有几分挑衅的意味。宋凛用余光淡淡地瞟了他一眼，随后继续看报纸。

“富豪不会真的来自草根，新闻里总是喜欢夸大渲染一些白手起家的土豪，可土豪怎么都离不开一个‘土’字。”苏屿山的声音不大不小，语气轻蔑，“你能到今天这个水平，已经是你人生的顶点了。”

宋凛听完苏屿山的话，眉头微微一蹙，双手一合，收起报纸，看向苏屿山：“苏总这是战前喊话？”

“你觉得你和我在一个战场上吗？”苏屿山冷冷地嘲讽道，“你的女人一个接一个地投奔我，你可真是好本事。”他勾起不怀好意的笑意，对宋凛说，“那个周放，你给了她那么多好处，她还不是一样选择了我？”

听他提到周放的名字，宋凛脸上的笑意一点儿一点儿地消散，眼中冒出冷漠的敌意，他目不转睛地盯着苏屿山，语气十分肯定。

“她不一样。”

苏屿山笑道：“哪里不一样？哦，比林真真贵，得到她，要一个亿。”

苏屿山的话越说越不堪，他仿佛是在故意激怒宋凛，等着看他失控。宋凛的拳头越握越紧，但他还是狠狠地压下了体内那股四处流窜的怒气。

“她不一样，我会让她回来的。”

苏屿山满眼不屑：“凭你？”

宋凛眯了眯眼睛，不管苏屿山如何挑衅，如何在言语上打压自己，宋凛始终语气笃定：“凭我。”

宋凛马不停蹄地赶到Cristiano Antonio的公司，对方却提前接待了苏屿山。想来也对，一个在美国上市的中国资本大企业，走到哪里都会让别人高看几分，大开绿灯。

第一晚，宋凛没有见到Cristiano Antonio本人。第二天下午，Cristiano Antonio的秘书终于安排了时间让宋凛得以与Cristiano Antonio见面。在国际舞台上，宋凛名不见经传，对于翻译进行的一长串介绍，Cristiano Antonio只是不耐烦地摆了摆手。

“公司的资料我已经看过了。”Cristiano Antonio一口流利的英语，大约是因为长期在好莱坞为明星做造型，他的美式发音很好听，“我想得到一些特别的东西。”

第一轮谈判持续了一个多小时，Cristiano Antonio对于宋凛公司提出的种种条件始终兴味索然，谈了一会儿后他就去接电话了，宋凛能明显感觉到翻译都被Cristiano Antonio搞得气急败坏了。

“这设计师也太龟毛了，既然这么珍惜，还卖什么品牌？谈钱谈到这个份上还要什么特别的东西？加钱就说加钱，这么爱理不理是什么意思？”

比起翻译的恼怒，宋凛却始终气定神闲。只要这场谈判还没结束，他就还有机会。

他用手指敲了敲桌子，淡淡地笑着对翻译说：“你刚才有几个地方译得不是很准确。April取自‘人间四月天’之意，寓意让穿April的女人，像四月天一样美，还有……”

就在翻译着急，怕宋凛拿不下品牌的时候，宋凛却在耐心地和翻译讲着谈判中翻译用词的问题。这让翻译有些哭笑不得，但又不得不承认，宋凛的用词确实比他当时第一反应的好。

接完电话的 Cristiano Antonio 回来后，明显没有了最初的耐心。他低头看了一眼手表，微笑着对宋凛说："你还有十五分钟。"

宋凛点头，步调却始终不紧不慢。

"我只需要五分钟。"撇去翻译，宋凛直接用英语与 Cristiano Antonio 交流起来。

"我知道很多人在和你接触，中国是很大的市场，人人都想引进你的品牌。在你接触的公司里，我不是最有竞争优势的。但我认为，你把服装做成了一种文化，让时尚成为一个时代的标签、成为值得被传承的一部分，不仅仅是一件穿过就丢的衣服。这种初衷，和我们的品牌追求是一样的。"

就在 Cristiano Antonio 离开的那几分钟里，宋凛脑海里突然闪现出周放的脸，以及她说出那些话时神采飞扬的表情。他抿唇一笑，继续说："价位上，我不敢保证我是给得最多的，但是我一定会让你满意。另外，我引进你的品牌后，会把直营店装修成你工作室的样子，还原衣服最初的状态，让买衣服的人看到每件手工成衣所代表的不同人生。"

说完这些话，宋凛抬起头看 Cristiano Antonio 的表情，一直没什么情绪的他眉毛微微一挑，露出了一个淡淡的笑容。

回酒店的路上，宋凛闭目养神，静静地靠在座椅上，车上的人都没说话，以至于他手机响起时，铃声都显得有些尖锐。

一串意大利本地的号码出现在屏幕上，看到号码，宋凛忍不住笑了笑。

接通电话，那头的 Cristiano Antonio 只是语气愉快地说了一个单词。

"Deal（成交）。"

宋凛礼貌地回复了一句"谢谢"。

Cristiano Antonio 笑着道："请你好好保管我的梦想。"

"我会的。"

挂断电话，宋凛再也睡不着了。他必须承认，从苏屿山手上夺得Cristiano Antonio，这已经足以让他冷静多年的头脑兴奋一阵了。

看着窗外的街道上琳琅满目的店铺，这带着浓浓异国风情的风景让宋凛此刻心情大好。

不知不觉他就想到了那个张牙舞爪的女人。

他怎么也想不到，有一天，那个女人说过的话能成为他谈成生意的助力。

也许这个时代确实需要梦想家，因为只有他们才懂得如何与Cristiano Antonio这样的“疯子”打交道。

想着想着，宋凛忍不住笑了起来。

周放近来一周都穿着高领衫，即使穿衬衣也是把纽扣扣到嗓子眼，什么圆领、V领的衣服基本不碰。因为她只要稍微一低头，别人看到她胸前的痕迹，就是一脸暧昧的表情。

而那个造孽的人却大摇大摆地去了意大利，让周放有气都没处发。

他人走了，遗留下来的孽债却还在烦着周放。林真真不知道从哪儿弄来了她的私人电话，一连三天都在给她打电话，非要约她见面。她不答应，林真真还不放弃，一个接一个地打电话，堪称骚扰。被她逼得没办法了，周放只得抽时间见她。

周放工作忙，近来都在筹备新的品牌形象店，每天都在考察位置，哪儿有空伺候她。中午休息的时间，周放选了公司附近的一家路边牛肉面馆和林真真见面。

林真真穿着一身小礼裙，踩着高跟鞋，还搭配了钻石耳饰和礼帽，如此精致的打扮出现在空间逼仄的牛肉面店，那画面实在滑稽。

周放是真的饿了，点了份招牌牛肉面，也不管林真真有没有在看她，全程呼啦啦地吃着面条。她吃得又热又辣，其间还抽了几次纸巾擦汗擦鼻涕。

这场面，林真真嫌恶得不行。

“你不吃啊？”周放吞下最后一口面，抬头问林真真。

林真真皱眉拒绝。周放也懒得管她，端着碗继续喝汤。

“你是故意要跟着我的轨迹吗？”

周放放下碗，看着眼前空空的碗，一脸满足。她拿纸巾擦了手和嘴，这才得空看向林真真。

“你说什么？”

“我说，你为什么要跟着我的人生轨迹？你是对我有意见吗？先是宋凛，现在是苏屿山。”

周放有些错愕，随即忍不住笑了起来：“你是不是太把自己当回事了？”

“你有钱、有人，何必要来挤着当小五、小六？”林真真的表情居然现出了几分语重心长。

周放越想越觉得荒谬，表情也渐渐冷了下去：“我爱他，后宫佳丽三千，我也要挤破头到他身边；我不爱他，把我供成王母娘娘我也不乐意。”

听了周放的话，林真真意味深长地看向她：“如果你爱的是宋凛，那么你真的做了一个大错特错的决定。宋凛最不能忍受的就是女人的背叛。”

周放笑了，揶揄道：“过来人啊，背叛了宋凛的女人。”

“你也一样，所以你也没有机会了。”

周放懒得和林真真说下去，轻蔑地看了她一眼。

“我们从来都不一样，你丢了做女人的尊严，所以你现在在做小三、小四、小五。我不能掌控宋凛，所以我没有选他，但我保全了我自己，资产翻了三番。恕我直言，我根本不屑和你比较。”

林真真用干净的手拍在油渍明显的桌上，装饰得艳丽的指甲刮在木桌上，发出刺耳的声音。

“周放，希望你能一直这么嚣张。”

周放笑道：“我会的。”

别了林真真这尊大佛，周放连感慨的时间都没有，又马不停蹄地去了工厂。

近期要生产完的一批订单，需要周放亲自检视完毕后才能交货。

检验完样衣，周放跟着车间主任一起逛了逛生产线，听他说了一些近期的情况。新进的德国机器让生产量大幅增长，交货速度提升了一倍，车间主任说起这些成果来，一脸骄傲。

在声音嘈杂的厂区走着走着，周放突然接到了宋凛的电话。看着屏幕上显示的名字，周放有些疑惑，这时候他应该在意大利，不知道找自己有什么事。

周放满肚子想法，皱着眉头接了起来。

“在干什么？”

“在工厂里。”周放嫌机器声音大，拿着电话走了出去，“有什么事吗？”

电话那头的宋凛语气轻松：“你把下午的时间空出来，帮我一个忙。”

“什么忙？”

“一个客户，在机场，你下午帮我去接一下。”

周放皱眉：“你公司那么多人，你随便找个人去啊。”

“你去就是了。”

周放看了一眼时间，虽然对宋凛的话将信将疑，但是想着他帮了她很多次，他第一次有求于她，也该回报一下，便没有拒绝。

“你穿的什么衣服？”宋凛问。

周放低头看了一眼自己：“蓝衬衫、黑裙子。”

“回去换一下，换上次穿过的那条红裙子。”

周放忍不住翻了个白眼：“接个客户而已，哪里需要那么风骚。”

“按我说的做就行了。”说完，电话就挂了。

看着被挂断的电话，周放忍不住吐槽，这个男人真是越来越莫名其妙了。

按照宋凛说的时间赶到了机场，周放这才想起自己忘了问客户的名字，赶紧拿出手机给宋凛打电话，一连打了三个都是无法接通。

一时之间，周放有些气急败坏。

周放正焦急地站在特殊通道出口，一个接一个地打着宋凛的电话，一直无应答的手机终于打通了，长长的嘟声正考验着周放的耐性。

她正皱着眉一抬头，看到眼前由远及近，走来一道熟悉的身影——宋凛。

宋凛穿着薄款大衣，里面穿着得体的西服，脖子上戴着深卡其色羊绒围巾，一身商务打扮。他走到周放身边，悠然停下，一脸笑意。

周放瞪大了眼睛：“你要我来接你？”

宋凛笑着，反问道：“不行？”

“你怎么提前回来了？不是去一周吗？”

“事办完就回了。”他低头打量着周放，不满地皱眉，“你怎么还是穿了这身衣服，不是让你换红裙子吗？”

周放听他这么说，白眼简直要翻上天：“如果知道是你，我来都不来。”

“你不会。”

看宋凛一脸欣然的表情，周放觉得有些莫名其妙：“你最近真是越来越不正常了。”

面对周放的揶揄，宋凛仿佛没听见一样。

不过离开了几天，宋凛却觉得两人好像许久不见。他微微低头，表情温柔地凝视着风尘仆仆赶来的周放。

许久，他用略带沙哑的低沉嗓音淡淡地说：“周放，我想你。”

人来人往的机场，飞机起落的声音不绝于耳，机场广播里有条不紊地播报着起落的信息，到达区不断上演着重逢拥抱的感人场面。

宋凛鲜少在周放面前露出真实的情感，此时此刻，他看向周放的眼神让周放忍不住老脸一红。

她并不善于应对这种肉麻的场面，不自觉地往后退了一步。

周放不自然地将视线落向别处，不肯再与宋凛对视，只是不耐烦地催促：“走了走了，一直在这戳着干吗？”

宋凛知道她是不好意思了，抿着唇淡淡一笑，拉着她的手向停车场走去。

四周的人渐渐变少，耳边嘈杂的声音变小，周放可以清晰地听见自己一步一步踏在地上的脚步声。走了一会儿，身前的宋凛突然停了下来，她走得好好的，没能及时刹住，险些撞上他的背脊。

再次走起来后，周放无意间抬头看了一眼，看见了同样风尘仆仆地从机场出来的苏屿山。

苏屿山有司机来接机，此刻他正准备上车，看见宋凛和周放走过来，却是不急着进去了，而是远远地、意味深长地看着他们。

周放疑惑地看了他一眼，又看向前面对他视若无睹的宋凛，心底有些疑惑。

容不得周放问什么，宋凛已经很快地带她离开了苏屿山的视线。他自周放手里拿过她的车钥匙，很快上了车。

宋凛开着周放那辆高尔夫出了停车场，看高大的宋凛坐在自己不宽敞的车里却又无比自然的样子，周放心里生出一种奇妙的感觉。

宋凛一路将车开进了市区，找了个闹中取静的商业区。看他自然地带着自己逛街，周放一脸惊诧："你又要给我买包？"

宋凛微笑着回答："陪我去买套衣服。"说着，他带周放去了常去的奢侈品店。店员对他十分尊敬，一进店就有人过来服务，见周放也在旁边，便保持着安全距离，让宋凛和周放说话能比较自在。

"怎么不在米兰买？那里不是时尚天堂吗？"

"太急着回来，什么都记不得了。"宋凛说着，意味深长地看了周放一眼。

周放被他看得双颊一热，转身选衣服去了。

宋凛买东西的时候十分安静，周放看中哪件他就去试哪件，大约是个儿高身材好，他穿什么都好看，很快就搭配好了一套。

从试衣间出来，宋凛无比自然地把领带递给了周放："给我系。"

周放没好气地看着他递上来的领带，忍不住说他："没长手啊？"

"嗯。"宋凛倒是回答得恬不知耻。

周放接过领带后有些不知所措，两人距离极近，周放甚至能感觉到宋凛的呼吸悉数落在她的头顶。

周放的脸因为距离近涨得通红，她偷偷瞥了一眼站在不远处的店员，抬头有点儿不好意思地说了宋凛一句：“你低点儿头。”周放踮起脚给他系领带，不住嗔怪，“傻大个儿。”

宋凛听话地低下头，任凭周放在他脖子上乱弄。周放其实并不会打领带，拿着领带东缠西绕，表情倒是一脸认真。

宋凛见状，笑着握住了周放的小手：“你以为你在系红领巾？”

周放被他噎住了，有点儿不好意思，刚要撒手，又被宋凛抓了回来。

他握着周放的手，周放的手握着领带，他就这么带着她的手一缠一绕，最后一拉，领带终于系好了。

“记住了吗？”

周放被他这种仿佛理所当然的亲密举动惹得满脸通红，羞恼地瞪着他：“你会你不自己弄，存心捉弄我。”

宋凛气定神闲地扶了扶领带：“以后总要学的。”

宋凛走到镜前，低头整理着袖口，姿势优雅，周放也忍不住跟着看向镜子里那个气质淡然的男人。整理好袖口，他骤然抬头，发现周放正目不转睛地盯着他，自镜中对她微微一笑，周放赶紧别过头去。

“干吗这时候买衣服？”

“有重要的场合要出席。”

周放想到在机场碰到的苏屿山，心里有了猜测。近来 April 和百赛在抢意大利品牌 Cristiano Antonio 的事，周放也有所耳闻。

“谈成了生意？”

宋凛微笑，犹如春风拂面。

“恭喜你。”

宋凛点了点头，抬手摸了摸周放的耳垂，动作十分亲昵，只是眼神始终心不在焉的样子。

两人吃完饭，回了家，周放拿钥匙开门，宋凛自然而然地跟了过来。

“你去哪儿？”宋凛问。

“回家啊。”看宋凛也走了过来，她问道，“你跟过来干吗？你家在对面。”

“陪你。”宋凛低头，微笑着看向她，眼中充满着积蓄已久的欲望，“怕你一个人在家害怕。”

洗完澡，累了一天的周放几乎沾床就睡，也顾不上宋凛有没有在她家里造次。

宋凛上床的时候，周放明显感觉到他那边的床垫有了明显的下沉。

他钻进被子里，很快就找到了睡在角落里的周放，一拉一扯，两人就紧紧地贴到了一起。

他略带凉气的手不怀好意钻进周放的衣服里，在她柔软温暖的肌肤上游走，刚要向下，就被周放一把抓住。

“别闹。”周放已经有些有气无力，“今天忙了一天，很累。”

隔着衣服，周放都能感觉到宋凛兴致高昂。他的脸贴着周放的颈窝，姿态亲昵，他抬手拂开了周放的额发，见她眼神疲惫，低头吻了吻她的面颊，温柔地说：“睡吧，今晚吃素。”

宋凛拿下了Cristiano Antonio的消息像插了翅膀一样，很快在圈内传开，这场漂亮的战役打响了宋凛的招牌。来自美国的天使基金——因维斯特基金开始接触宋凛的公司，他们决定提供十七亿美元的融资，从产生意向到谈妥细节，前后只用了两个礼拜的时间，可见合作的诚意。

公司例会上，所有人都士气满满，眼看IPO提上了日程，大家都在期待公司的大变革。

面对公司上下你一言我一语的讨论，宋凛始终表现得很淡定，一如往常地运筹帷幄。

“准备了三年，就是在等这一天。”

宋凛一句话，调动起了所有人积蓄已久的热血。

原本 April 在去年就准备 IPO，券商辅导，公司早就建立好了符合上市要求且相对完整的运营体系，后来股东们因为公司根基不稳而有所顾虑，才没有申报。

而这一次，他们可谓准备充分，从申报到证监会受理，一路锐不可当。

不出意外的话，发审会上过会的可能性超过九成，三个月后，April 大约就能向交易所申请挂牌上市了。

宋凛的公司将要 IPO 的消息近来受到了各大财经版的跟进报道，对于 April 的未来，很多财经专家进行了激烈的讨论，有看好的，也有唱衰的。然而外界的声音丝毫不影响宋凛的地位一步一步地向上攀升。

今年的全球互联网企业家峰会在中国举行，到时候会有来自世界各地的互联网企业 CEO 莅临，还有大批媒体竞相报道，可谓是一场盛会。

宋凛是第一次受邀参加这么大型的国际级别企业家峰会，和以往国内企业家的峰会规格完全不同。

苏屿山提前就知道了宋凛受邀的消息。原本被抢了 Cristiano Antonio 就已经令他憋了气，这下看到宋凛咸鱼翻身，从一个暴发户摇身一变，混到与他在同一个场合出席，内心更是觉得堵得慌。

大会之后的晚宴将会有来自各国的互联网企业家出席，这种会面场合，连闲聊都可能产生难以估量的经济价值。

对于这场峰会，宋凛的态度始终不卑不亢，与人交谈也始终保持着该有的风度。与别的大佬相比，他确实根基尚浅，所以他并没有在峰会上过多表现，以期多达成合作。公司的实力上去了，自然会有人找上门来，这是宋凛的经营理念。

苏屿山见宋凛站在不远处，刚结束了与他人的交谈，正在休息。他抿了抿唇，举着香槟走了过去。

“没想到啊，”苏屿山看向宋凛的眼神里有不加掩饰的轻蔑，“你这三级跳的速度倒是快得很。”

宋凛抿了一口红酒，态度始终疏离："谢谢苏总夸奖。"

苏屿山冷漠地一笑："当初你靠'碰瓷'我们公司，在网上造舆论，也是这样三级跳。想来这么多年，你跟着我的脚步做公司，以我为风向，也跟得很累。"

宋凛当年发迹，确实是靠耍小聪明算计了苏屿山。他抓住了百赛的一点儿管理漏洞，以百赛侵权为由将百赛告上法庭。光脚的不怕穿鞋的，宋凛一个创业者，能"碰瓷"大企业，自然是铆足了力气制造舆论。

那时候苏屿山不屑与宋凛纠缠，痛快地接受了赔偿的判决结果，只因不愿再被宋凛拉着炒作。

这么多年，苏屿山不见得真的大方，他也曾多次出手打压宋凛，只是宋凛为人谨慎，每次都能有惊无险地躲过去。

"苏总记忆力好，气量也大，多年前的事，细节都记得很清楚。您是圈内大佬，大家都跟着您的方向，自然不止我一人。"宋凛微笑着对苏屿山说着话，明明话里话外都是讽刺，神情却彬彬有礼。

"没想到，如今你都有资格来这种级别的峰会了。"苏屿山冷冷一笑，表情是那么不屑，仿佛宋凛的存在让他受到了侮辱。

宋凛对于他的讽刺充耳不闻，礼貌地举起酒杯，将杯中红酒一饮而尽。

面对苏屿山的挑衅，宋凛并没有乱了阵脚，也不生气。

他淡淡地一笑，态度不卑不亢。

"您在我这个年纪的时候，确实还没有资格参加。"

"……"

时间飞逝，转眼情人节就来了。

近来周放和宋凛都忙得不可开交，一晃都快一个月没有碰上面了。

宋凛的公司在筹备 IPO，现在是公司的关键时期，为了防止泄密和节外生枝，宋凛整日和团队守在公司。至于周放，一直在公司研究情人节的活动，也是忙得接电话都觉得浪费时间。

对女装商家来说，情人节自然是重头戏。为了情人节的特别活动，周放花了大价钱改了主页特效，现在衣谜的首页全是一封一封的信件，那是等着客人来开启的时光情书。

除了页面，周放还策划了给 VIP 客户情人节送玫瑰，并且在体验店提供情人节手工巧克力的活动，打出了节日标语——“即使他暂时缺席，也有衣谜宠你”。

对于周放的策划方案，公司里也有不少持反对意见的员工，他们认为这完全是烧钱的做法，并没有实际意义。

会上，面对大家的质疑，周放认真地解释道：“我送的是我对顾客的感情。现在的顾客不再满足于冷冰冰的买卖关系，我送花、巧克力是希望大家记住这份记忆，感受到我们衣谜对顾客倾注的感情。”周放低头抿唇，“我知道大家对我的想法有些不理解，但是我想告诉你们，我是有情怀的商人，我希望我的公司是一家有情怀的公司。”

即便周放如是说，公司里还是有人不能理解，甚至觉得荒谬。但周放的股份占比大，不是涉及巨额资金的问题，她还是说了算的，情人节活动在她的坚持下还是一一上线了。

在大家都不看好的情况下，这次“烧钱”的策划却得到了意想不到的效果。

有 VIP 客户在收到玫瑰花后，拍照发布在了社交媒体上，一时激起了很多人的关注与好感，人们纷纷转发。很快，这条微博就成了当日热门，蹭上了情人节大话题。一个出名的文艺“网红”一直对衣谜颇为关注，她趁热度写了一篇长文，总结了衣谜从品牌创立至今在细节上的用心之处，还与无印良品和诚品书店做对比，说衣谜是女装界的“气质文青”。

情人节，公司一分钱没有花在广告营销上，还能被打上“良心企业”的标签，得到很多女性客户的拥护，衣谜情人节的这场策划可谓收效斐然。

看到社交媒体上不断上升的话题热度，之前质疑周放的那些员工都默默地闭上了嘴。

如周放所说，这个社会不缺打折、送衣服的女装商家，而她想要建立一座桥梁，通向顾客的心里。

她说的情怀，是真的能戳中消费者内心的。

情人节当晚下了雪，空中飘舞的雪花令人心情好了很多。

路灯和霓虹灯斑斓璀璨，雪花被光线染成各种颜色，美得让人心动。

下班后，周放缩着脖子从公司走了出来。情人节，周放为了让员工可以早点儿去过节，通知大家提前一小时下班，而她自己则守在公司，和几个没有情人、不想一个人早早回家的员工做完了剩下的事。

周放一个人走在飘着雪的街道上，看着来来往往的情侣，觉得心底既柔软又酸涩。

看着窗外飘着的雪，宋凛也觉得眼前的画面美若仙境。

原本今天应该可以休息，结果新的合作方团队还在公司，宋凛只能为他们安排了晚上的行程。新的合作方负责人比较好色，明里暗里地表示想要去开荤。

宋凛低头看了一眼时间，给近一个月都没有见面的周放打了个电话。

周放那边似乎不忙，电话很快就接通了。

宋凛笑着看着窗外的雪，问她："你在干吗？"

周放的声音带着点儿喘息："下班了，正准备回家睡觉。"

"这么乖？"

"不想上街受虐。"

宋凛笑了笑。

挂断宋凛的电话，周放还没找到车，秦清的夺命 call（电话）就打了过来。

"周放！今天情人节！你在干吗？"

周放一脸莫名，看了一眼路上充满幸福感的情景，苦笑着回答："刚下班，在街上吃'狗粮'。"

“哈哈哈哈哈！”秦清哈哈大笑，趁机提议，“咱也一把年纪了，去做一件疯狂的事吧！”

“什么事？”

“看脱衣舞秀！”

“……”

秦清鬼鬼祟祟地带着周放到了酒吧门口，两人都是第一次来，多少有点儿不好意思。

门卫是个高个儿男人，隔着衬衫都能看到他那让人血脉偾张的肌肉。这素质，一个字，绝。

刚拿到荧光印章，周放和秦清还没进去呢，就被神出鬼没的“五三”抓了个正着。

“五三”大约也是刚下班，双排扣的风衣里穿着黑色的西装，眼中满是加班后疲惫的红血丝。

“五三”死死地揪着秦清的大衣领子，仗着身高优势，一步都不让她往里走。这两人眼里都没有旁人了，周放只能站在一边搓手，场面十分尴尬。

“你怎么知道我在这儿？”秦清难以置信，“五三”居然连这种地方都能找来，她瞪大了眼睛看着他。

“Find my iPhone（找到我的 iPhone）。”

秦清忍不住啐了一声：“乔布斯怎么老研究些没用的功能。”

“跟我回去。”说着，“五三”拽着秦清的衣领子就要走。

“凭什么啊！”秦清剧烈地扭动着，试图甩开“五三”的钳制，“我要去潇洒。”

“五三”的脸色越来越难看：“不要让我说第二次，回家。”

“我不回家！”秦清的叛逆劲上来了也是神鬼难挡，“你是不是神经病啊？！你管我回不回家！再说了，我为什么要回家，回家没有脱衣舞看！”

“五三”眉头紧蹙，脸色黑得吓人，一把将秦清带走了。

“我脱给你看。”

看着秦清风一样地被卷走，周放一脸茫然地站在原地。

也不知道最近这两人之间到底发生了什么，很显然，“五三”的性格似乎没有那么容易分手，反而有反客为主的趋势。看着秦清消失的方向，周放忍不住感慨，这有家室的女人就是不一样，不像自己，孤魂野鬼似的。

看了一眼时间，周放叹了口气，有些纠结。情人节当晚，一个女人跑到声色场所也有点儿奇怪，还是回家吧。

周放有些遗憾地转身，还没迈步，就被一道阴云一样的身影挡住了视线。

周放一抬头，宋凛那张比“五三”还黑的脸出现在她的视线里。

周放没想到会在这种地方遇到宋凛，一时也现出了几分不好意思的尴尬神情。

“回家睡觉？”宋凛冷冷地乜视周放，讽刺道，“周放，你家里人有点儿多。”

周放有种看黄书被抓的窘迫，结结巴巴地解释：“临时决定的……加餐。”她干笑两声，生硬地转着话题，“你怎么也来这里了？”

“客户想来玩。”

“哎呀，这客户还挺低俗的。”

宋凛又是一个冷冷的眼神：“你也知道低俗？”

宋凛低头，正看见周放手上浅浅的荧光印章，眼中冷意尽显。

“那……那我回去了。”周放像个做错事的孩子，有点儿不知所措，“不看了。”

周放猫着身子，刚要走，就被宋凛一只手拎住了后衣领。宋凛一点儿都不怜香惜玉，这完全是拎猫的姿势。

“看啊！”他的眼神太可怕了，简直像将要喷发的火山，尤其是他还故意保持着笑意，那表情简直比最可怕的恐怖片还吓人。

“来都来了，怎么能不看！”

说着，宋凛像拎不听话的猫一样，两步将周放拎进了脱衣舞酒吧……

他们进入内场，宋凛终于松开了对周放的钳制。他皱着眉站在周放身边，把周放弄得很紧张。

内场的服务经理一见有客人，立刻迎了过来，看清是宋凛，忍不住一惊，心道这不是刚服务完的客人吗？他刚带完男的来，这会儿又带女的一起来看脱衣舞。经理看着宋凛和周放，一时有些为难，左边是男宾区，右边是女宾区，该把他们带到哪边？

还不等经理考虑好，宋凛又是一拎一提，不用经理带路，直接把周放带进了女宾区。

经理见他们自己做出了选择，亦步亦趋地赶紧跟上，给二人安排了卡座。

临走，经理忍不住回头看了宋凛一眼，心想宋总看着气质挺man的，没想到啊……

宋凛和周放落座后，服务员拿着菜单走了过来，先礼貌地递给周放一份，又递给宋凛一份。服务员面带微笑地问周放："请问您要喝点儿什么？"

还不等周放翻开菜单，宋凛将菜单扔到周放面前的桌上，菜单啪的一声落下，把周放吓得不轻。

周放菜单都还没看，宋凛已经替她做了决定："给她一杯苦瓜汁。"

周放本想反对，但抬头看见宋凛面色不善，眼带威胁之色地瞪着她，只得把想说出口的话都吞了回去，战战兢兢地把菜单递了回去。

宋凛开的卡座处在最昂贵的VIP区，离舞台很近，几乎伸手就能碰到台上的舞郎。情人节四处客满，秦清提前订位也只能订到第二排的位置，没想到宋凛随便进来都能开到第一排，果然土豪还是不一样，上哪儿都有优待。

坐在这个位置，其实周放心里是高兴的，但她也不敢表现得太明显。毕竟这会儿旁边坐的人不对，宋凛戳在那儿跟二郎神似的，哪里是来欣赏美男的样子？

周放缩手缩脚地往离宋凛远一些的方向坐了坐，在宋凛身边安静地扮演起了哮天犬的角色。

暧昧热情的音乐响起，身材健硕的舞郎一个接一个地上台，一边跳舞一边一件一件地脱着衣服，一个个肌肉都很结实，胸肌比周放的胸脯还大。

周放沉默地看着表演，偶尔转过头来瞟一眼宋凛，每次他都好死不死地盯着她，搞得她一脸尴尬，都有点儿不敢看表演了。

舞郎换了一拨又一拨，基本是脱到四角内裤就戛然而止了。

“怎么不脱了？”周放下意识地回头问，问完才意识到这会儿和她一起看表演的是宋凛，不是秦清。

宋凛见周放看得挺入迷，表情十分难看，他冷冷地瞥着周放，嘴角勾了勾：“呵。”

这一笑，周放觉得好像有人突然往她衣领子里丢了一个雪团，她忍不住一个激灵。

舞郎热舞的时候，卡座里那些富婆都热情高涨地往舞台上扔钱，一旦有舞郎靠近舞台边缘，扭动着抚摸身体，必然有富婆往他们的内裤里塞钱。

这种酒池肉林一般赤裸裸的画面真是把周放看得口干舌燥，忍不住咽了下口水。

脱衣舞表演结束，舞郎们走下舞台，下到各个卡座，只要给小费，舞郎就会贴身热舞。很多女宾给出高额小费买个刺激，一时之间，各处都能听到兴奋的惊呼声。

别人的兴奋都与周放无关，周放拿起苦瓜汁喝了一口，苦得她忍不住皱眉，又嫌弃地放了回去。她再看宋凛，他背靠着沙发，也不说话，看着女宾区这乌烟瘴气不输男宾区的情况，脸黑如炭。

舞郎一个个地转过来，最后走到周放身边，笑眯眯地看向周放。她斜眼偷瞟宋凛，见他死死地盯着自己，准备掏小费的手又收了回去。

舞郎离开后，卡座里瞬间安静。

大约是周放失望的表情太过明显，宋凛居然笑了笑。

“好看吗？”

“呃……”

宋凛双手环胸，从沙发上站了起来，居高临下地看着周放，用他那低沉而带着怒意的声音解释道：“脱底裤的那种，是会被扫黄抓的。这里只是打擦边球的表演，想看全脱的，要去国外。”

“原来如此。”

“看来你不是很满意？”宋凛的表情越来越危险。

“没有没有……”周放的声音越说越小，“挺可以了。”

见宋凛表情越来越难看，周放想着，怎么也得弥补一下，赶紧违心地拍马屁：“其实这种表演也挺一般的，身材还没你好。”

周放的话不仅没有安抚到宋凛，还彻底把宋凛引爆了。

“周放，我警告你，”宋凛的手指着周放的鼻尖，“你以后再来这种地方，看我不打断你的狗腿！”

宋凛看向周放的眼神凶狠得简直要把她拆吃入腹，不顾周围人的眼光，宋凛又是一拎，不等周放说什么，他已经直接把她从卡座拎走了。

宋凛把周放扔进车里，将门关得震天响，他今天开的车可不便宜，周放都有点儿心疼了。

“你喝酒没有啊？喝酒开车不安全啊。”见宋凛黑着脸扣着安全带准备开车，周放有点儿担心。

“呵。”宋凛冷冷一笑，“你倒是挺惜命。”

说完，他一脚油门踩到底。

周放紧紧抓住扶手，觉得宋凛这一路开的不是车，是飞机。

周放一路都没敢说话，感觉宋凛此时此刻的表情简直像要杀人，整个车厢里都是让人窒息的低氧状态。

周放小心翼翼地跟着宋凛回家，刚走到公寓安保处，就被保安叫住了。

“周小姐，有你的花。”

“嗯？”周放有些诧异地进了保安办公室，见到了被保安小心翼翼保存的一大束花。

99朵七彩玫瑰，那么大一束，就这么安安静静地被放在办公室的桌子上。

周放看见那束花，总算是理解了宋凛今晚黑脸的原因。

抱着那束花，再看已经走出老远的宋凛，周放吭哧吭哧地追了上去。

她低头闻着花香，脸上是掩不住的笑意："你买的啊？"

"不是。"

周放笑了："可是里面有卡片。"

"别人写错了。"

看宋凛那傲娇的样子，周放甜甜地哦了一声，也不再追问了。

到了家门口，周放站在宋凛身边嘿嘿一笑，掩不住的开心，她抬起头看向宋凛："我保证以后不去看脱衣舞了。"

周放见宋凛始终无动于衷，没什么表情，她又赶紧补了一句："去看也不让你知道，保证不让你不高兴。"

嘭——重重的一声关门声，表达着关门人无以言表的愤怒。

被关在门外的周放抱着一大束花，忍不住一声叹息。

大情人节的，本以为晚上……

唉，这男人矫情起来，十个女人都不是对手。她低头看了一眼99朵颜色艳丽的七色玫瑰，瞬间又笑了。

这女人哪，不管多有钱、多独立、多嘴硬、多不相信爱情，收到花的那一刻还是会有幸福感。

情人节过后的晚上，周放才接到秦清的电话，这货终于想起被她抛弃的战友周放了。周放听她的声音有气无力的，想必前夜过得十分满足。

"你最后看了脱衣舞吗？"秦清问。

"甭提了。"周放觉得往事简直不堪回首，苦瓜汁倒是让人记忆深刻，"不怎么好看，不脱内裤。"

"本来就不脱，有点儿神秘感才诱惑啊。"秦清不甘心地说，"唉，我没看成，好可惜！"

周放翻了个白眼："'五三'给你跳了，你还有什么不知足的？"

"他骗了我！他根本一件都没脱就直奔主题了！"

听着秦清的控诉，周放想象了一下那画面，觉得实在少儿不宜。

"小鲜肉"就是好，再想想自己这边那块难啃的"腊肉"，周放不忍再听下去了，一脸羡慕地说了再见。

拿人手短，宋凛一束花就把周放收买了。周放想想自己也有点儿理亏，之后连着好几天都在约宋凛吃饭，宋凛虽然接她的电话，但是基本都是冷漠地以单字回应。

情人节的热潮前后持续了差不多一周。结束了情人节活动，公司又进入了新一轮的运营，周放又忙碌了起来。这男人就是贱骨头，周放把宋凛忙忘了，他又觉得全身不对劲儿了，时不时要打个电话刷一刷存在感。

周放工作太忙，也没空配合他的"大戏"了。

周一，苏屿山打电话让周放到百赛开会。周放之前没接到通知，有些意外，去的路上一直在想为什么开会，始终无解。

到了百赛，苏屿山的秘书直接把周放领进了会议室，她进去的时候，会议室已经坐满了人，全是百赛的高层，还有几张周放没有见过的面孔。

会议很快开始，苏屿山坐在上位，面色严肃，这是周放不曾见过的苏屿山，是真正的苏屿山。

苏屿山在会上讲到了一个收购计划，进度已经进行了百分之八十，周放没想到收购速度如此之快，有些意外。

苏屿山正在收购一个二线电商网站——奢生活，奢生活隶属于唯库。唯库旗下有两个最出名的网站，一个是美丽街，由用户发布搭配指南，推动服饰销售；另一个是中高端品牌集合的网站——奢生活，在全国一线城市有六家实体店。奢生活经过多年经营，已经定位成为高端服饰类品牌中的领头羊，主要针对 25 岁至 45 岁较有经济实力的白领中产阶层客户。虽没有快消类品牌的总营业额高，但其成就也不容小觑。

得到奢生活，不管是对苏屿山还是对宋凛都非常重要。服装是百赛的起家领域，一直以来都是营业额最高的分区。近年来，宋凛公司的业务越做越大，已经严重威胁到百赛；而宋凛那边，刚得到 Cristiano Antonio，听说还在谈更多品牌，若是拿下奢生活，将中高端定位发展下去，很可能成为服装领域的龙头老大。

目前国内服装类电商或以服饰为主业的销售平台网站之间竞争激烈，各企业已经不能从新增客户和业务中获得有效的发展。对大公司来说，并购二线品牌是最好的经营途径，尤其是在人们生活水平日渐上升的今天，奢生活就好比三国时期的荆州，得荆州者得天下。

看了一眼分发下来的资料，周放有些诧异。

苏屿山微笑着看向周放，不紧不慢地说："周放，你是做服装的，这个网站我拿下以后，给你开一个网页专区。"

周放疑惑地看向苏屿山，有点儿吃不准他的意思："奢生活里有专区的似乎都是高端品牌。"

苏屿山轻笑了两声，一脸自信："周放，相信我，在百赛的帮助下，未来衣谜也会成为快消品牌里的高端品牌。"

这次会议开了很久，会议结束后，周放终于摸清楚了在场所有人的底细。

苏屿山和宋凛最近都在抢奢生活，苏屿山已经初步完成了收购谈判。会场上的那几张陌生面孔，全是奢生活和唯库的人。

最让周放震惊的是，来参会的人都是 CEO 之外的大股东，在没有经过董事会的情况下，苏屿山私下与这些股东达成交易，很明显是恶意收购。

会议结束，苏屿山送几个股东离开后，看见周放明显白下去的脸，知道她已弄明白了一切，脸上露出了满意的笑容。

周放有些愤怒地问他："你为什么要把我卷进来？"

"难道我不是在给你机会吗？"苏屿山笑道，"进驻奢生活，不好吗？"

"这种不良竞争，真的好吗？"

“周放，你并不是这么天真的人。”苏屿山意味深长地看向她，“怎么，知道我赢了宋凛，有点儿心疼他？”

“苏总，我想提醒您，您这是恶意收购。”

“所以你要去告诉宋凛？你今天参加了我们的收购会议，你觉得他还会见你吗？”苏屿山哈哈大笑起来，“宋凛恨我，所以一直在背后搞小动作。他以为拿下一个意大利小品牌就可以撼动我？可惜了，我树大根深，他还嫩着呢。”

苏屿山眯起眼睛，嘴角有淡淡的笑意，他踱着步子走到会议室的窗边。窗外飘起了细细的雨丝，写字楼的钢化玻璃隔音效果很好，几乎听不见外面的声音，会议室内除了周放和苏屿山外没有别人，安静得周放能听见自己气息不稳的呼吸声。

苏屿山始终得意扬扬：“宋凛的女人都在我身边，多讽刺。”

周放屏住呼吸，用力攥紧了手心。

从接受苏屿山融资的那一刻起，周放就想到有一天自己会和宋凛站到对立面。但她希望自己从苏屿山这里得到的是商业上的联手，是堂堂正正成为宋凛对手的机会，而不是像现在这样，让宋屿山通过不光彩的手段打压他。

“苏总，”周放抿了抿唇，眼神中的冷意如同寒冰，“宋凛那身腱子肉，不用脱衣服，我就很有感觉。”她冷冷一笑，看向苏屿山的眼神是不加掩饰的厌恶，“至于您，我真的下不去手。”

面对周放的讥讽，苏屿山始终面不改色。

“生气了？”

“不敢。”

苏屿山笑了：“你比她强，她从来不敢帮宋凛说一句话。”

周放知道他是在说林真真，脸色不悦：“我和她本来就不一样。”

“可惜了。”苏屿山终于收起了温和可亲的笑容，眼神渐渐冷下去，“宋凛不会再信任你。”

周放笑着，始终挺直背脊：“您又怎么知道？”

那天下午四点多，周放甚至还没来得及打电话告知宋凛，新闻财经版就有记者把百赛初步收购奢生活的消息爆了出来。

一时之间，圈内一片哗然。

要知道，宋凛为了收购奢生活已经投了不少钱进去，现在百赛不声不响地完成了收购，宋凛的钱岂不是都打了水漂？

周放从百赛出来，一路都在给宋凛打电话。联系不上宋凛，周放有些着急，开着车就往宋凛公司赶。

十几分钟过后，宋凛终于不紧不慢地回了电话。

没等周放组织好语言，宋凛就从容不迫地问起了周放："吃饭了吗？"

周放一直在开会，哪儿顾得上？

"午饭都没吃。"

"嗯。"宋凛说，"一起。"

宋凛的公司出了危机，他本人却没有一点儿着急或者狼狈的样子，优哉游哉地出现在餐厅，和平时没什么两样。

两人一同吃饭，气氛也与平时没什么不同。周放好几次开口，想要提出帮他，结果话还没说出来，就被他不动声色地转移了话题。

周放终于忍无可忍了，说道："你现在是关键时期，让我帮你吧。"

宋凛始终表现得若无其事，他夹了一筷子菜放到周放碗里，盯着她吃下去。

"就你那点儿钱，还不够你自己造，省着点儿花吧。"

周放听他这么说，忍不住白了他一眼："还瞧不起人了。"

吃完饭，周放看了一眼时间，既然他不想谈这事，周放也懒得和他耗时间，准备回公司。

周放拿起包就要走，想了想又回过头来，叫了服务员要结账。

宋凛微笑着看着做完这一连串动作的周放，勾起了嘴角："你这是要干什么？"

周放从包里拿出钱包，一脸坦然："你这都危机了，省着点儿花吧，今天我请。”

这时候，服务员拿着账单进来，周放正准备去接，已经被手疾眼快的宋凛抢了过去。

“男人带女人出来吃饭，让女人花钱，不像话。”

说完，宋凛拿出卡递给了服务员，动作自然，神色如常。

周放看他这样子，忍不住皱了皱眉头：“都到这个份儿上了，‘直男癌’倒是治不好。”

百赛力压 April 收购了奢生活的消息越传越广，原本看好宋凛的公司又恢复了从前的观望态度。

如苏屿山所说，百赛树大根深，不是宋凛一朝一夕可以压下去的。腹背受敌，想必近来宋凛是不好过的。

周放不急，助理倒是挺急的，找宋凛走裙带关系走多了，助理都走出感情来了。

他焦急地问周放：“周总，您这次真的不帮宋总啊？”

周放低头看着文件，看都不看小助理，大大方方地回答：“帮啊！”

“您怎么帮啊，我怎么觉得您什么也没干啊？”

周放拿着笔戳了戳自己的脸颊，经过深思熟虑后，郑重地回答：“等他破产了，我花高价包他。我这么年轻美貌的老总，包他这么大年纪的，绝对是对他魅力的肯定！”

当然，以宋凛的实力，自然是不需要周放的小助理去操心的。三个月不到，发审会的审批就已经通过了，宋凛的公司正式向交易所提交挂牌请求，公司的股票也正式进入封存期。

April 的新股现在是所有人竞相追逐的热门，最近城中几所大型投资机构因为 April 的上市忙得不可开交。

至于宋凛本人，自然是风光一时无两，所有的人都知道他的身家即将坐地翻番。在城中知名富豪的队伍里，宋凛是最高、最帅、最年轻、上升最快的，再加上他一直单身，即便花边绯闻多，也不影响他成为众多单身女性意淫的对象。

百赛还来不及庆祝成功收购了奢生活，就切实体会到了“螳螂捕蝉，黄雀在后”的刺骨寒意。

百赛用恶意收购的手段从宋凛手上抢夺了奢生活，宋凛表面上稳如泰山，风度翩翩，私下则“以其人之道还治其人之身”，同样以恶意收购的手段挖了百赛的墙脚。

百赛作为国内最大的电商集团，旗下有数以百计的公司，其中最赚钱的有七家服装企业，它们一直以来都以百赛为依托。曾经有很多人试图挖过这个墙脚，都没有成功。如今宋凛又凭什么能让他们动心呢？

这七家公司的老板中有四个是同一个家族的兄弟，来自经商能力卓越的江南之地，习惯了家族经营模式，任何时候都抱团，听家族领袖的指挥。当初百赛通过搞定了家族领头羊，一口气并购了这四家公司，如今宋凛采取的也是同样的方式，先以这个家族企业为突破口。

这几年苏屿山做大了百赛的网站，一家独大，当初承诺的利益很多还没有实现，底下的公司拼命“上供”，风光却是他一个人的。当初给他融资的创业股东、被他并购进来的公司老总都对他早有不满，奈何他目前是最大电商企业的当家人，没有人撑腰，谁敢吱声？

如今宋凛提出并购，第一步就是提高报价，高出市价百分之五十，等于如果100元一股，宋凛就把价位提到152元一股，这本身就是一个巨大的诱惑。

周五下午三点左右，下雨了。云层很低，自写字楼的窗户看去，乌云蔽日，明明才下午，天却阴得如同傍晚。

春分临近，春意渐浓，天气不似之前那般冷了。此时细雨纷纷，淋湿了这座钢筋水泥筑造的城市，景致倒是美得很。

周放看了一眼时间，想来想去还是给宋凛打了一个电话。

“在干吗？”周放问。

宋凛还是一贯的话少，回复得很简洁：“开会。”

“你今天会去接你女儿吧？”

“嗯。”

周放笑着请求：“顺便把我外甥女也带回来吧，我那高尔夫坏了，公司的车最近派去接待客户了。”

宋凛听她这么说，嗤了一声：“你那破车，早该换了。”

“开久了，有感情。”周放抿唇，意有所指地一笑，“你知道我的，就喜欢老东西。”

宋凛轻笑出声，语气温柔。

“你在哪儿？”

“公司。”周放看了一眼外面的雨，轻叹，“一会儿下班了，打个车回去。”

“你下午还有别的事吗？”

周放翻了翻助理排好的行程表：“倒是没有。”

“等着。”

“嗯？”

十分钟后，宋凛的电话打来了，他只说了两个字：“下楼。”

周放拎着包下了楼，宋凛开着他那辆黑色的豪车出现在了周放公司楼下。

周放站在写字楼的玻璃屋檐下避雨，看着宋凛举着一把黑伞走了过来。他脸上没什么表情，好像时时刻刻都带着一股拒人于千里之外的疏离感。

宋凛走到周放身边，也不等周放说什么，手往周放腰间一捞，两人就挤到了一把黑伞之下。

距离这么近，周放甚至能感觉到宋凛身上带着风雨中的湿意。他一只手举着伞，另一只手扶在她的腰际，他将雨伞偏向她这边，伞檐直遮到她的肩膀，免得她被细雨淋湿。

周放低头看着两人的鞋子，一步一步地踩在被淋湿的街道上，突然觉得，这样走到天荒地老，好像也是可以的。

去接女儿之前，就一个多小时的时间，宋凛还约了人喝茶谈事。

闹中取静的茶庄，建在商业街的背面，地方不算大，却大部分建成了绿化区。两人开车进去，茶庄设在幽静之处，适合高端商务人士洽谈事务。

周放是第一次到这么隐蔽的空间。茶室很大，隔音效果很好，周放甚至觉得连呼吸都有回音。

“你该不会是要谈商业机密吧？”

宋凛抿了一口茶：“嗯。”

周放皱眉：“那我在岂不是很不合适？”

不等宋凛回答，服务人员已经把宋凛的客人带了进来。

周放看见那人，忍不住愣了一下，那人看到周放也是一样的反应。

来人是百赛旗下服装部门的高管，之前在百赛开会的时候周放才见过。

那人看见周放在场，从进来就很拘谨，说话始终带着防备之心。

他喝着茶，看着周放，意有所指地笑笑：“宋总，您和周总这是？”

面对来人的质疑，宋凛也不说话，只是伸手过来，牵住了周放平放在腿上、有些不安的手，十指紧扣。

不必再解释什么，那人已经懂了宋凛的意思。

那人再看向周放的眼神，令她觉得自己是被王允送去董卓身边诱惑董卓的貂蝉。

嗯，周放想，反正美貌是差不多的。

宋凛和那位高管谈事时，周放全程在旁边喝茶，也不插嘴，乖巧地做着壁上花。大约是水喝太多了，中途周放起身出去上厕所。

见周放出去了，那位高管才卸下防备，对宋凛说:“宋总最近动作有点儿多。第一步提高报价，现在开始分化瓦解，搞不定苏屿山身边的大股东，就开始侧面进攻持有散股的。我听说你给温城家族的四家公司开出了很优厚的条件。

如果并购成功，他们可以占有新公司 49.5% 的股份，这个比例确实诱人。”

这阵子，宋凛和投资公司一起公关，得到了一些百赛股东的认可，他们私下的小动作瞒得过部分高层，却不可能瞒得过所有人。

现在搞内部攻破，宋凛自然不会瞒着他要下手的这位高管。本来各个击破，也是需要坦诚一些的。

宋凛蘸着茶水，用手指在桌上写下了一串数字，微微一笑，对那位百赛服装部门的高管说：“这是我能给你个人的。”

高管看了一眼宋凛写下的数字，忍不住倒吸了一口气。

宋凛满意地看着他的反应。

“希望你好好考虑一下。”

周放回来的时候，那位高管已经离开了。

宋凛写在桌上的数字也已经消失，仿佛什么都没有发生，两人只是喝了一杯茶。

周放重新坐在软垫上，将面前已经冷却的茶水一饮而尽。

她看向宋凛的眼神意味深长。

“你这是在搞敌对并购？”

周放撇嘴，这一个两个，都让她看到了是怎么算计对手的，周放都有点儿搞不懂宋凛和苏屿山的意思了。

“你和苏屿山最近打得火热，你来我往的。”周放突然“脑洞大开”，“该不会其实你们以前相爱过，之后因为误会分开，然后现在虐恋情深？”

宋凛不想接话，赏了周放一个白眼。周放讨了个没趣，耸了耸肩。

“你申购了我公司的新股？”他抬起头看着周放，眼神仿佛洞悉了一切。

周放没想到这么快就能被他发现，慧黠地一笑：“我是走正规流程申购的。”

宋凛冷哼一声：“正规流程能让你买那么多？”他眼眸深沉地看向周放，“是那个搞金融的萝卜头给你弄的？”

周放和“五三”私下的那点儿交易被宋凛轻易地识破了，她也是有点儿不好意思的。面对宋凛的质问，周放只是嘿嘿一笑，也没有瞒他的意思。

“我把买车的钱都抽出来了。宋总，我的身家性命、此生幸福全押在你身上了。”

周放不知道自己是哪句话取悦了宋凛，他原本还很冷漠的眸子里多了几分暖意，仰起下巴，表情还有几分傲娇。

“算你还有几分投资的眼光。”

宋凛看了一眼时间，悠然起身，回头问了周放一句：“还接不接你外甥女？”

周放赶紧拿起包跟上：“接接接！当然接！”

说真的，周放接了几次外甥女后，真是感觉为人父母的不易。

每天都像打仗一样，简直没有私人空间，孩子都这么大了，家长每次要出去旅游还得四处托人帮忙照看；即便送去读寄宿学校，需要操心的事还是多了去了。

人的一生真的不可能肆意而活。仔细想想，人生的前二三十年，真的该好好珍惜，因为那种没有责任、没有牵挂、没有负担的生活，也就真的只有那段时间而已。

晚自习结束时，天已经全黑了。不过刚刚高一下学期，外甥女所在的班级已经开始有晚课了。现在的孩子课业压力比周放那时候更重。即便读着贵族寄宿学校，都是来自非富即贵家庭的孩子，竞争压力依然很大。

学校的大门打开，孩子们结束了一周的封闭状态，一脸笑容地奔进了父母的怀抱里，那种其乐融融的氛围令周放看得有些眼热。不管周放多么期待自由的人生，这种家庭和谐的状态还是能让她觉得幸福。

宋凛的女儿宋以欣任何时候在人群里都格外显眼。

她的头发又换了颜色。这次是今年流行的“奶奶灰”，灰得发白的发色，配在稚气未脱的小孩脸上，那种观感不是“违和”两个字可以形容的。

周放看见宋凛铁青的脸色，决定不要多说话了。

宋以欣从校门出来，见周放和自己爸爸一起出现，忍不住眉头一皱。

她围着周放转了一圈，不满地扯着书包带，一脸傲娇地问宋凛：“她怎么来了？”

周放还是微笑着看着她，微微低头，一脸挑衅：“又不是来接你的。”

说着，周放的外甥女从校门里跑了出来，一下跳进周放的怀里。

“表姨！想死你啦！”

外甥女左右寻找了半天都没找到周放的车，再回头看向宋以欣和宋凛，忍不住压低了声音问：“表姨，你的车呢？”

“坏了，等我赚了钱买新的。”说着，她替外甥女背起了书包。

外甥女扯了扯周放的衣角，音量依然很低:“今天要坐宋以欣家的车啊？”

周放笑道：“免费司机，不好吗？”

外甥女撇了撇嘴，不置可否。

周放没车不方便，也不能带外甥女去下馆子了。看了看时间，孩子的外公、外婆，也就是周放的舅舅、舅妈应该已经到家了，于是周放让宋凛把外甥女送到了自己舅舅家。

“你外公外婆也回来了，你今晚在那儿吃住。”周放交代道。

外甥女乖巧地点了点头。

这一大家子都爱旅游,连老家伙们都是玩到大晚上才回来,周放也是服了。

周放把外甥女送上楼，舅舅、舅妈硬拉着她坐了一会儿，耽误了二十多分钟她才得以脱身下楼。

她重新回到车里，宋凛倒是没说什么，宋以欣却是很不满。

她下巴恨不得仰到天上，一脸的怒色。

“也是好意思，坐人家的车，还让人等这么久，你真把我爸当司机啊？”

周放揉了揉酸痛的肩膀，表情闲适，看了一眼奓毛的小宋同学，再看一眼淡定自若的老宋，假装惊讶地说：“他就是啊！”

周放一句话就把宋以欣这个小炮仗给点燃了。

“爸爸，她居然敢这么说你！”

说着，她不依不饶地要从副驾驶座蹿到后座，被宋凛一把拎住后领给扯了回去。

“坐好。”

宋以欣气急败坏：“爸爸，她说你是司机！”

宋凛按下启动按钮，引擎的声音响起。

他微微抬头，气定神闲地反问宋以欣：“难道我不是司机？”他顿了顿，别有深意地说，“你爸我是那种手艺好的老司机，懂吗？”

说完，他自后视镜中与周放对视一眼，带着不怀好意的笑容。

周放自然懂他的意有所指，没好气地啐他：“别以为你开过几辆‘公交车’，就牛起来了。”

宋凛笑着淡淡地说道：“我就喜欢开那种，没有刹车、谁都不敢开的玩命飞车。”

第十二章
相爱相杀

周放被宋凛噎住了，懒得理他，到家就摔门回去了。至于宋凛，看到周放气鼓鼓的样子，心情比之前更好了。

回到家，宋凛还在低头脱鞋，宋以欣已经黑着脸背起书包快步进屋了。

宋以欣很不高兴，宋凛踱步进屋的时候，她正噘着嘴坐在沙发上。

见宋凛去冰箱里拿水，宋以欣老大不高兴地说："爸爸，你以后说话能不能注意一点儿，是不是以为我听不懂你们在说什么？"

宋凛拿出矿泉水，打开喝了一口。"哦？"他笑了笑，问，"你试卷都做完了吗？"

宋以欣皱眉："干吗？"

"一个小孩懂太多了不好，多做几道三角函数题，冷静冷静。"

对于宋凛的轻描淡写，宋以欣很是不服，她几步跳到宋凛面前，仰着倔强的小脑袋瓜说道："爸爸，这个女的也就大我十几岁，太年轻了，跟我姐姐似的，太不和谐了。"

宋凛嗯了一声："她大你一轮还多，得叫阿姨，辈分别乱了。"

“这都大半年了，你们居然还没分手。”宋以欣一脸惊愕，“爸爸，你真的打算老牛吃嫩草了？”

宋凛眉头一皱，抬手拍了一下宋以欣的头：“怎么说话呢？”

宋以欣被拍了头，脾气更差了：“你为老不尊，你还说我！”

说完，她就气呼呼地回房了，把门关得震天响。

宋凛没有理会抽风的女儿，转身准备去书房，他每天都有做不完的事，人的欲望越大，责任就会越大。

这一点，周放和他是很像的。不到30岁的年纪，周放和她的同龄人相比已经足够与众不同。

不知道什么原因，也不知何时开始，宋凛变得对“老”这个字有所忌讳。去书房的路上，路过客厅的镜面墙砖，宋凛忍不住多看了一眼。

老吗？自己和周放不过差了6岁，至于被说成老牛吃嫩草吗？

周三，宋凛早上出门，给周放留了把钥匙，要她晚上下班帮忙买些东西，列的清单里都是些生活必需品。周放虽然觉得他这次的吩咐有些莫名其妙，但是考虑到宋凛总是给她帮忙，上周还帮她接外甥女，她也该回馈一下了。

想想他们俩还都挺需要请阿姨的，平日太忙，顾不上自己的生活，家基本上就是个睡觉的私密空间。钟点工一周来收拾两次屋子，除此之外他们就处于自生自灭的状态。上次宋凛要给周放请阿姨，家政公司推荐了两个来试工，做的菜都不合周放的口味。后来周放忙得每天特别晚才回家，连试工都没空，这事儿也就暂时搁置了。

周放拎着大包小包到了宋凛家，他还没回来，她把买来的东西一样一样地归置到该放的地方。

宋凛近来酒局比较多，家里比之平时乱了一些。周放看宋凛这单身汉过得也没多好，忍不住一件一件地捡起了没有放整齐的衣服，还把厨房里没洗的杯碗洗干净了。做完这些事，周放自己都觉得有点儿莫名其妙。

她对自己那么马虎，对宋凛倒是细心得很。

洗干净手，周放刚准备回家，大门就开了，宋凛带着一个周放没见过的男人回家了。

周放拿起包，低声问宋凛："有客人？"

宋凛微笑着点头："嗯。"

"那我先回去了。"

"嗯。"

周放和那人擦身而过，宋凛没介绍，她也没兴趣知道。

周放还在玄关换鞋，那两人已经进了屋。

周放听见两人声音不大的对话。

那男人问："是衣谜的周放？"

宋凛关了冰箱，语气如同在说"吃饭了吗"一样寻常："女朋友。"

这三个字如同古寺里只有清晨和傍晚才会敲响的钟鼓，一下一下地敲在周放心里，有力而声音清晰、悠长回荡。她不想承认，自己因为宋凛这轻描淡写的三个字而心生涟漪。

她什么时候就成了他的女朋友了？

这个男人，为什么总是省掉最重要的步骤？

周放一脸懊恼。

得知宋凛开始分化瓦解自己旗下的七个服装企业的时候，苏屿山着急了。这七个依托于百赛的核心服装企业一直是苏屿山手里的后盾和底牌，现在底牌要被宋凛掀了，他的愤怒自然无以言表。

百赛也试着采取了一些挽回措施，作为第一电商、老牌企业，不能被一个乳臭未干的小子毁于一旦。百赛的感情牌打得很漂亮，有些人被感情牌打动，开始抨击宋凛的手段，但这不足以阻止宋凛并购的脚步。

第一步的感情牌失败了，第二步，百赛内部开始试着统一战线。百赛内部的大股东主要是国内的银行、保险公司和投资公司，他们跟百赛合作了十几年，可谓从零到一，从无到有。对于现在宋凛提出的并购，他们是态度非常坚定的反对派，也多次公开表示抨击的观点。但是宋凛走的是迂回战术，根本没有动大股东，全是从散股和持有员工技术股的高层下手的。突破如此复杂的一个关系网，宋凛的耐心真是绝无仅有，不管多少人，他都一一梳理清楚，并且成功收购到手，这让百赛措手不及。

宋凛用强大的攻势步步攻破，最终成功完成了敌对并购。

外界对于宋凛这一次震惊业界的敌对并购是如此评价的：洗澡水被抢了，整个洗澡盆都要买回来。

苏屿山对于这个结果自然是不满意的，他觉得在宋凛还没有召开发布会宣布消息之前，自己就还有机会。

苏屿山的最后一手牌是法律战。两家公司较劲博弈的时候，百赛搬来了国际知名的大投行高森，宋凛则是请来了国内排名第一的天金，两家投行在背后斗法，法律战、各种公关活动层出不穷。

五年前，天金曾经是百赛的投资顾问公司，参与过百赛多项投资并购交易。现在天金反过来帮 April 并购百赛旗下的企业，百赛以维护商业机密为由，向法院提起了诉讼，认为 April 不能聘请天金作为此次并购的顾问。

宋凛近来也被苏屿山出的各种烂招搅得十分忙碌。官司背在身上，法务部和外聘的律师团也一直在研究，对于苏屿山的每一次风吹草动，他们都小心应对着。

但宋凛这个人性格和别人很是不同，抗压性极强，越是遇到大事越冷静，这也是他在短短时间内得以攀升至高位的原因。

在这么忙的时候，宋凛还把自己请到家里做客，这让原本有些焦头烂额的天金负责人被宋凛的态度影响，渐渐放松下来。

他跟着宋凛进家门时，周放还没走，既然天金要给 April 做投资顾问，自然也会稍微摸一摸宋凛近来的动态。

他倒是没想到宋凛和周放就住对门。得到宋凛亲口承认的“女朋友”，这么多年，他倒是第一次见。而周放却在几个月前接受了百赛的融资。

他不得不承认，宋凛这个人真的全身上下都是谜。

接过宋凛递过来的水，他没有喝，只是随手放在桌上。

天金的人对于和宋凛的相处还是小心翼翼的，他不卑不亢地把文件夹打开，拿出了刚做出来的报表：“最近苏屿山咬我们咬得比较紧，我们也在积极取证。你公司这边大概就是这样的情况，数据都做成了报表，你可以看看。”

宋凛接过报表看了看，没有说什么，只是点了点头。

“不知道苏屿山还有没有后招，没想到连五年前给他们做过顾问的事都能被他拿出来做文章。”

宋凛眯了眯眼睛，向后靠去，表情始终不动声色，让人看不出喜怒。宋凛再睁开眼，他的目光中只剩下慑人的冷意。

“已经五年了，他沾沾自喜地不愿做出改变，时代只会把他淘汰。”

天金的人对于宋凛的话不置可否，他们做投行的都是持中立态度，今天为 A 公司并购 B 公司，明天也许就反过来为 B 公司收购 A 公司。他们只负责赚钱，不会站队任何一家公司。

“衣谜近来在百赛平台的全力推动下升得很快。”天金的人说这话时点到即止，他实在忍不住好奇，“宋总的选择真的不同寻常。”

说起周放，宋凛脸上终于有了一些笑意，同时表情是那样自信。

“既然他愿意出钱供，就让他去吧。”宋凛顿了顿，笃定地道，“有些东西就像回旋镖，不管飞出去多远，只要是从我手里飞出去的，就会回到我手上。”

苏屿山的公司受到了宋凛的冲击，自然也影响了周放的融资计划。第二笔融资时间已到，周放却犹豫了，迟迟没有接下第二笔钱。

业内议论声如潮，股票市场一片绿，苏屿山却好像没有受到影响一样，时不时打个电话过来约周放吃饭，明里暗里地要接近周放，花招一箩筐。

他对于周放的犹豫也没有恼怒，只是好整以暇地等着周放做决定，带着探究、猜测，甚至看笑话的态度。

这天傍晚，苏屿山又来接周放下班。周放一出公司就看到了苏屿山，避无可避，只能硬着头皮上了苏屿山的车。

周放系上安全带，苏屿山专心致志地开着车，始终泰然自若，甚至刻意和周放闲聊起来。

周放手抓着安全带，想了许久还是把心里的猜测说了出来："苏总，您这是搞不定宋凛，想通过搞定我来打击宋凛吗？"

周放问得这么直接，话说得很难听，苏屿山却没有生气，反而回过头来对周放笑了笑："周放，我有时候真的觉得你清醒得不像个女人。"

"苏总，您利用我的时候，也从来没有遮掩过。"

苏屿山手扶方向盘，稳步向周放的家开着，他说话的时候，表情始终淡然："我以为，如果你的公司做起来了，至少可以替我阻挡一些不必要的麻烦。我对你没有恶意，周放，我给你资金，真的是希望你做大。"

对于苏屿山的这个想法，周放只是冷冷一嗤："然后成为您的爪牙吗？"

"最初，你应该很清楚我的目的。"

周放别过头去，表情严肃："我确实清楚，也没有反对，但是我只想提醒您，不要搞太多花招。有时候被逼急了，'爪牙'也会不小心伤到您自己。"

宋凛这次动摇了苏屿山的商业王国金字塔，对苏屿山的冲击不小。自从宋凛并购成功的消息放出来，百赛的股票接连一段时间都颇受影响，以百赛为中心向四周辐射，甚至整个电商市场的股票都受到了负面影响。只有宋凛的公司自挂牌起，一路飘红，April的市值一路飙升。

在“五三”的指导下，周放申购了宋凛公司两百万的新股。新股是高溢价发行，发行价格远超票面价格，周放通过宋凛公司股票的一路上涨，直接受益三千多万。这笔投资简直看呆了周放那耿直的小助理，直夸她快成股神了。

说真的，这次的投资收益全靠“五三”的投资手段，所以周放并没有沾沾自喜。但是有一点，周放是个很善于利用周围资源的人，不管是父亲、汪泽洋、秦清还是宋凛，甚至秦清那个算命的前任和如今的“五三”也算在内。很多人会觉得周放有今天的成就靠的是仰人鼻息、拾人牙慧，她对此也从来没有否认过。不管别人怎么酸，她都不在意。今天的她已经靠自己的小手段，在服装电商企业找到了自己的一席之地。

股票赚了钱的周放考虑到苏屿山和宋凛两虎相争，必有一伤，担心自己的公司在他二人斗法中被误伤，因此想要脱离苏屿山。

对周放来说，苏屿山会提出怎样的条件才肯放弃当初的融资计划，确实是个大难题。

她在城中一家高档酒店订了位，忐忑地邀请了苏屿山，本以为苏屿山会拒绝，谁知他还是准时赴宴了。

坐在偌大的包厢里，如同当初谈融资的时候一样，周放还是坐在离苏屿山最远的地方。

苏屿山看了一眼只有两人的包厢，笑了笑：“看来今天是场鸿门宴？”

周放被他注视得头皮有些发麻：“哪儿敢啊。”

苏屿山淡淡地看着她，语速不紧不慢：“我知道你最近靠股票赚了一些钱，也大概猜到了你今天约我的用意。”

周放抬起头看着苏屿山，他嘴巴一张一合，表情温和，说出的话却让人觉得后背一凉。

“周放，当初我投资你的公司是希望成为你的伯乐，而我是真的视你为千里马。但是很显然，你只是想要利用我的平台完成你的三级跳。”他抿了抿唇，眼中始终带着笑意，“也许是我太亲切了，让你忘记了我也是个商人。”

周放攥了攥拳头，开门见山地问道：“你想要多少？”

苏屿山笑着说道：“十倍。”

“2500万，变2.5亿？”周放努力让自己镇定，依然觉得这个数字简直是在抢钱。

“从我百赛跳出去的公司，没有不被天使基金看中的。想必你也是知道这点才会接受我的融资。”苏屿山睨着周放，“你想提早结束，就是这个数。你也可以继续接受我的融资，等上市以后，我按照股份得到我该得的。”

想起自己多年前初次看到的那个苏屿山，周放不得不承认，她心底的神话正在破灭。但她并没有太生气，也没有太意外。

在这个吃人不吐骨头的商场上，人本来就是在夹缝中求生，危险中求胜。

“苏总，谢谢您的理解，我会尽快给您满意的答复。”

两人在饭桌上谈完倒胃口的话题，却又微笑着吃完了这顿精致的晚餐。

28岁的周放终于在一次次尔虞我诈、你来我往的高手较量中，成了一个不动声色的女商人。

这种成长的速度，快得周放自己都有些不敢相信。

宋凛近来饭局很多，这种饭局，即使菜肴再精致，到最后也都是残羹冷炙，比在周放家里吃过的麻辣香锅的外卖更让他胃疼。

饭局结束后，宋凛的秘书去签单，签字的时候，他看到上一页签单居然有周放的名字。

“周总也来这儿吃饭了？”

经理笑了笑：“对啊，在梅宴。”

说者无意，听者有心。宋凛出来的时候，秘书低头问宋凛：“周总也在这儿宴客，您要不要去打个招呼？”

宋凛喝了点儿小酒，白了秘书一眼："客户还没走，哪儿有这个闲工夫。"

宋凛往外走了两步，停了几秒，又退了回来："哪个包厢？"

宋凛的反应在秘书的意料之中，他忍住笑意，淡淡地吐出两个字："梅宴。"

周放一晚上都有些不耐烦，吃完饭去签单的时候，想到自己暂时可以不用再面对苏屿山了，才觉得心情好了一些。

结好账，她和苏屿山并排往外走，在转角处看见了宋凛秘书的背影。周放预感到有些不祥，刚准备往旁边走，距离苏屿山远些，就看见宋凛已经往梅宴这边走了过来。

果然，秘书在，宋凛也不会远。

周放和苏屿山站得很近，见宋凛过来了，苏屿山故意一只手扶上了周放的腰，这触碰让周放起了一身鸡皮疙瘩。

他故意用不大不小、刚好令在场几人都能听见的声音说："回家吗？去我那儿坐坐？"

周放抬起头，正看见宋凛有些阴鸷的表情。

苏屿山离自己很近，周放能感觉到他的身高带来的压迫感，她想要脱离苏屿山的控制范围，正要动，却又被苏屿山拉了回去。

宋凛见此情景，不再多说，两步上前，以迅雷之势抓住了周放的手臂，强势地要把周放拉到他的怀里。他动作霸道得不容置疑，仿佛所有物被觊觎，愤怒得不得了。

周放实在讨厌这种拉拉扯扯的场面，眼眸沉了沉。

"放手。"她冷静地吐出两个字。

周放的话像突然投放出的液氮，让空气瞬间冻结。周放看见宋凛眼中的火苗一点儿一点儿地熄了下去，只剩一汪不见底的深潭。

他抓着周放的手松了松，又被周放按住。

她转过头冷漠地看向苏屿山："苏总，我说你呢。"

两人一前一后走出酒店，宋凛还在生气，大约是气愤撞见周放和苏屿山孤男寡女出来吃饭。对此，周放也没有解释什么，只是笑嘻嘻地跟在他的身后，看着他傲娇的后脑勺。

她实在很享受这个男人耍小脾气时的幼稚模样，这才是他的真实情绪。

两人走到停车场出口，宋凛的司机已经到了。宋凛回头看着她："你去哪儿？"

"回家。"

"回谁家？"

周放白了宋凛一眼。

"你管我呢。"

宋凛怒目瞪她："你还真要去关爱'空巢老人'？"

宋凛这个称呼一说出口，周放就憋不住笑了。片刻之后，她轻咳了两声，收住了笑容。

"我对你这个'空巢老人'也是一样的关爱。"她意有所指，"你很清楚的。"

宋凛被她的话气到，伸手刚要抓她，她头一低，逃了过去。

她后退两步，对宋凛挥了挥手："宋总再见。"

"回来。"宋凛皱着眉，"你那车不是坏了，怎么回家？"

周放笑了，一脸狡黠："我们公司也有车和司机。"

正在这时，宋凛的秘书走了过来，他抬头看了一眼周放，低声对宋凛说："宋总，还要送客。"

宋凛依然眉头紧蹙，用教训宋以欣的表情教训周放："你能不能消停点儿？"

周放挑眉，叛逆地回答："不能。"

周末，周放难得正常休息，没有饭局，却依然不能睡懒觉。

乐青子向周放发出了邀约，邀请她参加古董衣拍卖会。

这也不是很热闹的盛事，只在社交网络平台上发布了拍卖会信息，吸引一些同好者前来抢购。拍卖会在城中的展览中心举行，用的也是一个小型展厅，还比不上上次古董衣展览的规模。

不过现场倒是来了不少人，比上次展览的情况好了很多。

周放到的时候，乐青子正在整理她悉心收藏的古董衣。每一件衣服运过来时，均为真空保存的，个别比较昂贵的都用好几层包衣包裹着。

周放看了一眼那些风格各异的衣服裙子，内心涌起女人对美丽事物最原始的渴望。她由衷地感叹：“你怎么舍得卖？这些衣服都这么漂亮。”

乐青子对她的反应很是习以为常：“每年都有人这么问，我每年都会卖掉一些。”

“好可惜，这些裙子太美了。”

乐青子见她如此遗憾，哈哈大笑了起来：“我卖一些，是为了买新的。”

周放听她这么说，倒是瞬间理解了。女人嘛，衣服当然是每年都要有不同的。

拍卖会开始了，同好者对于自己喜爱的东西从来不会吝啬开价，好几件古董衣的成交价格远高于现在奢侈品的价格，即便那些裙子在三四十年前，也许只是名不见经传的设计师的作品。

拍卖师拿出最后一个系列，也是此次拍卖会价值最高的几件藏品，台下的古董衣收藏家们都被惊艳得目不转睛。

一个西装革履的年轻男人一连拍下了三件古董裙，并且都是以七位数的价格成交，是乐青子设定的底价的好几倍。这让周放都忍不住感慨了：“您卖裙子可比我做生意赚钱多了。”

周放回过头来，正准备听乐青子说话，却见她面色凝重，眼眸深沉。

“怎么了？”

乐青子没有说话，只是上台叫停了拍卖。

不一会儿，后台出现了一个不速之客。周放抬起头看清来人时，简直怀疑自己的眼睛花了。

苏屿山？苏屿山！

他怎么会出现在这里？

乐青子沉默地收起了剩下的古董裙，头也没抬，仿佛没有看见苏屿山一般冷漠。

“你一个大男人，买裙子干什么？”乐青子语气平和地说道，“你不用这样做。”

苏屿山走近了两步，表情始终很恭敬。

“我只是来支持一下。”苏屿山说，“你没必要这样排斥我。”

乐青子轻叹了一口气：“我想把裙子卖给真的与我爱好相同的人，如果只是为了赚钱，我的裙子早就卖光了。”

“你走吧。”乐青子的声音冷漠极了。

苏屿山对乐青子很尊重，没有纠缠。他离开的时候，表情有些无奈，也有些不甘。

看看苏屿山，再看看乐青子，周放惊呆了。

“乐姐，苏总和您？”我的天哪，这让周放怎么能想得到？

乐青子看到周放的表情就已经清楚她脑袋瓜里想了什么，没好气地敲了敲周放的头：“我已经60岁了！”

周放这下更惊讶了，瞪大了眼睛上下打量着乐青子：“啊？我还以为您也就四五十。”周放越想越诧异，“那苏总？”

拍卖会的气氛被苏屿山的出现破坏了大半，乐青子说叫停就叫停也让拍卖会的工作人员很是不满，当然，她也不在乎。

她细心专注地收着裙子，装袋、抽空，最后放回箱子里。做着这一系列动作的时候，她始终沉默。

许久，像在讲述一个与自己无关的老故事一样，她娓娓说道：“我曾经有一个女儿，后来她去世了。”

周放想起上次在展览上，她那么随意地说要送出婚纱。周放以为乐青子是没有孩子的，没想到，原来是孩子去世了。

白发人送黑发人，这是多么伤心的事，她却能用这么平静的口吻说出来。

也许是因为心里的伤口疼得没法用任何言语、表情表达，所以不得不平静以待吧。

“对不起。”周放为自己问出的问题勾起了乐青子的伤心事而感到抱歉。

乐青子抬起头，看着周放笑了笑，笑容中充满了安慰的意味，却也带着几分难言的悲伤。

“她活着的时候，曾经和苏屿山谈过恋爱。”说起女儿，乐青子脸上的表情变得温柔，“她叫四月。”

听到这个名字，周放愣了一下。

“April？”

“对，这是她的品牌。宋凛创业之初，我把品牌送给了他，还借给了他两万块钱。”

“为什么是他？”既然四月和苏屿山相爱过，为什么不是给苏屿山？

“宋凛在四月的工作室打过工。他本来是学土木工程的，哪里懂女装，受四月的影响才决定做服装的。”乐青子垂下眼眸，“四月是个设计师，她那么爱衣服，最后却随苏屿山做电商，放弃了服装梦。”

周放不知道，原来曾经发生过这么多故事，原来宋凛的品牌是这么来的。

“后来呢？”周放忍不住追问，“她为什么会……”问完这话，周放意识到自己的失言，赶紧道歉，“对不起，乐姐。”

乐青子的表情渐渐变得空洞，那一定是她最难以言说的痛苦。

“创业团队太辛苦了，感冒引发了肺炎，高烧的时候还在加班，她疲劳驾驶，最后出了车祸。”

乐青子深吸了一口气："苏屿山，他曾经让我的女儿那么累。"

周放的心情也随着乐青子的讲述越来越沉重。怪不得她不愿意接受苏屿山的竞拍，甚至连苏屿山想要买她的收藏，她都要拒绝。

"这一切都是四月的选择，她爱他，所以连生命都可以付出，我不恨他。"乐青子说，"我只是不想因为他，再想起那些痛苦的回忆。"

拍卖会没能圆满结束，苏屿山很遗憾，他无意破坏这场拍卖会。

坐在车里，司机安静地开着车，苏屿山只是沉默地看着窗外不断后退的风景。

不过十几年的时间，这座城市已经彻底变了样，过去的回忆、痕迹，都已经找不到了。

苏屿山还记得那个年轻女孩如花的笑靥，那是他疲惫的生活里，午夜梦回时最美好的画面。

当年的她是那样美丽，她说："苏屿山，我要建立一个品牌，就叫四月。"

那时候他也不过刚毕业没多久，独自创业，每天回家看到她的笑容就是最幸福的事。

她说要创立品牌，他就抱着她附和道："好，你红了，我就给你打下手。"

"我这辈子就好好经营这个品牌，把我的设计发扬光大。"

"好。"

他低头吻她的嘴唇，那么柔软，全是甜的。

后来，她眼中的热情被辛苦的创业磨没了，她跟着他吃了很多苦。

她问他："你知道我的工作室为什么叫四月吗？"

他有些诧异，但还是认真地回答："因为你的名字吧。"

她笑着，郑重地解释道："来自林徽因的诗。'你是爱，是暖，是希望，你是人间四月天。'"她看向他的漂亮眸子里面盛着如同海一般深沉的爱意，"苏屿山，如果我要你选，百赛和四月，你会继续做哪个？"

那时候她已经跟着他创立了百赛，苏屿山以为她是在开玩笑。年轻创业的兴奋劲、笃定自己一定会成功的自以为是，让他说出了那些话。

“现在中国还没有形成电商概念，我是第一个吃螃蟹的人，以后你就是总裁夫人，等百赛上市了，我带你去纽交所敲钟。”

那时候，他明明记得四月是在笑的，笑得那么甜。

他们都笃定，他所描绘的美好蓝图，未来有一天是会实现的。

四月一直渴望继续做设计、做服装，希望有一天自己能成为站在米兰、巴黎的伟大设计师。不管创业期间多忙，她依然坚持画稿。那时候的苏屿山一心想要成为第一电商，完全忽略了她的才华。

她折了自己的翅膀，收起了自己的梦，一心帮助苏屿山实现他的商业王国梦。

四月去世后，苏屿山确实成功了。他曾经多次找过乐青子，想要拿到四月这个品牌。

除了一起生活的记忆，这是唯一传承着四月精神的东西。

那时候乐青子对他有恨意，怎么都不肯卖。苏屿山以为，她是要自己留着做纪念。

可是几年后,她把四月的品牌赠给了宋凛,还把四月的遗稿都留给了宋凛。

创业初期的宋凛靠着“四月纪念”系列，在圈子里获得了一些关注。

而那一年，苏屿山的公司也上架了一个同名的“四月”系列。

宋凛拥有四月的底稿和知识产权，他把苏屿山告上了法庭。苏屿山不想被宋凛带着炒作，也不愿自己过去最美好的记忆被破坏，支付了赔偿款。

宋凛并不知道，那个系列是四月活着的时候画给他们二人的纪念日礼物，原本叫作“山月随人归”，取自两人的名字。

苏屿山必须承认，他一直对宋凛心存芥蒂，因为宋凛拿走了“四月”。

最愤怒的时候，他也曾和乐青子大吵过一次。

乐青子是怎么回复他的?

她说："苏屿山，你从来不懂我的女儿，更不懂她的梦。我不求她的梦能实现，只希望这个梦是干干净净的。"

苏屿山的眼睛死死地盯着窗外，拳头越握越紧。

梦是什么？

为了梦，他辛苦拼搏了这么多年，最后得到的只有一片虚空。

此生此世，他最恨的就是"梦"这个字。

周放参加完拍卖会回到家，时间还不到中午。

回到家，她正好碰见刚刚健完身的宋凛。

他一身运动装备，显得肌肉格外分明，整个人看上去孔武有力。他的脖子上挂着一条毛巾，头发上还有运动过后的汗珠，他看到周放，又低头看见她手上的纸袋。

"去逛街了？"宋凛有些诧异，"这么早？"

"乐姐的拍卖会，支持了一下。太贵，就买了一条裙子。"周放笑着说。

"嗯。"

宋凛拿钥匙要开门，又回过头来问她："吃饭了吗？一起？"

周放定定地看着宋凛，脑子里闪过了很多东西，最后归于平静。

"听了你的品牌故事。"周放抬起头看向宋凛，认真地问他，"你是不是暗恋过四月？"

宋凛有些惊讶："为什么会这么想？"

"你不仅为她改了行，还接受了她的品牌。"周放用手摸着下巴，"我最初还觉得奇怪呢，你这么'直男癌'，品牌的名字怎么会这么温柔。"

提及早已不在人世的人，宋凛也有些唏嘘："四月带我入行，很可惜，她没能坚持下去。我一直视她为老师，她为我构建了一个基本的服装概念，包括后来转型电商，很多想法出于她以前给我的指导。"

"为什么接手她的品牌？我不相信你不知道她和苏屿山的关系。明知道苏屿山想要‘四月’，你还接下来，这不是和苏屿山作对吗？”

提及当年年少气盛的举动，宋凛自己也忍不住笑了起来：“当时就是想和他作对，没别的。”

“为了林真真？”

宋凛抬起头，表情郑重其事：“不，是为了男人的尊严。”

月光清寂，夜风轻拂，这座城市终于熬过了寒冬，进入了万物复苏的春天。风中开始酝酿出暖意，轻拂人面，温柔得如同爱人的吻。周放洗漱完毕，只着一件衬衫，坐在飘窗上晾干头发。

周放抬头看了一眼日历，三月和四月被放在了同一页，她不觉就想起了那个女人。

四月，好温柔的名字。

虽然没有见过她，但是只是凭着大家对她的回忆，周放就可以想象到她的美好。

苏屿山为了她留下的品牌，至今还在针对宋凛；而宋凛说起她时，也总是充满怀念和惋惜。

一个女人活成什么样才叫成功呢？

周放想，大约是，在这个世界上留过深刻一笔，在一个男人的心里活成永恒吧。

周放考虑了很久后，再次约了苏屿山见面。苏屿山手里握有她公司的股权，就像一颗定时炸弹，让她始终不甚放心。

公司近来商业计划很多，她不想因为卷进苏屿山和宋凛的战争而被误伤。

这次见面，周放动了一点儿小心机，通过与乐青子的闲聊，她得知四月最喜欢的早点铺子。这是一家老字号，经过十几年的变迁，装修精致了许多，菜品也越来越多，只有老味道没有变。

她和苏屿山约在了老字号，四月最爱的那家。

苏屿山很准时地到了，他从来不会迟到，这是作为一个商人的准则。他着一身黑色西服，身上没有任何配饰，看上去仿佛和那些匆匆来去的上班族没什么两样。他进入大堂后，周放清楚地看见，他的表情是有些悲伤的。

苏屿山来了，周放却没有急着和他谈任何事。她把菜单递给了苏屿山，他没有接，只是凭着记忆点了几样四月最爱的东西。

馄饨、小笼包、米酒，还有一碟醋，里面一定要有几根姜丝。

早点上桌，他看了许久才拿起筷子。他安静地一口一口吃着，直到全部吃完，周放也没有打扰他。

“说吧，你想怎么样？”苏屿山始终表情冷漠，没有了平日里的伪装，他冷嗤了一声，“你应该知道，我讨厌别人打探我的过去。”

“苏总，我无意打探，这只是一个巧合。”

苏屿山眼中渐渐迸射出慑人的冷意：“周放，身为一个女人，最忌讳的是以为自己很特别。”

周放笑了：“我确实很特别，不然您不会看到我，对吗？”

苏屿山不想和她打嘴仗，开门见山地说：“说吧，你又想到什么狡猾的计策了？”

周放被苏屿山的用词逗笑了。她微笑着拿出合同，递到苏屿山面前：“我接受您提出的2.5亿赔偿，但是您得给我一年的时间，这一年不需要您再注资我的公司。如果我还了您2.5亿，您一年时间赚十倍，也不亏；如果我完不成，您想如何处置您手里的我公司的股份，您说了算。”

周放的提议让苏屿山忍不住笑了笑，他微微向后一靠，问道：“周放，你知道我为什么会投资你，为什么会看到你吗？”

“知道，因为宋凛对我有几分特别，您想利用这几分特别，培养我来抵抗他。”

苏屿山摇摇头：“不仅如此，还因为你和我的一位故人很像。”苏屿山低垂着眼睛，“我想，宋凛一定也是发现了这一点。”

“四月？”

听到周放说出这个名字，苏屿山的表情有一瞬间的失落。

“有梦的人是可笑的，可是我就是想把可笑的梦实现，因为我欠她一个梦。”苏屿山说，“如今你想脱离我，也在我的意料之中。以你的性格，你本来就不会老老实实地拿钱办事。”

“苏总，感谢您愿意为我圆梦。”

苏屿山抿了抿唇，露出了商人精明的目光：“可是我为什么要答应给你一年时间？我现在就可以随意处置你公司的股权。”他笑了笑，“对我并没有绝对好处的事，你凭什么觉得我会答应？”

周放知道苏屿山不会轻易松口，她很是诚恳地对他笑了笑：“所以我找来一个人，替我说情。”

周放打了个电话，几分钟后，她把乐青子接了进来。

整场很不正式的“商务”谈判，乐青子没有说一句话，苏屿山的态度却软了很多。他并无意算计周放，他和周放没有私仇，也无意把一个不是同层次的女创业者打回原形。不能为他所用，就攫取最大的经济效益，从头到尾，他只是保持着商人本色。

但周放却不是一般的女人，她打出来的牌太出其不意。当他以为她会为了博得宋凛的信任而和他正面对抗时，她却打出了一张让苏屿山无法拒绝的感情牌。

她利用了苏屿山对四月、对乐青子的愧疚。

苏屿山不得不承认，她实在善于利用身边的一切资源。

“我之前还在想，为什么你能从宋凛手里讨到便宜，现在我算是明白了。”在签下字的那一刻，苏屿山忍不住感慨，“周放，你这个女人，太善于利用人性的弱点。”

周放笑着拿回了合同："苏总，那我明天去您公司盖章了。您这么大的老板，一诺千金，想必不会出尔反尔。"

"周放，2.5 亿，一分都少不了。"

"苏总放心，我一分都不会少。"

苏屿山走后，乐青子终于忍不住白了周放一眼。

"果然，宋凛带过来的就没有一个好东西。"她用一只手指点上周放的额头，却是没有生气，"利用完了我，总要付出些代价。"

周放感激乐青子的出面和帮忙，笑嘻嘻地说："乐姐有什么需要，我一定竭尽所能。"

乐青子倒是真的没有和周放客气，她和再生资源回收利用协会、南城艺术学院、世捷公益计划发起了一个旧衣回收再造的计划，正缺个投钱支持的"大慈善家"，这次，周放自然是当仁不让。

知道周放接了一个环保项目，公司简直炸开了锅。

"这种活动完全不赚钱，不是拿钱打水漂吗？"

"对啊。"周放的语速始终不紧不慢。

"周总，这太烧钱了。"

周放看了一眼手上的节目企划书，淡笑着说道："所以，我们就该做得更好，让钱烧对地方。"

周放近来在《我是超模》的素人真人秀节目中当赞助商，为衣谜投放新的广告，这个节目比不上《衣见钟情》有大明星站台，再加上它也不是四大卫视的节目，愿意赞助的商家并不多。当初节目组找到周放时，她也是犹豫了很久。

但是节目的策划实在把台本写得太精彩，周放最终还是决定赞助。

她把这次旧衣回收计划告诉了节目策划，策划觉得环保主题可以在节目中宣扬正能量，很欣然地接纳了，并且为这个活动取了一个很美的名字——“重来衣次”。

在明星真人秀满天飞的当下，这种素人选秀的比赛倒也算一股清流。十四个有超模梦想的女孩，在节目中一起艰苦培训、激烈比赛，都是年轻漂亮如花似玉的大姑娘，本身就是话题。漂亮的服装展示，光鲜的T台秀，每两集更换一个超模导师，这大大地满足了观众对超模生活的窥探欲望。

这个节目一经推出，收效惊人。至于周放，不管是赞助节目还是赞助旧衣回收投的钱，都得到了超过预期的广告效应。

用周放的话说，“作为一个创业者，一定要坚持自己的方向，连自己都打动不了，很难去打动顾客。真心认同自己的品牌，喜欢自己的品牌、产品，才能把品牌的态度传递给顾客”。

周放正在用自己的坚持征服所有人。

事业上顺风顺水，生活上还是一如既往地糟糕。

翻了一个年头，再过几个月，周放就要正式进入29周岁，离父母定下的“死线”30岁距离不远了，意味着她离死也不远了。

周末，秦清给周放打来电话，问她参加同学聚会的事。

“怎么又聚会？”周放有点儿诧异聚会的频繁程度，明明霍辰东回来才聚过一次——虽然她当时工作忙没去成，周放皱着眉说道，“我没空，我爸妈正‘三堂会审’呢，我估摸着我未来几个周末都得受训。”

“这次是沈老师召集的你也不来啊？”

“沈老师？”周放皱眉，“你不是最讨厌沈老师了吗？当年她都那么说你了。”

“沈老师出去交流学习两年了，刚从国外回来。老师亲自打电话给我，我能不去吗？”

周放嘿嘿一笑：“沈老师没打电话给我！打了我也不接了！哈哈哈！”

挂断电话，见父母一脸严肃的表情，周放赶紧收起了笑容，小心翼翼地递上了菜单。本来没提前订位置得坐大堂，周爸就挺气的，周放可不敢再惹他了：“爸爸，您要吃什么，您随便点啊。”

周爸横了女儿一眼，自顾自地看菜单去了。周妈用茶水涮着杯碟，这是她的习惯，在哪儿吃饭都一样。

“都是消过毒的，这么贵的餐厅，放心，吃不死人。”

周妈白了周放一眼：“我们可得活长点儿，我怕是到了100岁都看不到你出嫁。”

“不至于，80岁，最多80岁。”

看着痞里痞气的女儿，周妈恨不得一筷子甩过去。

周放本意是调节气氛，见父母不接茬儿，她也就不再多话了，端着杯子喝起了水。

服务员刚下完单，一个醉醺醺的男人就一脸惊奇地冲到了周放面前。他像打量文物一样仔细地把周放研究了一遍，最后笑嘻嘻地大喊一声。

“宋凛！你快来啊！周放在这儿吃饭呢！”他看了一眼周放的父母，又看一眼周放，“周放，你这是招待客人呢？怎么在大堂啊？”

周放认出了这人是本城一个大型加工厂的老板，一时也有些尴尬。她抬头看了父母一眼，很显然，他们对眼前的一幕很排斥。

周放瞬间感觉到了压力。

一分钟不到，还不等周放反应过来，她的肩膀上就多了一双熟悉而又温暖的手。

宋凛循声走了过来，春风满面的样子，面颊有些绯红，身上带着淡淡的酒气，他把手亲昵地放在周放的肩上，自然地低头凑近周放，轻声问她：“过来吃饭？”

再一抬头，看清了另外两个人，宋凛终于意识到场合不对，他自觉放开了周放，不敢再放肆。

宋凛整理了一下衣服，非常礼貌地走到周放爸妈面前。

“叔叔阿姨好，我是宋凛。”

原本有个男人走过来，还和周放姿态这么亲密，以周放父母这么急着把周放“泼”出去的态度，应该是很高兴才对。

可是他们看清来人是宋凛后，周生年几乎是瞬间就黑了脸。

宋凛崛起的时候，周生年早已退休不怎么过问圈内事了，但是不代表他没有见过这个人。宋凛，一个花名在外的有钱男人，一个和周放本不该有任何交集的男人。

宋凛见周生年脸色不悦，抿唇笑了笑：“叔叔，您还记得我吗？我曾经找您跑过生产线。”

周生年上下打量着宋凛，眼中是不加掩饰的不满意和嫌弃。半晌，他只憋出了两个字：“你好。”

真的就两个字，说完就没有下文了。

见自己老爸脸色不太好，周放赶紧给宋凛使了几个眼色，示意他快走。

宋凛自然是接收到了周放的信号，说了声“您慢吃”就离开了，临走投给周放一个意味深长的眼神。

宋凛走后，周放总算是松了一口气。

她正准备开口解释，一抬起头，见父母都黑着脸盯着她，盯得她吃饭的筷子都差点儿吓掉了。

“上次接你电话的是他？”周爸问。

周妈埋怨周爸：“你不是说叫宋林吗？你耳背啊？”

周爸始终铁青着脸。

这一顿饭吃得自然是非常不愉快，草草就结束了。

临走时周放结账，服务员笑眯眯地走过来，说宋凛已经结过了。

这让本就不高兴的周爸周妈脸更黑了。

“你到底怎么认识他的？”周爸问。

“生意往来。”

周爸皱着眉头起身，要走又不放心：“周放，我警告你，你别给我在外面乱搞。”

“不敢。”

周放亦步亦趋地跟在父母身后，心想，看来父母是真的不喜欢宋凛。

那种打招呼、付账的老招数，他也不看看对象是谁，追女人还行，想要打动周放父母，可能吗？

周放忍不住腹诽：嘁，这宋凛，开过几年拖拉机，还真以为自己成了老司机了。

周放的婚姻大事，是她爸妈退休以后的头等大事，虽然周放爸妈急着让周放出嫁，但是他们坚决反对周放嫁给一个花心乱搞的“坏男人”。很不幸，宋凛就是她爸妈强烈反对的那种。

不过宋凛的出现倒是让周放消除了对爸妈乱点鸳鸯谱的怨念。她明白爸妈还是爱着她的，虽然急，但是也不会真的允许她随便嫁人。

大约是对宋凛不放心，之后的几天，周放的爸妈都在电话查岗，每天十一点了还要拨个视频通话过来，看见周放在家并且一个人才算放心。

这天周放加班，工作太忙，没有及时接通视频电话，到了晚上，还没联系上周放的爸妈直接杀到了她家门口等着。

周放下班后，一个电话回过去，才知道爸妈来了，赶紧火急火燎地回了家。

路上周放还不忘给宋凛打电话，怕宋凛没眼力见儿地过来。一连打了几个电话，他都没接，周放不放心，又发了好几条短信。

周放见到爸妈时，他们的脸色自然没有多好看。

周爸看了一眼手表：“一个女孩子家，回家这么晚，你这样的，谁会把你娶回家？”

周放嬉笑着开门："总有眼瞎的。"

周妈白了她一眼。

进屋后，让爸妈坐在沙发上，周放去倒水。

"爸、妈，你们今晚在我这儿住啊？"周放看了一眼时间，"都快十点了，你们吃了吗？没吃我下个面条？"

周妈嘴角抽了抽："除了泡面你还会什么？还给我们下个面条？"周妈捋起袖子就往厨房走，一路不停地对周爸抱怨，"就是你惯孩子，这么大的女孩，什么家务都不会干。她这鬼样子怎么嫁人？"

周放嘿嘿一笑："妈，你这么说就不对了，人家是娶老婆又不是娶保姆。"

周妈揶揄道："娶你还不如娶个保姆。"

周放脱了白色的西装外套，刚要坐在沙发上，就听见自家大门锁孔诡异地一响。

咔嗒一声，门被人推开了。

坐在沙发上的周爸和正往厨房走的周妈循声回头，看向玄关。因为角度的问题，也看不清来人，一屋三个人茫然又疑惑。

周放觉得自己的后脑勺好像被人用铁锤重重地捶了一下。

这运气也真是绝了，宋凛早不来晚不来，偏偏周放爸妈在的时候过来了。

周放也不敢坐了，一跃而起，奔向了自家玄关。

再看刚进来的宋大爷，熟练地从鞋柜里拿出了周放准备的男士拖鞋，脚一踢就换上了，自然得如同在自己家一样。

门口有两双鞋，宋凛看了一眼，问周放："家里有客人？"

周放一双秀美的眼睛此刻正冒着三丈高的大火，她强压着怒气，压低了声音质问宋凛："你怎么回事？！跑我家里来干什么？"

宋凛挑了挑眉："我不能来？"

换好了拖鞋，宋凛又脱掉了西装外套，伸手要递给周放，这举动可把周放气得不轻。他这是什么意思？这不知道的还以为他们是同居好久的情侣。

现在周放爸妈在这儿，宋凛这么干，是想周放被爸妈给撕了啊。

周放不肯接宋凛的外套，他倒也不纠结，直接挂在自己的胳膊上。

周放气得咬牙切齿，又不敢太大声："我不是给你发了短信！"

"我没看到啊？什么短信？"宋凛一脸无辜的表情看着她。

周放被他气得不轻，伸手把宋凛往门外推："赶紧回你家去，我爸妈来了。"

"啊？"宋凛一副毫不知情的样子，"叔叔阿姨来了？"

周放一只手去开门，另一只手把宋凛往外推："所以赶紧滚回你家去！"

宋凛手一挥，很轻易地把周放绕开了："那怎么行？至少得打个招呼吧？"

"打个屁招呼啊！快滚！"

两人拉扯时，周爸已经不声不响地踱步过来了。

周放抬头看见老爸，有点儿尴尬地缩回了正在把宋凛往外推的手。

周爸脸色不悦，一过来就瞪了周放一眼，周放下意识地缩了缩身子。

周爸皱着眉头看向宋凛："不知道宋先生和我女儿是什么关系？怎么会有家里的钥匙，直接就过来了？"

"邻居。"

"男朋友。"

周放和宋凛同时回答，可答案南辕北辙。

宋凛听到"邻居"两个字，原本还带着几分笑意的脸瞬间沉了下来。

周爸表情严肃了几分："到底怎么回事！"

"男朋友。"

"邻居！"

这次两个人又是同时回答，只是两人的答案调换了一下。

周放是不得已这么说的，宋凛呢，简直是咬牙切齿地说出了"邻居"两个字。

周放被宋凛的表情吓到，不自觉往后退了一步，被宋凛一把抓了回来。

他低着头，死死地盯着周放。对于周放的回答，他始终耿耿于怀："周放，我到底是谁？"

周放有些茫然地抬起了头，还没说话，视线就被一道身影挡住了——强行插过来的周爸把二人隔开了。

“既然是邻居，时间也不早了，宋先生请回吧，我有点儿话想单独和我女儿说。”

即使多年不在商场打拼，周爸当年的威严还在，他脸上逐客的意思已经很明显。即便宋凛再不甘、再生气，他的教养也不允许他忤逆长辈。

他顺从了周爸的要求，礼貌地说了再见后离开了。

大门关闭后，周爸脸上隐忍的怒气终于爆发了。

他黑着脸，坐回沙发上，半天都没和周放说话。

“爸爸……”周放试探地叫了一声。

周爸正襟危坐，皱着眉头盯着周放，表情严肃：“你和那姓宋的小子在谈恋爱？”

周放不敢说假话：“算，也不算吧。”

这个模棱两可的答案瞬间点燃了周爸的怒气。

“这是什么意思？周放，我没想到你在这个圈子里混了几年，变成这个鬼样子了！”

周放被周爸的怒气激到：“我变成什么样子了？”

“那姓宋的是什么人，你不知道？他玩儿你的，你看不出来？”

周放本来撸着袖子要和爸爸大吵一架，却不想，爸爸一句话就把她打回了原形。

爸爸说的那些话，她居然完全无力反驳，她自己都不知道她和宋凛算是怎么回事。

周爸眉间的沟壑越来越深，一脸恨铁不成钢的表情：“不要和他来往了，这种人和你不是一国的。”周爸一掌重重地拍在了面前的玻璃茶几上，发出了哐的一声巨响。

“你给我搬回家住！我们不管着你，你得翻天了！”

周放被强行掳回家之后的几天都过着炼狱一般的生活。

白天要上班，晚上行程也被排得满满的，周放简直不知道她爸妈从哪里找到那么多单身的男人，每天一个，一天不停。

周放被折腾得身心俱疲，忍不住向老妈求饶。

“妈，能不相亲了吗？我每天工作也很忙，这么下去我真吃不消。”

老妈乜了周放一眼，一边洗杯子一边说话。

“这次我支持你爸爸，我也觉得那个宋凛有点儿不可靠。你是我们俩宠大的，性子直，非黑即白，不会转弯。遇到这种坏男人，你得被他耍得团团转。”

周放没想到爸妈对宋凛的抵触情绪这么大：“你们都没和他接触，怎么就知道他不好呢？”

对于周放的疑问，周妈没有回答，只是回头问周放：“难不成相了那么多，没有一个看中的？”周妈也有点儿奇怪了，“这次的人都是我选的，每一个我都把关了，身家清白，个性也都不错，都是青年才俊。”

周放没有反驳妈妈的话。

确实，这次相亲的对象个个都不错，即使不是那种优秀得冒尖，也没有之前那样的极品。

可是很奇怪，她连和那些人说话都觉得勉强。

不管遇到了谁，周放都忍不住拿来和宋凛比较，竟然没有一个比他好。

周放自己也挺苦恼的。

去同学聚会之前，秦清又给周放打了电话，但周放还是残忍地拒绝了。周放现在是泥菩萨过江，自身难保，不想去同学聚会应酬了。

秦清只好自己去参加这场她并不喜欢的同学会。

组织这场同学聚会的沈老师和秦清算是有点儿“仇”。当年秦清年轻气盛，为了追男神闯了男生寝室，被学校通报批评。沈老师因为她丢了当年评选系主任的资格，气急败坏地把她拎进了办公室，劈头盖脸就是一句："秦清，你是个女孩，你到底要不要脸？怎么能做出这种事？"

秦清是个爱记仇的人，从那之后她时不时借着社团事务去办公室捣乱，每次都要在沈老师办公桌上留点儿"东西"，恶作剧一个接着一个。沈老师对她很是不满，却又拿她没办法。

这场同学聚会来的人不算少，但是秦清跟他们也不算熟，就一个人坐在角落里喝酒。喝了几杯，觉得有点儿无聊，秦清借口上厕所走了出去。

她洗了个脸，人清醒了一些，秦清准备回包厢，可她不太记得包厢号了，转了三圈也没找到，这时她发现沈老师正在角落里站着。

"沈——""老师"两个字还没说出口，秦清就听见沈老师在打电话，并且情绪很激动。很明显，她正在和电话那头的人吵架。

"……"

"她和你本来就不是一个世界的人，比你大那么多，又离过婚，你是不是猪油蒙了心？我就说你怎么整天惦记着毕业找工作，要你出国深造你都不肯去！

"我早就说了，我不可能接受！我太清楚她是怎么回事了！我带了她四年！她就是个混混儿！

"左宇霖！我告诉你，你要是来了，你就别再喊我'妈妈'！"

"……"

沈老师气急败坏地挂断了电话，一转身，正看见完全失了笑容的秦清。

她站在原地没有动，许久，终于忍不住自嘲地一笑。

"沈老师，这场聚会是冲我来的？"秦清冷嗤一声，"没想到啊，当年在学校里您那么看不上我，如今居然都亲自关照我了，我还挺荣幸的。"

沈老师的面容看上去有几分憔悴，再也没有了老师的威严，只有作为母亲的愁闷。

"秦清，请你理解老师，我只有这么一个儿子。他从小就比别人聪明，从来没有考过第一名以外的成绩。”沈老师说着说着，声音有些哽咽，“他甚至从来没有谈过恋爱。秦清，如果这是你的孩子，你忍心吗？”

秦清有些无力地看着沈老师苍老的眼神，于心不忍。

“我不是说你不好，我只是觉得你们不合适。”

秦清觉得脑子里乱极了，她的理性和感性正在打架。她不想再听下去，转身要走，却被沈老师死死地抓住。

“秦清，算老师求你了，我们家真的丢不起这个人。”

周放今天相亲的对象非常通情达理，见周放无意，他很绅士地放她走了。

原本准备一个人清清静静地去吃个饭，结果秦清一个电话打了过来。

秦清也没说清头尾，电话接通后就说了四个字：“出来喝酒！”

两人坐在大排档里，夜消时间，这里人声嘈杂，热闹非凡。秦清点了一桌子菜，结果她一筷子都没动，一直在喝闷酒。

秦清不肯说发生了什么事，周放也不好问，她喝醉了就开始边号边哭。

周放已经很多年没有看见秦清这样哭过了，心里也忍不住跟着她一起难受。

38度的白酒，却怎么都喝不醉人，秦清觉得连酒都在和她作对。

刚才，和沈老师一番纠缠后，秦清心不在焉地回到了包厢。

聚会的后半程，一个人姗姗来迟，是当年秦清闯男寝楼追过的男神——江宴。在场的人都知道秦清和他的那段过往，他一进来，大家就开始起哄。

秦清始终没有接茬儿。

没等聚会结束，秦清找了个理由先走了，江宴追了出来。

“秦清。”他说话的声音还是那么温柔。

江宴刚从国外回来，和秦清一样离了婚。他后悔了，觉得再也没有一个女人能像秦清那么单纯地爱他。

他表情很诚恳，对秦清说："沈老师组织这场聚会其实是为了我。我知道你离婚了，我觉得这是老天的安排。"

秦清忍不住冷笑一声，这确实是"老天"的安排。

她离婚了，他也离婚了，她大学的时候还那么没脸没皮地追求过他，两人确实是"天作之合"。

"对不起，江宴，我已经不喜欢你了。"

秦清说完这句话，转身就要离开，江宴一把将她拉进了怀里。

"对不起，秦清，当年是我什么都不懂。你结婚的时候，我真的很痛苦。"

"放——"秦清的话还没说完。

嘭！一记冲动的重拳毫不客气地落在了江宴的脸上。

江宴吃痛，放开了手，秦清被一道熟悉的身影护到了身后。

那么挺拔的背影，透着年轻的气息，和秦清是那么不同。

江宴捂着脸，一脸震惊地看向那个出手打他的年轻男人："秦清，这是谁啊？"

"刚毕业的大学生。"左宇霖冷冷地回答道，"她包养的'小鲜肉'。"

江宴一脸震惊地看向秦清："秦清？"

"江宴，他还年轻，做事比较冲动，你别怪他。"秦清说着把左宇霖往后拉，"你过来。"

两人站在角落里，冷着脸对峙着。

秦清先打破了沉默。

"左宇霖，你这是在做什么？为什么要一直纠缠不清？"秦清冷漠一笑，"这样真的很烦人。"

左宇霖死死地盯着她："我也不想再纠缠下去了。"他停了一秒，随后一字一顿地说，"我满 22 岁了，结婚吧。"

秦清觉得冥冥中好像有一只无形的手紧紧地握住了她的心脏，她连呼吸都感觉很难。许久，她终于强迫自己冷静下来。

“我已经结过一次婚了，结婚不好玩。”

“我没有要跟你玩。”

“可是我已经不想玩了。我离婚的时候，你还在做《五年高考三年模拟》，我们俩代沟挺深的，要不是你年轻，身体不错，我和你不可能纠缠这么久。”秦清笑着，说出来的话却如刀一样伤人，“左宇霖，我腻了。你知道我的，我喜欢新鲜感。”

左宇霖听不下去从秦清嘴里说出来的那些伤人的话，他圈住秦清的脖子，一低头重重地吻了下去。

他以为，这样至少能阻止她再用语言的刀，一刀一刀地凌迟他的心。

然而，秦清从头到尾都没有闭眼睛，就那么直直地盯着他，等着他发泄完。

他像被烫到了一样放开了秦清，秦清嘴巴被咬出了血，却始终面无表情。

“我不喜欢野外，要不去开个房？”秦清说。

没有哪个男人能受得了这样的奇耻大辱，即便左宇霖还是个小男人。

“秦清，分手吧。”他的话掷地有声。

秦清笑了。

“好呀。”

秦清想不明白，自己一个离过婚、花名在外的女人，明明说好了只走肾、不走心的，自己在难过什么呢？

“周放！你倒是喝呀！叫你出来你也不喝酒，一直看着我干什么啊！”

看着秦清那个鬼样子，周放忍不住摔了筷子。

“秦清，你该不会是失恋了吧！”

周放话音刚落，就听见嘭的一声轻响，秦清直接趴在了满是油光的桌上。

周放疑惑地走到秦清身边，推了推她的肩膀：“秦清，秦清。”

一动不动的秦清听见呼喊，倏然抬起了头，一把抱住周放，将全身的重量都放在了周放身上。周放才九十几斤，哪里顶得住秦清这一压，两人一起摔倒在地。

接着周放就听见秦清一把鼻涕一把眼泪地哭诉："周放……哇……"

"……"

"周放"是在叫她的名字没错,"哇"却不是语气词,而是秦清呕吐的声音。

周放此刻真是乌云盖顶。她嫌恶地抖了抖手上、身上的呕吐物，看着躺尸在地、已经醉得不省人事的秦清，真是憋了一肚子的脏话。

周放踢了秦清的屁股两脚，眼看她已经彻底醉死了，一动不动，嘴角还有呕吐出的秽物。周放无语地看着秦清，只觉得生活对她来说真是太艰难了。

喝醉酒的秦清和尸体没什么两样，靠大排档老板的帮忙，周放才把人从地上扶了起来。

周放实在搞不定秦清,原本想打电话给"五三",可是看这情况也不太合适。最后她思前想后，只能打电话找宋凛帮忙。

宋凛语气不善地接了电话，隔着电话，周放都能感觉到他不悦的心情。虽说对她有意见，但宋凛还是来得很快，就是看到周放和秦清那不成体统的样子以后，脸色不太好。

把秦清搬上了车，宋凛再回过头看看周放。折腾了半天，周放头发乱七八糟的，一身秽物，也没擦多干净，气味又难闻，宋凛忍不住皱起了眉头。

宋凛开车，周放坐在后座照顾喝醉酒正酣睡的秦清。秦清也不知道是怎么了，那么伤心，睡着了还是一直在低泣，弄得周放也有点儿手足无措。

宋凛嫌弃地自后视镜看了一眼秦清和周放，微微皱眉："你看看，这就是你的朋友圈。"

周放用手扶着秦清的脑袋，用纸巾擦拭着她的脸颊，周放本就焦躁，这会儿听见宋凛这话，忍不住反驳："我的朋友圈怎么了？我还没嫌你呢，你倒是嫌上我了？"

宋凛冷冷地哼了一声："这就是专门和年轻男人鬼混的那个吧？"

"什么叫'专门和年轻男人鬼混'？还不准单身女人谈恋爱了？"

宋凛对此嗤之以鼻："每次都刚好和小她一大截的男人谈恋爱？每次都

刚好需要她养？”

“你说话怎么这么难听？”周放忍不住乜他一眼，“我看你就是嫉妒人家男朋友年轻吧！”

宋凛被噎了，也懒得理周放。他气呼呼地开了一路快车，按照周放说的地址把秦清送回了家。

见周放扶了半天没扶起来，宋凛冷哼一声，不再磨叽，双手一架，粗鲁地拎起了秦清，往她家走去。

周放慌忙地跟在后面：“哎哎哎！你干什么呢！秦清的鞋啊……”

周放气呼呼地跟在宋凛身后，全程骂骂咧咧。

他们刚一走出电梯，周放一抬眼就看到了坐在秦清家门口的“五三”。

他此刻全无平日的年轻活力。他大约是喝了酒，头发乱糟糟的，眼神浑浊，身上不知道在哪儿摔得黑一块黄一块的，整个人看上去颓废得不行，路边的乞丐也没他这么落魄。

听见电梯的声音，“五三”迷迷糊糊地抬起头，眼中一片迷茫。花了近半分钟，“五三”才看清是秦清回来了，他倏地清醒了，一下子从地上站了起来。

周放看见“五三”一直在秦清家门口等着，又担忧又欣慰，心想秦清这次哭得也算值得，至少不是她一个人在伤心。

周放扶着秦清往门口走，“五三”很快将她接了过去。秦清喝得烂醉，被“五三”一拉，就直接软倒在他怀里。

“交给我吧。”“五三”一身酒气，说话的声音有些暗哑。

周放皱着眉，半天没敢放手：“对她好点儿，她也不容易。”

宋凛对秦清是一万个看不上，不等“五三”回话，周放已经被他强势地拉走了。

“我们的账还没算，少管别人闲事。”

周放一身呕吐物，虽然没喝酒，但是身上酒气冲天，自然是不敢回父母家的，只能编了个理由，灰溜溜地回了自己家。

宋凛从接到周放到带周放回家，一路一直黑着脸。

从电梯出来，不容周放拒绝，宋凛直接把她推进了他家。周放本来就一身狼狈，这会儿被他这么对待更是恼火。她刚要骂人，宋凛已经把她拎进了浴室。

花洒一开，水淋在了猝不及防的周放身上。周放没想到宋凛会突然抽风，被淋得眼睛都要睁不开了，四处瞎抓。

“宋凛！你疯了吧！”

周放在那儿歇斯底里地喊着，宋凛也不管自己是不是被花洒的水溅到，只是一脸严肃地吐出一个字。

“洗。”

周放用了好一会儿才终于扶着墙站定，水哗哗地淋在她的肩膀上，她顾不得自己此刻的狼狈，死死地盯着宋凛，一动不动。宋凛见她不动，二话不说，上来就要脱她的衣服。她双手交叉护着自己的衣服，但总归是没有宋凛力气大，挣扎不过，最后只得大吼一声：“我自己洗，滚出去！”

周放这辈子都没有这么憋屈过，被人这么推进浴室，强迫洗澡。还有，那男人看她的眼神简直像在看脏东西。她做什么了？他以为她喜欢喝酒，喜欢伺候醉鬼吗？

洗完澡，周放蹑手蹑脚地摸出浴室，看见宋凛放在外面的干净棉质短袖，本来很是不屑，但是想想自己的衣服都脏了，只能把他的衣服穿在身上。他的T恤衫很长，垂至周放大腿中段，都能当连衣裙穿了。

周放擦着头发出了浴室，看见宋凛一脸铁青地坐在沙发上。

宋凛脸色不好，周放脸色更不好。她白了他一眼，气呼呼地把毛巾砸在了沙发上，反抗之意甚是明显。

“你还发脾气？”宋凛难以置信地看了周放一眼。

“不行？”

宋凛眯了眯眼睛，眼中射出危险的光：“你最近都在这么鬼混？”

听到“鬼混”两个字，周放气急败坏：“我没管你，你倒是管上我了？”

面对周放疏离而冷漠的态度，宋凛脸上阴鸷的表情更甚。

“我是男人，你是女人，能一样吗？”宋凛一跃而起，跨到周放面前，“为什么最近不回家？”

周放双手环胸，看都不想看宋凛：“住爸妈家里了。”

“听说你最近都在相亲？”

周放转过头看了他一眼，满不在乎地说：“爸妈安排的。”

见宋凛眼眸越来越深，周放知道他生气了。周放不想和他吵架，起身要回家，又被宋凛一把拉了回来。

周放讨厌他总是用力气压制她，一拳打在他的胸口，力道绝对不小。

宋凛的身体动都没有动一下，仿佛周放只是给他掸了掸衣服上的灰。对于其他的一切，他都无动于衷，只是死死地盯着周放，愤怒的表情里有难得一见的狠劲：“周放，他们安排了你就去？你一点儿主见都没有吗？”

宋凛冷冷的质问让周放有些讶异，反问他：“不然呢？”

宋凛眼中的火苗一点儿一点儿地熄灭，他居高临下地盯着周放，目光如炬：“周放，在你眼里，我算什么？”

说实话，周放一整晚都憋着一股气，最近本来就过得憋屈，老爸老妈、秦清，没有一件让她顺心的事。这会儿宋凛还来招惹自己，她还没质问他呢！

“姓宋的，我们确定过关系吗？”她发起脾气来如同枪炮一样，火力强劲，一发连一发，“难道你不是有需求才来找我？难道你是因为爱上我才和我上床吗？”

周放的一声声质问掷地有声，空旷的屋子里，满是她的声音在回荡。宋凛低着头，认真地看着周放。

“你又怎么知道我不是？”

周放没想到他会这样回答，一时也愣住了。她瞪大了一双黑白分明的眼睛，倔强地问道："宋凛，你爱我吗？"

周放的眼神是那么倔强，好像她没有一点儿错，全是宋凛的责任。

可是在外面一个接一个相亲的明明就是她。

宋凛憋着一股邪火，紧绷着面容，不肯回答周放的问题。

许久，就在周放不屑地冷嗤一声，别过头去准备离开的时候，宋凛如豹子一般，扑上去就将她压在了沙发上……

宋凛的吻密密匝匝地落下来，他的嘴唇冰凉，在周放的嘴唇上辗转，粗鲁、凶狠。

周放拼命地打他，但他始终无动于衷。

宋凛的舌头用力地撬开周放的牙关，在她口腔里寻衅，她逐渐开始意乱情迷，推打着他的手也不再那么有力。他缠上她舌头的那一刻，却突然用力咬了一口，口腔中瞬间弥漫着淡淡的血腥气。

周放吃痛，一把要推开他，他却趁机将她固定在自己身下。

紧贴的身体，火热的呼吸，周放能清晰地感觉到宋凛身体里逐渐燃烧的欲望。

周放知道他要干什么，恼羞成怒，屈起腿对着他的下体就是一下，却不想，她动作狠绝，宋凛更是手疾眼快。

他一把握住她的右腿膝盖往旁边一压，这个姿势反而更方便了他，他突然的进犯让她疼得弓起背，形同被烫红的虾米。

两人的呼吸越来越重，看着周放发间渗出的汗珠，宋凛感觉到一阵阵报复的快感。

他一刻不停，双手攫住周放的下巴，几乎咬牙切齿地问她："你到底想要什么？"

不管他怎么玩弄招数，周放始终一声不吭。她睁着一双倔强的眼睛，狠狠瞪着他，许久，只说了两个字。

"爱情。"

宋凛的动作定了一秒，下一刻，他死死地掐住她的下颌，眼神是那么决绝，仿佛用尽了全身的力气看向她，恨不能将她的心都掏出来。

“不要再折磨我。”他顿了顿，气急败坏地说着，“你要什么，我给你。周放，我都给你！”

第十三章
眉目传心

城市的夜晚如此平静，月朗星稀，周放沉沉睡去，一夜无梦。大约是太累了，周放一觉睡到了第二天中午。

宋凛一贯自律，周放醒来的时候他已经去公司了。大约是怕吵醒了她，他走得悄无声息，周放甚至都不知道他是几点走的。

和他相比，周放忍不住有点儿自惭形秽。一个人能从底层走进上层，付出的一定比常人多很多。宋凛靠着当年四月的一点儿遗留和乐青子的帮助，一步步地爬上来，而她周放，一路都有人保驾护航尚且那么不易，不知道宋凛艰难的时候是如何坚持下来的。

从床上坐起来，周放身上还有些隐隐作痛。床头放着一杯白开水，是宋凛临走时给她倒的。她拿起来一饮而尽，喉咙里得了滋润，不再那么干涩，人也清醒了很多。她刚准备起身，就看见床边的沙发上放着一套新衣服。

周放好奇地走过去，拿着衣服看了看。那是一套浅咖色麻质套装，女装，显然不是宋凛穿的，大约是给她准备的。

套装是 April 旗下高端品牌推出的最新系列，毕竟在同一个圈子，周放对这个系列有所耳闻。这个系列名叫“沙洲”，主打“都市慢生活”概念，所以推出以棉麻为主的女装，消费人群定位为28岁至45岁、经济稳定的都市女白领。衣服上还有一枚胸针，由“SZ”两个字母组成，大约是“沙洲”系列的纪念胸针。

套装尺寸刚好，宋凛眼光不错，选的衣服很适合周放。周放在镜子前照了照，给宋凛发去一张照片。

不一会儿宋凛的电话就打来了。

“起来了？”

周放笑了笑，看了看镜中的自己，手指不觉在镜面上打圈。她明明心里还挺高兴的，嘴上却始终带着揶揄的口气：“这么抠？过了一夜就只送一套衣服，还是你的公司出的？”

宋凛对于她的揶揄也不恼怒，轻笑了一声：“其实是送胸针。”

周放拿起胸针仔细打量着，看了半天也没觉得有什么特别的。

“胸针也没有什么了不起，系列纪念胸针吧？”

“你的那枚用的是真钻石。”

周放听他这么说，又看了一眼手上的胸针，乖乖，钻石不小，数量也不少啊。

“那确实了不起，钻石不少。”周放点头肯定了宋凛的礼物。

“你就注意这个了？”

周放觉得有点儿莫名：“嗯？还有别的吗？”周放理了理衣裙，对着镜子又转了一圈，“不过你这个系列名字倒是好听，‘沙洲’，还挺浪漫的，水中心滩。”

电话那头的宋凛沉默了一会儿，不甘心地又问了一句：“你没发现‘SZ’是个组合吗？”

“难道不是沙洲的拼音首字母？”周放想了想，沙洲的英文是 sand bar，估计宋凛是觉得“SB”做成胸针不太好，所以才取了拼音首字母。

周放还在认真思考着，电话那头的宋凛已经懒得和她说下去了。

“周放，你是猪吗？”

说完这句话，宋凛已经气呼呼地挂断了电话，周放觉得莫名其妙。

周放撇了撇嘴，回家洗漱化妆之后去了公司。

周放的小破车修好了，前天助理给她提了回来，她住在父母家，一直没开上。今天是小破车重新上路的第一天，依然是从前的手感。周放又忍不住想要延后买车的计划了，旧的顺手，她对旧东西总是充满感情。

一路红灯，真是等得人都没脾气了，周放手肘撑着方向盘，手指一下一下地点在下巴上。等着等着，周放脑中突然灵光一闪。

“SZ”可不就是宋凛和周放的姓氏首字母组合吗？这可真是一个巧合。

宋凛大概也是发现了这个巧合才送了衣服和胸针给她。一般的纪念胸针和施华洛世奇合作一下都算高档了，这胸针镶的是真钻，怕是定做的。

宋凛也是有心了，怪不得她没发现的时候他忍不住要发火。

唉，想通一切的周放忍不住一声叹息。

这老男人的浪漫可真难懂，送个东西还得让人推理，就不能直截了当、简单质朴地送钱吗?

周放算计了苏屿山，苏屿山虽然签了合同，但是没有真的心服口服。这不，这会儿他来秋后算账了。

春季新款服装全面上市，周放公司办了一场非常大型的订货会，提前展示了初夏系列，想要招商引资，全面打开渠道。各网站、实体平台的采购人员都慕名而来，原本公司投放的平台也都加大了订货量。

这原本是件好事，前提是苏屿山不来。

苏屿山不仅亲自莅临了订货会，还当场订了大量的货。不管宋凛怎么在背后搞小动作，百赛作为第一电商的地位始终没有改变，它的选择依旧是很多处于观望阶段的企业的风向标。

明明已经签订了终止融资的合同，苏屿山却故意把姿态搞得这么暧昧，让人以为他还在大力扶持周放。

周放知道苏屿山来订货，也明白他的用意，心道他这一招倒无耻得很，硬生生把她卷进了他和宋凛的争斗中。这让站队宋凛的公司肯定会对她有所忌惮。

苏屿山签完订单正坐在贵宾区休息，助理有点儿拿不准主意，过来通知周放。

周放扯了扯衣摆，虽然对苏屿山多有不满，但是面上还是要和和气气的——人家是大佬，两个手指就能捏死她。

“苏总。”周放笑眯眯地说，“没想到苏总对我们品牌这么支持，我都有点儿不好意思了。”

苏屿山坐在沙发上一动没动，眼光锐利，自是能看懂周放阳奉阴违的揶揄。

他挥了挥手，贵宾厅里的其他人就出去了，只留下了周放和他。

“不高兴了？”苏屿山的语气有些意味深长。

周放见旁边没人了，眼中一冷，但面上的笑容依然让人挑不出毛病：“苏总，您一定要搞这些龌龊的小手段吗？”

苏屿山笑道：“我做了什么？”

“您买我公司的货，用意是什么，您自己最清楚。”周放直直地盯着他，“我不想站队，只想明哲保身，做自己的小生意。我想，您应该很清楚我的想法。”

周放难得态度这么认真，谁知苏屿山听完她的话却哈哈大笑了起来。

“周放，”他意味深长地看向她，“他对你这么不信任吗？”

他一句话把周放噎得连反驳的话都没有。

送走大佛苏屿山，周放还是觉得心里堵得慌。

在商场上，没有人能随心所欲、心想事成。适者生存，想要在这个圈子里混得久一些，就不要妄想可以脱离既定的规则。

没有人能做到真正的明哲保身。苏屿山是什么人？自己的公司不能为他所用，他肯定会把水往浑了搅。想到这儿，周放握紧了拳头，内心复杂极了，许久都没有说一句话。

宋凛的公司实现逆袭顺利上市以后，周放的小助理彻底成了宋凛的小粉丝。这会儿苏屿山在订货会搞这么大的阵仗，助理也忍不住跟着周放纠结。

“周总，这样是不是不好啊？宋总知道了，不定得怎么想。”

苏屿山的话犹在耳边，那句“他对你这么不信任吗”让周放越想越不舒服，这会儿助理提到宋凛，周放只觉得更加心浮气躁。

“这样有什么不好的？”周放瞥了助理一眼，没好气地说，“谁爱买谁买去，我坐着赚钱！有什么不好的！”

“可是……”

“可是什么可是，”周放皱眉，“多来点儿冤大头才好！”

苏屿山大量采购衣谜春夏两季产品的消息很快在圈内传开了。刚从北都出差回来的宋凛第一时间找到了周放。

什么握手言和，什么温馨甜蜜，两个人最和平的时候也就是在床上了。

一扯到生意，两人之间就是一笔烂账。

周放下午要赶着去工厂，本来不想见宋凛，但是转念想想，自己不见他，指不定他要“脑补”成什么样。虽然忙得要死，但是她还是抽空和宋凛见了一面。

宋凛知道她要去工厂，提出开车送她。两人几天没见，好不容易见着了，也就在车里说说话，周放想想，这场面也是够心酸的。

在爱情里，她简直沦为了一个乞讨感情的老乞丐。

宋凛神色严峻，看都没看周放，只是冷冷地说：“我知道你只拿了第一笔融资，后续你需要资金，我给你，你把他拒了。”

宋凛的余光能看见周放有些纠结的表情。刚下飞机的他本来就几天都没有睡好，这会儿听到那些消息更是觉得心浮气躁。

苏屿山现在的招数都是当年宋凛玩过的。眼前这个女人真是让他又爱又恨，难道她就没有感情吗？她这么来者不拒吗？

当初宋凛把她的货买了，两个人就睡到一张床上去了，那么苏屿山呢？他买得多，她是不是也要迎他成为入幕之宾？

宋凛越想越气，恨不得一脚油门踩到底，和她同归于尽得了。

“全世界只有苏屿山有钱？你一定要和他合作、接他的钱？你让我的脸往哪儿搁？”

周放原本还想解释两句，听他这么一说，再想到苏屿山的话，心里失望得紧。

苏屿山敢用这种小儿科、下三烂的招数，大概也是抓住了宋凛的性格特点。

也许苏屿山和宋凛才是真爱，他们对对方是那么了解，远远超过周放。

周放冷冷地嗤笑一声，看向宋凛，眼中充满失望：“脸不搁你头上，还能怎样？剥下来吗？”

听周放语气不善，宋凛瞬间皱起了眉头。

“在你眼里，我就比他差那么多？你有困难不能来找我求助？一定要找他？”

“我什么时候找他了？这不是他送上门吗？”周放没好气地瞪他，“再说了，老找你，到时候你被掏空了，还得怪我不是？”

“周放，你未免太小瞧我了。”

周放知道他那种莫名其妙的男人自尊心又来了。她越想越觉得他根本不给人解释的机会，那么轻易就进了苏屿山的套。她也懒得解释，这种“直男癌”，让他蠢死算了。

“停车，懒得和你说了，我要去工厂。”

宋凛不仅不停车，还踩了油门加速，他锁了车门，周放拉了半天也拉不开。

“宋凛，你这是要找架吵？”

“我说了，”宋凛态度强硬，“不要再和他做生意了。你要钱，只要我有，我都给你。”

宋凛的话越说越难听，周放忍不住冷哼一声：“你现在是想拿钱砸我？

“我只希望我们不会再因为不相干的人吵架。”

“你们要狗咬狗是你们的事，不要误伤了我。我不想接受苏屿山的钱，也不想接受你的钱。”周放说，“我为什么没有接受他的第二笔融资，你应该也很清楚。我想做什么，我会靠我的方式达成，不用依靠你。”

车厢里剑拔弩张的氛围终于得到了缓解，两人都没有再说话，可是盛怒之下说过的话在两人心里都埋下了一丝阴霾。

“周放，最开始你那么坦然地接受我的帮助，为什么后来态度一百八十度大转变了？”宋凛始终疑惑，为什么这个女人一再拒绝他，“你怕和我有牵扯是吗？我就不值得你信任吗？”

宋凛的语气平静下来，周放的心情也跟着平静下来。

她将手指蜷了蜷，指尖抠进手心，一字一顿地说：“我不信任任何人，我只信任我自己。”

宋凛笑了笑，眼神冷漠地看向周放：“我是‘任何人’吗？周放？”

周放抿了抿唇：“是你教我的，商场上，六亲不认。”

轰——宋凛一脚油门下去，越开越快，很快穿过岔路，驶向了高速……

自从上了车，周放就只顾着和宋凛吵架，也没怎么注意路。等周放反应过来的时候，车已经彻底远离了城市，一抬起头，县城的指路牌让周放一脸震惊。

也不知道是什么时候，宋凛的车已经完全偏离了路线。两人原本要去周放在开发区工业园的工厂，现在宋凛开到县城里来了，两个地方一个在城南，一个在城北。本来从市里去工厂也就半小时路程，这会儿宋凛却把方向完全开反了，再去工厂，得一个半小时。

车离开了高速，进入县城，窗外的风景也跟着变成了县城人来人往的市集。

宋凛的车终于在市集对面的汽车站停下了。

“下车。”宋凛看都没看她一眼，态度冷漠。他手指一动，开了车锁，催促道：“你刚才不是要我停车吗？下车吧，快点儿。”

周放刚才还闹着下车，这会儿却是死死地抱住门把手不动：“不下！我疯了才下！”

宋凛解开安全带，欠着身子打开了周放那边的车门，手脚并用地把周放给赶下了车。

他歪着头，对要杀了他似的周放说：“你自己好好想想，我到底是你什么人。”

说完，他摔上车门，开着车走了。

看着宋凛嚣张的车尾，周放气得直跺脚。

一言不合就故意把她带到离目的地最远的县城，宋凛这种行为简直令人发指。周放气急败坏，忍不住对宋凛的车大骂。

“姓宋的！你是小学生吗？！”

天色还不晚，周放要坐巴士回城也不是不方便。只是她太爱美，脚上穿着一双足有十厘米的高跟鞋。

宋凛将车开出去一两公里后，看看县城的情况，想想那女人脚上的高跟鞋，又把车开了回来。

其实严格来讲，宋凛这三十几年的人生实在乏善可陈。他没有认真谈过一次恋爱，懵懵懂懂地就当了爸爸；人生最需要爱情作为养分的时候，他被林真真戴了一顶绿帽子，几乎摧毁了他对爱情的幻想和作为男人的尊严。之后他便没有了喘息的时间，一头扎进了事业，一心想往上爬。除了对金钱和地位有渴望，别的仿佛都不在他的人生里了。

加上林真真，他正式交往过的女人也不过三个，外面关于他的传言太多，他也懒得解释——需要向谁解释？

他天生凉薄的性格让他在面对周放的时候，时常感到手足无措。

这个女人想要的爱情到底是什么样子？

他现在对她所做的一切难道不是吗？

难不成要他像秦清的那个“萝卜头”一样黏着周放，正事都不用干了，整天情啊爱啊的？刚毕业的小伙子这样就罢了，宋凛都一把年纪了，可能吗？

宋凛去而复返，前后不过五分钟时间，汽车站已经没有了周放的身影。他看看汽车站的发车时间，三分钟前刚走了一班，想必周放是搭了那一班车回城了。

没接到人，重新回到车里，宋凛忍不住气恼地捶了一下方向盘。

他也不知道是在生周放的气，还是生自己的气。

周放坐了一个多小时的巴士才回了市里，她对宋凛这个幼稚鬼实在无力吐槽，也懒得和他一般见识。

宋凛将从苏屿山手里收购的七个公司进行了并购重组后，召开了一个大型的招商发布会。

发布会自然是请了周放的，邀请函是走的公对公的路子，由 April 寄到衣谜。

这场招商会在服装行业也算是空前了。原本依附于百赛的七家公司第一次这么光鲜地出现在主流平台，不再被百赛的光芒掩盖，也算是扬眉吐气了。

七家公司对苏屿山多年的打压多有怨怼，而宋凛曾被苏屿山挖了墙脚，圈内一些知道二人恩怨的，称宋凛的这次并购重组是“复仇者联盟”。

周放准时到场，经历了冗长的会议过程，终于熬到了宴会时间。

宋凛公司选的菜品相当不错，又是自助形式，周放心甚悦之，全程甩开了膀子在吃。

周放正贪婪地吃着布丁，身后冷不防地出现了此时此刻本该被众星捧月般对待的、这场招商会的主人——宋凛。

“你这是专程上这儿来吃东西的？”

周放见来人是宋凛,也懒得伪装了,咽下嘴里的布丁又顺手拿了几颗葡萄。

“不然呢？”

“谁把你饿着了？”

“东西不错，大家都不吃，我就来吃了，不吃浪费。”

宋凛眼眸深沉：“你来招商会，不准备认真听听？你就没有感兴趣的项目？”

周放放下盘子，拍了拍手上的碎屑。她笑呵呵地看向宋凛，实在是欣赏他这副明知故问的样子。

“我有感兴趣的，你会让我进驻吗？你不会。”周放笑着耸了耸肩，“你不过是想要我来看看你现在有多厉害，并不比苏屿山差。我知道你的意思，所以我来了。”

宋凛必须承认，周放和他以前见过的女人是不一样的。

也许正是因为她的不一样，他才对她不一样。

“你会后悔接受他的融资，接受他的订货的。”

“我不会。”

“这么信任他？”宋凛眼眸一沉，“怎么，睡过？”

他并没有嘲讽之意，反倒是在小心试探。周放听了也不生气，反而姿态妩媚地眯了眯眼，故意拍了拍宋凛的肩说：“就算有，也是过去的事了，追究那么多做什么？”

宋凛的脸色彻底变了：“周放，我就没见过你这么不听话的女人。”

周放笑了：“你现在见着了，怎么样，有没有成就感？”

宋凛身体有些紧绷，他向周放走近了一步，正要说话，远处有个周放的老熟人大喊一声：“周总！”

周放爱理不理地乜了宋凛一眼，嘴角噙着一丝笑意转身走了。

近来周放和父母的博弈又进入了疲惫期，父母被气得懒得管她，她在生活上重获自由。那天应酬到很晚才回家，周放归心似箭，车开得很快。周放在前面开，宋凛一路跟着。两辆车性能差得太远，暗夜寂静，周放觉得身后那辆车连引擎声都充满了得意。

从停车场回家，宋凛还是一路跟着周放，那种宣示主权的姿态实在太过明显。

一直到了各自家门口，宋凛紧绷的神色还是没有缓解。

他拦着周放，不让她进门。

“你真的和他睡过？”一晚上过去了，他第二次问这个问题，他还在计较周放模棱两可的答案。

周放本不想理他，这个“直男癌”脑子里全是些龌龊的东西，但看他着急的样子，她觉得他有点儿可笑。

周放翘着兰花指开了门，手握着门把手，半晌，悠然地回过头来看向宋凛，眼眉间尽是妩媚。

她笑着说："他那么大年纪，还有性功能吗？"

一句话，宋凛就懂了她的意思。宋凛不得不承认，周放的话终于把他提了一晚上的心给压了下去，他又好气又好笑地看向她。

周放半靠着门框，身姿婀娜，此时此刻眼神里有几分妩媚。

"现在可以放我回家了吗？"

她刚往里走了一步，宋凛就把她推到了墙上。

炙热的吻从嘴唇一路到前胸，宋凛粗鲁地把周放的衣服扯向一边，露出半边白皙的肩膀，火苗从门口烧到了房间里。

周放紧紧地抱住宋凛结实的肩膀，使尽了浑身解数勾引他。

周放偶尔泄露出来的动情声音让宋凛沉迷其中。他以最快的速度脱掉了自己的衣服，一把掀开了她的裙子，手刚往下一去，突然发现在那关键部位多了一层东西。

宋凛撑着身子，突然看向身下的女人，看向那双在黑暗的房间里却始终闪着慧黠光亮的眼睛。

"周放，你故意的是不是？"说这话的时候，他几乎咬牙切齿。

周放手指缠着自己的头发，小脸无辜："见到你太高兴了，一时忘了'亲戚'缠身。"

宋凛倏地从床上爬起来，懊恼地往浴室奔："我去洗澡。"

虽然已经入春，但是宋凛不得不大半夜地冲凉水澡来浇灭欲望，周放想想就笑得不行。

宋凛，县城可真远啊，我穿着十厘米的高跟鞋挤着巴士回城。不好好报答你，我配得上"周放"这个名字？

宋凛知道自己被整了，一连几天都对周放眼睛不是眼睛，鼻子不是鼻子。

周放也不生气，每次看到他就觉得他那副小学生的表情有几分不像他的可爱。

公司例会，周放和徐总经理主持。一整个下午都在开会，周放光是水就喝了四杯，依旧是口干舌燥。

公司 APP 的营业额一直不是太理想，总经理认为 APP 可以关闭，周放对此大为光火。

“衣谜的品牌 APP 本来就不是要和网站渠道抗衡的，我并没有要引导顾客从网站进入我们的 APP，没有这个必要，这也太难了。如果我轻易就能建平台，百赛也不会好多年才做成行业老大。在不破坏用户体验的前提下让客户更了解我们，才是我们的初衷。”周放仔细看着公司关于 APP 的汇总报告，认真地说，“APP 最重要的不是做销量，而是作为我们品牌的会员增值系统，这是我对 APP 的定位。APP 团队应该多去开发我们品牌对顾客的增值服务系统。”

徐总经理显然对周放的想法并不认可：“那么周总，公司不搭建新平台，不扩大规模，2.5 亿从何而来？”

周放喝了一口水，不紧不慢地转着笔：“扩，当然要扩。”她对助理点了点头，让助理把副总的调查报告发给大家，“我们是做服装的，我始终觉得我们要关注服装本身，想要快速提升，还是只能从快消系列出发。其他人都在搞欧美小品牌的代理，我觉得这个时候反倒便宜了我们。”

周放看中了一个小品牌。这个品牌多年前曾经在亚洲掀起过少女风潮，后来因为老总刚愎自用，不肯随时代发展进行电子商务转型，公司渐渐走下坡路，导致品牌经营困难，不得不考虑卖掉。

“就是这个品牌了。”周放笑得很自信，“别人都去做高端，那就让我们做少女吧。”

周放去 H 国谈判只带了助理、副总和一个翻译。她每天都在和对方公司谈判，很忙也很累，身体出了状况也没注意。

在 H 国待了一个星期后，周放终于成功地把品牌给谈了下来。

把助理和翻译放回国，周放又在H国多留了一周。说实话，她一直在做成熟女性的服装，以舒适贴合为卖点，主要走情怀。虽然在公司撂下了豪言壮语，但是她对少女了解得并不多。

周放拎着行李箱，像一个服装店主一样在H国最有名的服装大市场一家一家地逛，又把H国时下最出名的几个品牌一一了解了个遍。她对每一件衣服都认真做记录，光是季度新品她就买回了整整三大箱。

大概是体力透支，再加上衣服穿少了，回国的那天，周放一直感觉头重脚轻，看着就是要感冒的征兆。

从海关入境后，周放看见前面站着一排排戴着口罩的机场人员以及医护人员，所有从H国回来的乘客都从另外一个单独的通道走。

直到被带进隔离中心，周放才知道，H国在24小时以前刚通报了一起禽流感导致死亡的事件。之前怕引起国民恐慌，H国一直隐瞒了JD315型禽流感在国内暴发的消息，只是秘密隔离了那些疑似病例，直到有死亡病例出现，才不得不向国民通报。

隔离中心是阻断网络的，不准里面的人和外面联系，以防有不好的消息传出去，引起恐慌，一切情况都以官方通报为准。进去的第一天，周放被允许和家人通话，周放没有打给父母，而是打给了助理，让他不要和她父母说自己是去了H国，改说法国。

从进入隔离中心开始，周放就一直咳嗽、打喷嚏，两天后开始发烧，症状严重。她被视为高危病人，被隔离在高危病房。

说实话，周放病得迷迷糊糊的，对病房外面的事也不是太关注，每天清醒的时候她就看看电视，关于这次暴发的禽流感的新闻每天都是头条。

被隔离的第四天，周放的感冒症状有了好转，她叫了护士进行身体检测，却不想叫了半天都没人来。

病房外一片混乱，医护人员全都在周放隔壁的病房严阵以待。周放不能出门，只能站在门口听着外面的声音。

经过了两个多小时的抢救，隔壁的病人还是去世了，成为国内首个因为这场禽流感去世的病人。他和周放是同一班次从 H 国回来的。

紧接着，隔离中心又有两个病人因为感染禽流感去世。

新闻里第一次承认这场禽流感不仅是和禽类接触才会被感染，也会在人类之间传染。

意识到了事情的严重性，周放第一次主动向医护人员求助，想要打个电话出去。

在最无助的时候，她没有给父母打电话，而是打给了秦清。

即便在这么严峻的生死时刻，周放还是保持着该有的理智。

秦清接到周放电话的那一刻就意识到了不对劲。

“前阵子看你发的朋友圈，我知道你去了 H 国。”

“我在隔离中心。”

“天哪！”秦清听到“隔离”两个字就开始哭，“周放，你怎么能这样？你怎么能什么都不说！”

“听着，秦清，我有重要的事要交代。”不管秦清怎么哭，周放始终很冷静，“我从进隔离中心就一直在咳嗽、发热，可能情况不好。”

“周放！我不准你胡说！”

“如果我被感染了——”

不等周放说下去，秦清破口大骂：“你再胡说我打你了！”

“秦清，我爸妈只有我这一个女儿，如果我真的有个好歹，请你……请你有空帮我去看看我爸妈……我怕他们老了太寂寞……”

宋凛一连一周联系不上周放，意识到了事情不对劲。他冲到衣谜，抓住了周放的助理。

起先他还不肯说实话，后来终于忍不住哭着说了实情。

宋凛一路开着快车，车里的广播一直在播报着关于禽流感的情况，三例感染死亡让宋凛的心脏提到了嗓子眼。

一种前所未有的恐惧笼罩着宋凛，他一向冷静的头脑此刻好像失去了思考的能力。

周放怎么会这个时间去H国？她在隔离中心怎么样了？如果她被感染了怎么办？

如果她死了……

宋凛不敢再往下想。

秦清本就六神无主，此刻宋凛那么气势汹汹地出现在她家门口，让她更加心烦意乱。

秦清一打开门，宋凛就毫无风度地冲了进来。他一把抓住了秦清的衣领，眼中满是恐慌、担忧、害怕……各种纷乱复杂的情绪。由于他的气场太过强大，吓得秦清话都不敢说了。

“我要和她通话。”宋凛沉着声音命令，“给她打电话。”

“她在隔离中心。”秦清被吓得瑟瑟发抖，“现在个人电话不让用了，只有隔离中心的电话，打了不一定会接啊。”

宋凛瞪着秦清，眼中满是威胁。

“打！”

被隔离的日子周放除了看电视，几乎无事可做。人一闲下来就容易胡思乱想，情绪低落。直到这一刻，她才知道原来事业对她是如此重要，至少能让她的生活充实得不需要自我质疑。

周放被隔离的第七天，有人打电话来隔离中心找她，但未经许可隔离中心不能随便转接，好心的护士为周放带来了一张字条。

这大约是隔离中心的工作人员随手撕的便笺，字也写得很潦草，只有三个字：

我等你。

看着纸上的那三个字，她觉得，此时此刻，再也没有什么比这三个字更让她动容。

“男朋友吧？”护士见周放表情难过，也不说话，笑着鼓励她，“再等等，你一定会没事的，一定会和他团聚的。”

从住进隔离中心，周放都没有哭过，哪怕是同班机有人去世她都始终坚强地面对一切。可是此刻，她心中筑起的坚强堡垒被摧毁了。

她以为自己不怕死，可是当死亡临近的时候，她的内心充满了恐惧；她以为自己不再期待遇到真爱，可是当宋凛质问她的时候，她的第一反应是想从他那里获得爱情。

周放收到宋凛的留言后，整个人精神状态好了很多。第八天起，她的情况开始好转，她不发烧了，感冒症状也得到了缓解。

隔离了近二十天，三个人因病死亡，恐惧曾让周放夜不能寐。如今，她终于走出了阴霾，被医生宣布危险解除，可以离开隔离中心了。

从隔离中心出来，周放走的是特殊通道。

明明被放出来的人都是解除了危险的，仍然有人会因为看见他们而感到恐慌。为把民众的恐慌情绪降到最低，每个解除隔离的人都是偷偷摸摸地离开的。

明明没有病，大家却像看病毒一样看待他们，周放感到心酸极了。

和周放一起被放出来的有七八个人。被围栏围起的通道只有一人宽，周放又在队伍最后，只能跟着队伍慢慢走出来。隔着高达腰际的围栏，周放一眼就看到了高大的宋凛和站在旁边鼓着腮帮子的秦清。怕父母哭哭啼啼弄得动静太大，她只给秦清打了电话，却没想到宋凛会来，她总是不愿意给他添麻烦。

周放此刻看见他们，眼眶一红。

周放被隔离了近二十天，体重从九十几斤降到了八十八斤，整个人孱弱得好像风都可以吹倒。此刻她戴着口罩，形容憔悴，看着仿佛变成了另一个人。

见周放走了出来，宋凛一直紧皱的眉头终于有了片刻的舒展，看向她的目光中满是失而复得的珍惜和庆幸。

宋凛从人群中挤了过来，周放心里着急，却只能跟着队伍缓慢地向外走。

宋凛艰难地走近周放，隔着围栏，他终于走到了周放的面前。

看着宋凛那张脸这么真真切切地出现在自己眼前，周放只觉眼前水汽氤氲。

“宋——”“凛”字还没有颤抖地喊出来，宋凛已经将周放紧紧地拥进了怀里。

周放抬手，紧紧地攥住了宋凛的衣服。

她紧紧地靠在他的胸膛上，眼泪打湿了宋凛前胸的衣服。

周放一直在哭，她不知道该如何形容这一刻的复杂心情，有庆幸、有感动，最强烈的是在看到宋凛的那一刻，她心底油然而生的一种前所未有的安全感。

“我还以为我会死。”周放第一次说出自己的恐惧，“当时我想了很多，我——”

宋凛突然一低头，揭开了周放的口罩，他捧着她的脸，毫不犹豫地吻了下去，阻止她再说下去。

不论是否有人回头看他们，也不管秦清是不是在不远处等候。

这一刻，天地之间，仿佛只剩下他们两个人。

从隔离中心出来后，周放在家里住了近一周，父母才踏实下来。周放的父母也被这次隔离事件弄得心力交瘁，之后再也没有向周放催过婚。经过这次事件，周放的父母明白过来，什么结婚、什么面子、什么社会眼光，都没有女儿好好活着重要。

周放也算因祸得福。

重新投入工作后，因为自己常常早出晚归，不愿打扰父母休息，周放提出回自己的公寓住。周放父母心思豁达了许多，一切都由着她，唯一的坚持就是给她换了一辆车——她之前那辆旧车老是坏，父母不放心她再这么开下去。

开着新买的宝马 X5 上路，周放一直有点儿不适应，但是父母的一片心意，周放也不好拒绝。

从隔离中心出来后，宋凛几乎每天给周放打电话，周放感觉到了他前所未有的“闲”。

关于她被隔离的那段时间里宋凛和秦清的纠葛，秦清也没细说，只是每次在周放面前说起宋凛，都只用“野蛮人”来称呼他。

“‘野蛮人’真的很野蛮，我就没见过一个男人急起来能那样。”秦清说起宋凛就忍不住吐槽，但是每到结尾，她总是要说一句，“但是能看得出来，他爱你爱得要死要活的，虽然年纪大了点儿，但是也能将就了。”

周放忍不住笑。

周五，宋凛给周放打来了电话。

“你放两天假，我带你去一个地方。”

周六早上，周放收拾好东西，宋凛准时来接她。他拎着周放的包下楼，放进后备厢，周放径自往副驾驶座上坐，刚一拉开车门，就发现车上居然还有一个人——宋以欣。

宋以欣没有想到周放居然会出现，一蹦三尺高，头伸出车窗问正在从后往驾驶座走的宋凛。

“爸——你疯了啊？！怎么还带她啊！”

宋凛关上车门，扣好安全带，自后视镜中看了自家女儿一眼。

“坐好。”

车开了四个多小时，三百多公里的距离。

宋以欣和周放都睡着了，车内只剩悠扬的音乐声。宋凛安静地开着车，嘴角勾起了一抹笑意。

周放醒来的时候，宋凛的车已经开进了一家县城周边的度假山庄，依山傍水，环境惬意。

原来是出来度假，周放觉得有些小惊喜。

山庄里分了不少功能区，这么远的地方，老板的资源倒是不错，山庄的高端商务区最近接了几个来开会的商务团体，倒是让周放有些意外。

宋凛带着周放四处转了转，周放一边走一边评论着这个度假山庄，完全是商人本色："感觉老板资源还行，就是分区不是那么明确。商务区功能性好，一般的休闲区对普通游客的吸引力比较一般。"

"本来也没打算赚多少钱。"

"啊？"

宋凛拎着周放的包，脸上带着笑意："这里的老板，是我。"

"送我的衣服是自己公司做的，第一次带我出来玩，度假山庄又是自己开的。"周放乜了宋凛一眼，"宋凛，你可真抠。"

宋凛没有反驳，只是笑。

宋以欣一路都对周放眼睛不是眼睛，鼻子不是鼻子的。周放每次看她，她都一脸不爽地仰起高傲的下巴，和她那个爹真是一个模子刻出来的。

三人坐着山庄内的专用车向里走，那里有一幢独栋的小别墅，风格简洁，环境十分幽静。

车刚一停稳，周放就看到房子门口站着一对穿着朴实整洁、气质亲和的中年夫妻，似乎已经等候多时。

宋以欣最先下车，大摇大摆地就要往房子里走，却被那对夫妻拽住。

"怎么越来越没礼貌了？"

宋以欣这才不耐烦地回头喊了一声："爷爷，奶奶。"她喊完回头看了周放一眼，充满了挑衅意味。

周放必须承认，此时此刻她非常震惊，也非常紧张。

从小到大，除了汪泽洋的妈妈，她没有接触过别的枕边人的长辈。她对这类长辈的看法，也只能用汪泽洋的妈妈给她留下的奇葩印象来形容了。

周放立刻打起了十二分的精神。

宋凛除了将双方互相介绍了一下，也没有刻意找话题。一顿饭吃得很拘谨，周放小心翼翼，宋凛的父母腼腆紧张，大家似乎真的只是在吃饭。

宋凛见周放不说话，给周放夹了一筷子菜。

“我父母都是很朴实、很善良的人，你别紧张。”宋凛笑了笑，“他们一辈子也没怎么离开过这个地方，不愿意，也不喜欢。开这个度假村也就是让他们搞搞管理，也在这儿养养老，不是为了赚很多钱。”

周放干笑两声，点了点头：“这样过日子比较充实。”周放想想整个别墅院子里到处都是花草，又道，“多养养花花草草，也挺好的。”

“那是我爸的爱好。”

周放抬起头看了一眼那个亲和的中年男人，抿了抿唇没再说话。

在宋凛父母眼里，周放是都市里长大的，又是家里的独生女，听宋凛介绍，也算是家境殷实。现在见到真人，人也长得漂亮，几乎没什么可挑剔的，甚至有点儿太好了，他们对于宋凛的事业没什么概念，也不会觉得每个女人都会在金钱面前折腰。这么多年，他们觉得宋凛不结婚是因为他带着以欣这么大个孩子，再加上没有几个女人愿意当后妈。

作为父母，他们自然希望宋凛能找个人定下来，这是宋凛第一次带女人回来，宋父宋母自然是小心翼翼地招待。

吃完晚饭，宋凛去洗碗收拾，宋妈带周放去房里休息。

两人一前一后地上了楼，气氛有些尴尬。

到了房间，周放正犹豫着是等宋妈走了再进房还是现在就进，就听见宋妈说：“周小姐，其实我们家宋凛是对感情顶认真的人。我们家里有早婚的传统，我和他爸也是18岁就有他了。当年要不是我们逼他，他不会妥协结婚，也不会遇到那么个人。”

宋妈眼神很诚恳，缓缓地看向周放：“如果未来你我有缘分能成为一家人，我想，我应该会挺高兴的。”

周放第一次遇到这种状况，有些手足无措。

一贯伶牙俐齿的她，只是讷讷地说了一句“谢谢”。

在山庄里住了一夜，吃了一顿不知道什么目的的饭，第二天一早他们就要回城了。

三人临走的时候，宋爸叫住了周放，送了一盆不知道叫什么的植物给她。

周放有些诧异：“这是什么？”

宋爸不善言辞，说话也很简洁：“发财树。”

“啊？”

“听说你做生意。”

周放手捧着花盆，心想这礼物可真是质朴啊。

车内音乐轻柔，宋以欣昨天熬夜玩游戏，这会儿正在车上睡得昏天黑地。

来的路上周放一路昏睡，回去的路上周放却怎么都睡不着了。

抱着宋爸送的盆栽，周放想了很多。

宋凛看着周放抱着盆栽的滑稽模样，忍不住笑了：“我爸给的？”

“嗯。”

“你真要带回去？”

“不行吗？”周放眨了眨眼睛，很认真地说，“宋凛，你父母人还都挺好的。”

“你比我会讨长辈喜欢。”一句话，宋凛说得有几分幽怨。

想到自家爸妈对宋凛的排斥，周放忍不住笑了：“那是，毕竟我长得面善。至于你，一副纵欲过度的样子，哪家有女儿的爸妈会喜欢？”

“我纵欲过度，也不知是被谁掏空的。”

周放紧张地看了一眼后座还在昏睡的宋以欣，懒得和他再说下去。

这个男人，只要一说话就要耍流氓。

“懒得和你说，我要睡觉了。”

“别睡。”

“嗯？”周放望向宋凛。

宋凛开着车，嘴角噙着淡淡的笑意：“周小姐，你好。我是宋凛，34 岁，如你所见，我有一个 15 岁的女儿，但是我长得还算可以，体力过得去，有一家上市公司以及几个子品牌，也投资了一些副业，房子几套，车子几辆。

请问你愿意和我以结婚为前提交往下去吗？”

周放难得看到宋凛这么认真，实在觉得这场面太搞笑了。

“宋凛，你别和我说你在跟我表白。”

“不知道周小姐怎么回答？”

“我要是不同意呢？”

“不同意也没关系，”宋凛表情绅士，淡淡地说着，“只是我怕我自己会因为太伤心，分不清脚下踩的是油门还是刹车。”

虽说宋凛表白的套路有些无耻，但正好中了周放下怀，经过情感滤镜的处理后，他的那点儿小手段就变成了周放眼里的小浪漫。

其实他们之后的生活也没有太多变化，大约是心里的结打开了，之后周放看见宋凛的时候，感觉都是不一样的。

两个人工作依然忙，宋凛会刻意抽时间接送一下周放。反观周放，倒是没怎么为了和他吃饭耽误工作。

接上下班的周放后，她还在看公司的文件，宋凛和她说话，她基本就和没听见一样。

宋凛叹息：“和别的为爱而活的女人比，你真的单纯得多。”

周放没想到宋凛会这么说，正准备得意，就听见他幽幽地说道：“你就是为钱而活。”

周放翻了个白眼，懒得搭腔，低头继续看着公司新品牌的计划书。

宋凛瞥了周放一眼，突然很认真地对她说“你的那个生活馆，我给你投资，建起来吧。”

虽然生活馆一直是周放的计划，但是她也没有近期实施的打算，毕竟公司的资金实力还不够。此刻被宋凛提了出来，周放有些惊讶。

“你不是说那是白日梦吗？怎么，要玩一掷千金为红颜？”

宋凛笑着问：“不行吗？”

“行啊。”周放终于合上了手上的计划书。

她侧头看向宋凛，眨巴眨巴眼睛，说："28岁的皮埃尔·奥米迪亚，硅谷软件工程师。奥米迪亚的女朋友酷爱'皮礼士糖果盒'，却因找不到同道中人交流而苦恼，于是，奥米迪亚搭建了一个方便收藏者和爱好者交流的拍卖网站——eBay。"她抿唇笑了笑，"和亚马逊这种企业直接对消费者的B2C模式不同，eBay是个人对个人的在线拍卖C2C模式，亚马逊经历了10年亏损，eBay从上线第一天就开始盈利。"

"你说这些话，是想说什么？"

周放的表情像只小狐狸："浪漫的、宠伴侣的男人更容易发财。"

周放讲述这些的时候，眼中灿烂得如同嵌入了星芒。

宋凛总是奇怪自己为什么会注意到这个女人。现在他突然意识到，也许正是这样单纯的有梦的光芒吸引了他吧。

不管外面的世界多么肮脏、多么混乱，不管别人怎么反对、怎么唱衰，周放始终坚守自己的小世界。别人说，感情是0.5加0.5等于1，而宋凛和周放是1加1等于3、4、5、6……他永远都不知道，她到底能带给他多少惊喜。

"你的计划书做出来，发给我看看。"

周放挑了挑眉："虽然说你知道搞浪漫、有发财的潜质，但是我暂时还没有打算启动生活馆的计划。等我有一天需要钱了会去找你的，放心。"

周放要回家的时候，突然想起上次找人定做的东西已经送来了，她赶紧从包里拿出来，递给了宋凛。

"上次你送我胸针的时候，我就想还个礼，所以定做了这个。"

宋凛皱了皱眉："送礼物就送礼物，还要说还礼。"精致的包装、简单大气的设计，宋凛见是个方盒子，问周放，"领带夹？"

周放一脸求表扬的表情："你打开看看啊，比领带夹有心意多了。"

宋凛打开盒子，看清里面的东西后，表情变了变。

"你能不能少做点儿莫名其妙的事？"

原来，周放定做的是一条手链，把五毛钱硬币镶嵌在了铂金吊坠圈里。说不上是什么设计风格，设计师听到要求的时候，和宋凛的表情差不多。

“你爱要不要！不要还我！”周放刚要去抢，宋凛躲了过去。

“这种丑设计，我就勉为其难地拿去销毁了，免得伤了别人的眼。”

“嘁。”

几天后，宋凛本来约好和周放吃饭，却又突然有事临时加班，周放只能等。百无聊赖，她在宋凛的办公室里闲晃。

他批示文件的时候用的是特制钢笔，低头写字的时候，表情很专注，侧脸英俊卓绝。周放双手托腮，痴痴地看着他。

大约是在想事情，他抬起手，用笔敲了敲头。因为衣袖扯动，宋凛露出了一截手腕，周放在他的手腕上看到了她送的礼物。

他一抬头，见周放正目不转睛地盯着他的手腕，再一看露在外面的丑手链，赶紧捋了捋袖子，轻咳两声，假装什么都没有发生的样子。

周放忍不住笑了。

JD315 型禽流感事件对 H 国旅游业的打击几乎可以算是重创。直到近三个月，H 国才走出了禽流感的阴霾。

危机解除后，周放的公司才正式启动新少女品牌的上线计划。

第一个系列，周放定下主题“怦然心动”，旨在为顾客重新找回初恋的感觉。

公司内部为此开会，开发团队和营销团队就两个不同的方案在会上讨论。

开发团队提出的方案比较梦幻，认为可以蹭当下热播剧的热度，提案主题“请回答，我的 17 岁”，意在抓住 14 岁至 18 岁的少女以及 19 岁至 25 岁仍有少女心的青年女性。

营销团队主张以衣服本身的特点出发，结合“初恋”主题，提出的方案是“因为你，我永远觉得衣柜里少了一条裙子”，表达出了少女初恋那种紧张甜蜜又不知所措的心态。

会上两方厮杀得很厉害，火药味颇浓。开发团队列出了很多成功案例，认为不能只把衣服和恋爱相结合，少女中没谈恋爱的才是大多数。营销团队觉得最重要的是少女的心态，而不是有没有恋爱的事实。

一番激烈讨论后，周放选择了营销团队的方案。

不管是不是和爱人约会，女人永远都会觉得衣柜里少了一条裙子，这个方案的辐射面还是比较广的。

“初恋”系列的设计师是周放新挖来的，不到 30 岁的年纪，已经在很多节目中露过脸，是个不折不扣的面料偏执狂。她工作室的桌上全是面料，质朴的纯棉、飘逸的苎麻、冰凉柔软的真丝……每次去她的工作室，周放都觉得她也许有展示的癖好。

这次的新系列，设计师用了很多欧根纱的面料，做出来的衣服又仙又少女气息十足，周放对此完全没有意见。

少女品牌的第一个系列很顺利地推了出去，全网进行广告投放后，收效非常可观。

整个公司都因为新品牌的大火而高兴，不管到哪个部门，员工们都是士气满满的样子。

对于周放会突然打入少女服饰市场，助理是有些奇怪的。

“周总，你怎么会想到‘怦然心动’这么少女的主题？”

“遇到爱人的那一刻，女人就自动变回少女。”

助理不怀好意地笑了笑：“周总，你很懂啊。”

周放瞪了他一眼。

“滚出去。”

周放起身拉开了办公室的百叶窗，看着窗外的红尘世界，心中是难得的平静。

为什么会做这个主题？周放想了想，脑中一闪而过的是宋凛戴上她送的手链被她发现以后，赶紧尴尬掩饰的画面。

怦然心动，遇见你才懂。

新的少女品牌是线上、线下同时推出的，周放只在几个大城市建立了品牌专营店。

本城自然是品牌的重点发展区域，同时也是专营店开得最多的城市。

周末，周放没有休息，亲自到下面的专营店巡视。双休日一般客流量最大，她想看到受众的真实反应。

周放正在店里巡视，老宋家的闺女就出现在了她的店里。

她又染头发了，这次是黑色，看来老宋是下了狠手了。周放看她那头颜色沉得不太自然的黑发，毫无同情心地笑了。

宋以欣根本无心逛街，她的朋友在店里逛着，她跷着二郎腿在沙发上等着。

周放踱步到宋以欣面前。宋以欣眼前被阴影遮住，下意识地抬起了头。

“来逛街？”周放问。

宋以欣从沙发上跳了起来，冷哼了一声。

宋以欣的朋友见周放和宋以欣说话，也赶紧八卦地围了过来。

“宋以欣，你姐姐？”朋友好奇地问。

“阿姨。”宋以欣咬牙切齿地吐出这两个字。

周放被那几个孩子的一句“姐姐”取悦了，微微低头对几个孩子语气温柔地说：“喜欢什么随便拿，算阿姨今天招待你们。”

周放的招待自然是让宋以欣在朋友们面前很有面子。虽然她表面上没有表现出高兴，但是心里对周放的印象多少还是有些改观。宋以欣本来已经跟着朋友们走了，到了吃饭的点，她又一个人折了回来。

周放见她回来，有些奇怪：“怎么又回来了？不和朋友们去玩？”

宋以欣撇了撇嘴：“没钱吃饭。”

周放扑哧一笑。

“我这是被你这小叫花子给讹上了啊？每次都找我讨饭，欠你的啊？”

周放话虽说得不中听，但对宋以欣倒是有求必应，巡完店就带她去吃饭了。

周放记得上次是和苏屿山、林真真吃饭的时候，遇到了宋以欣；这次是和宋以欣吃饭，遇到了林真真。不得不说，这个城市真的太小了，在这个圈子里的人，来来去去，哪里都能碰到。

林真真一个人来吃饭，她衣着很简单，素颜，眼窝有些凹陷，有种油尽灯枯之感，只能从五官轮廓里找到些过去美艳绝伦的影子。

听说苏屿山和她分手了，送了一套房子、一辆路虎揽胜以及一千万人民币，可算仁至义尽。

她的吃穿用度依然高档，只是形单影只的样子让人觉得有几分心酸。

“以欣。”在看到宋以欣以后，林真真第一时间就喊住了她。

宋以欣却没有了当初对她的眷恋，只顾低头扒饭，仿佛没听见一样。

林真真走到她身边，表情有些楚楚可怜。

“以欣，我是妈妈。”

宋以欣避无可避，半晌，回过头冷冷地看向她：“可是我没有妈妈。”

宋以欣否认得毫不拖泥带水，周放有种看到了小宋凛的感觉。果然这孩子再怎么闹腾，狠起来就是他的种。

宋以欣将筷子一丢，饭也不想吃了，起身就要走，见周放还愣在那里没动，又没好气地回过身来。

“你走不走？不走我走了！”

“哎！”周放赶紧拍了几张人民币在桌上，拿了包跟上，“走走！我走！”

在林真真面前还跩得要命的宋以欣，一上了周放的车就开始“号”。孩子毕竟是孩子，道行不深。

周放被她哭得有点儿头疼，随手抽了几张纸巾递过去：“烦死了，别擦我车上，新买的。”看她那鬼样子，周放忍不住吐槽，“明明舍不得，还要装，真是父女俩一个样儿。”

宋以欣被周放说得老大不高兴，顶着眼泪鼻涕反驳她：“你这种有妈的孩子哪里懂我们的苦。”

周放撇了撇嘴：“这苦我还真不想懂。”

到家下车的时候，宋以欣终于忍不住狠狠地白了周放一眼：“就你这样还想嫁进我们家，你妄想吧你。”

“我没想嫁进你们家啊。”周放心想：我这不是存钱包你爸呢吗？

“嘁。”宋以欣对于周放的话很是不屑一顾，“别以为我不知道你们这些女人，说是这么说，还不是削尖了脑袋想跟我爸。说到底，不就是为了我爸的钱吗？”

体内的恶作剧心理作祟，周放狡黠地笑了笑。她实在太喜欢和这个叛逆的小鬼打嘴仗了，看这小鬼吃瘪，周放觉得自己的心情都好了几分。

她特别理直气壮地回答宋以欣：“对啊，不然你以为呢？难不成是为了他的人吗？他都那么老了。”

宋以欣没想到周放会这么坦然地承认，一双红通通的眼睛瞪得老大。

“你……你无耻！”说着，宋以欣就跑走了。

看着她不淡定的背影，周放只是挑了挑眉。宋以欣这么快就认输了，实在让她没什么成就感。

唉，小丫头片子呀。

第十四章
心之所向

上了楼，周放看见宋凛家的大门没有关，下意识地多看了一眼。大约是听见了电梯的声音，周放刚一冒头，宋凛就穿着一身家居服走了出来。

他什么都没说，只是很自然地走到周放身边，把周放手里的包和买的小东西拎到了手里，全程表情很淡然，眼神温和。

周放拿了钥匙开门，身后的宋凛终于开了口。

“你又怎么欺负她了？”第一句就是问宋以欣的事，倒也在周放意料之中。

她回头瞥了宋凛一眼：“怎么？要替你女儿报仇啊？”

宋凛眯眼笑着，嘴唇动了动：“她在我眼里就是个无法无天的小霸王，现在能有个蛮不讲理的‘霸王花’治她，也挺好的。”

周放白他一眼：“谁家的孩子谁自己管，少指望我。”

宋凛笑笑，不置可否。

周放开了门，转头要去接宋凛手里的包，宋凛手往后一缩，周放接了个空。

“今晚睡哪儿？”宋凛低头问她，声音富有磁性，带着几分性感的暗哑，充满了暗示。

周放觉得眼前的男人简直精力无穷。今天她可是巡了一天的店，又陪了他家的小霸王，哪儿有这个力气？再说了，前一天他也死赖着住到她家了，周放忍不住吐槽："你都这么大年纪了，就不能庄重一点儿，禁禁欲？"

周放说得直接，宋凛却没有丝毫以此为耻，反而一副以此为荣的表情："我禁了，禁了十几个小时了。"

周放终于忍无可忍。

"滚！"

新的少女品牌做得很顺利。这一次试水成功让公司的人对于规模扩张充满了信心，一致认为周放可以乘胜追击，多做几个子品牌，将公司发展成一个集团。这样能加快 IPO 的进程，对公司的发展有积极作用。

周放对于扩张自然是有野心的，但她对于多发展子品牌始终持观望态度，现在服装产业的泡沫也不小，盲目扩张很容易成为炮灰。

这头的纠结还没结束，那头的麻烦已经袭来。

市场上最近崛起了一个新品牌，叫锦帛，和周放的衣谜定位很像，都是以成熟女性白领为主要消费群体，都在大力开发以贴身穿着、舒适契合为卖点的棉麻质地服装。

锦帛的老板是个 30 岁左右的男人，本身是做设计、服装加工出身的，对服装的研究比周放更在行。他对周放这种做服装的非专业人士很是不屑，是个十分激进、刚愎自用的人。

他曾在个人社交网络账号上大放厥词，说锦帛上线后会坚持两年零利润，正式和衣谜打价格战，并承诺所有同类产品，价格一定会比衣谜便宜百分之十。衣谜就这样莫名其妙地被人"碰瓷"了。

衣谜的营销经理对于锦帛的这种行为忍无可忍，在社交网络里和锦帛打起了嘴仗，这让财经版的记者高兴不已，一连几天都对此事津津乐道。

周放知道了这事，在办公室大骂营销经理。他虽然没有反驳，但是看表情显然十分不服气。

“周总，这场价格战我们是不可能逃得过的。”营销经理语重心长地说。

周放秀眉微蹙：“这一战确实在所难免，但是你永远要记住，我们是成熟的品牌，我们的市场占有率是现在的新品牌完全不能比的。如果随便来个二愣子我们就要迎战，真的很没有气度。”

营销经理虽然对锦帛依然不爽，但是还是认可了周放的话，他确实是有些冲动了。

见营销经理有服软的趋势，周放这才认真地说到这件事：“价格战是品牌与品牌之间的系统战争，是供应链的比拼。我们的工厂规模更大，理应更高效，所以我们只需要保持优势就能力压他们。”

这场价格战打得可算轰轰烈烈。衣谜注重品牌的情怀和质感，打包工序颇多，周放一直坚持，要保证到顾客手里的衣服如同一件礼物，而不仅仅是一个快递包裹。而锦帛很显然是抓住了衣谜发货速度方面的劣势，他们发货速度快，和衣谜打擂台。

这天，助理气呼呼地向周放汇报：“现在网上有个金牌买手录了一个破视频，他同时从几个店铺里买衣服，我们店和锦帛也在其中。结果锦帛是发货速度最快的，买手收到货忍不住夸了几句，这事摆明了就是锦帛自导自演，有意踩我们。”

周放看了视频，大为光火，但衣谜的发货速度慢确实是问题，他们也无从辩驳。当然，也得感谢锦帛的手段，这引起了周放对这个问题的重视。

本以为锦帛的烂招用一次就够了，谁知它还不依不饶了，在社交网络上宣称锦帛上半年增速是150%，力压衣谜。

然而，周放近来向投行提出了融资计划，衣谜的业绩报表显示上半年的增速在130%，投行也向周放报了锦帛的上半年增速，是120%，对新公司来说已经很不错，但总归市场占有率还是有限。

锦帛这么干，可算是把周放给惹着了。周放之前一直不肯回应，是觉得和锦帛打口水仗实在有损气度，但这会儿他们欺负到自己头上来了，她再不回应未免太㞞。

周放发出了一封长信给锦帛，回应了他们一直以来的挑衅。

信的内容总的来说也就两个要点。

第一，周放拿两家的货进行了对比。锦帛是用封口袋包装；而衣谜，衣服里有除味的干花包，衣袋外面有纸盒，纸盒外还有布袋，布袋可以当购物袋使用。光是包装，衣谜一套衣服的包装成本就有3块钱。锦帛追求速度，衣谜追求的是品质和贴心。

第二，关于增速。周放公开放话，既然要融资，年度报表都是要提供的，那就把报表公开，谁撒谎，谁就把公司送给对方。

周放这一记狠招终于让上蹿下跳的锦帛不敢接招了。

这场明枪暗箭的价格战落幕后，周放公司虽然没有什么实际损失，但是被新品牌“碰瓷”是事实。锦帛蹭着衣谜的热度炒作了一番，从一个名不见经传的新品牌快速进入了主流市场的视线。不得不说，他们的营销策略是成功的。

这个结果显然让周放公司的员工很不舒服。公司例会上，周放严肃地总结了这件事。

“如果顾客是金银财宝，电商就是市场里最疯狂的淘金者，谁锄头下得深，谁就能更快挖到金子。我们公司的周转率低，供应链还是有问题，打包工人手不足，这是管理上一直忽视的问题。在如今这个市场，要么电子商务，要么无商可务，我们要永远记住这一点。”

宋凛知道周放近来很累，见她稍微闲了一些，便约她吃饭看电影，希望她能放松放松。

吃饭的餐厅是宋凛选的，法式大餐，从前菜到饭后甜点，每一样都昂贵精致。周放全程心不在焉，上什么就往嘴里塞什么，根本没注意自己在吃什么，她脑中一直在想生意上的事。

周放想得太专注了，以至于宋凛和她说话她都没听见。

宋凛看着此情此景，忍不住叹息："和工作狂谈恋爱原来是这种感觉。"

"嗯？"周放咬着叉子，一脸茫然，"你说什么？"

宋凛摇头："没什么，我只是同情我的前女友。"

周放被他这话说得一脸莫名。

两人都是大忙人，从来没有一起看过电影，投资拍电影可能还实际点儿。

两个人在进影厅的队伍里排队，显得格格不入。别人都是年轻小情侣，穿着休闲，一看就是来约会的；而周放一身名牌套装，宋凛更是穿了整套西服，一副刚从谈判桌上下来的样子。

虽然宋凛已经尽量选了最有趣的电影，但是影厅里的灯一关，周放就觉得困意袭来。

电影开场，鸡飞狗跳的剧情，吵闹的音响，周围的人又在嘻嘻哈哈地笑个不停，那么吵的情况下，周放却踏踏实实地睡着了，歪着脑袋，睡姿扭曲。

她近来和人打口水仗、价格战，真的太累了，连此刻睡着了，表情都绷得紧紧的。

宋凛扶着她的脑袋，轻手轻脚地往自己的方向移了移，让她能靠着他的肩膀睡。

整场电影宋凛都没动，他怕自己一动就会吵醒周放。

电影院里睡得太舒服，导致回到家的周放开始精神抖擞。

宋以欣一去寄宿学校，宋凛基本上就不回自己家了，整天赖在周放家里。赖着不走不说，他还对周放家提了诸多意见，这里要重装，那里要更换，东西一件一件地往周放家里搬。

洗完澡，周放躺在床上看着天花板，脑子里想着白天副总说过的话还有关于公司前景问题的讨论。她越想越觉得困扰，现在是衣谜的关键时期，未来可以选择的路很多，就是不知道哪一条能走得更远。

宋凛带着一身凉气上床后和周放说了句什么，周放想事情太专注没听见，也没回应。

宋凛紧皱着眉头，向她的方向移了过来。

略带凉意的大手自周放睡衣的衣摆向上移，粗粝的指腹在周放柔软温暖的肌肤上游走。

周放翻了个身，与宋凛面对面。面对宋凛的挑逗，她始终一副无动于衷的样子。

“当年你从线下转到线上，是怎么快速完成规模突破的？我听说当时有个叫 PF 的公司，专门仿你们的衣服，就像国内的小工厂搞华伦天奴一样。华伦天奴一个国际大牌都受到了那么严重的影响，为什么你还能顺利完成第一次扩张？”

宋凛对于周放的话充耳不闻，翻身骑在周放身上，开始脱周放的衣服。剥掉衣服后，两人毫无阻隔。宋凛的手自上而下温柔地摩挲着，试图挑起周放身体里的欲望。

周放没有阻止他的动作，任由他在自己身上兴风作浪，只是眨巴着眼睛看着他：“问你话呢，怎么不回答啊？当时你是怎么完成那次扩张的？”

“都什么时候了，你就不能专心点儿？”宋凛终于忍无可忍，恶狠狠地瞪了她一眼，“闭嘴，你再敢说一句生意试试？”

宋凛恼羞成怒的样子让周放忍不住扑哧一笑。她挣扎着摆脱了宋凛的手，撑着手肘说：“我还要说最后一句话。”

宋凛低着头，威胁地盯着她：“说。”

周放一脸坦然：“早点儿睡吧，今天是做不了坏事的。”

“为什么？”

“家里没有那个了。”

宋凛瞪了周放一眼，一脸要好好惩罚她的表情。

“那正好，你不是喜欢谈生意吗？我马上就和你谈一笔几亿的生意。”

见宋凛不像开玩笑，周放用力地推着他。

“不行。”

“这轮得到你说不行？”

宋凛不再理会周放的反对，炙热的吻从周放的额头一路向下。周放的身体一点点热了起来，她终于有点儿着急了。

“你该不会是想把我搞怀孕了，然后就能过我爸妈那一关了吧？”周放死死地抓住宋凛还想继续的手，“我告诉你，我爸妈对我之前不结婚就同居的事特别不满意。他们本来就不喜欢你，要是未婚先孕，我看你是一辈子都别想得到他俩的认可了。”

宋凛彻底被周放那张喋喋不休的小嘴给惹毛了。

他一脸不耐烦，直接伸手捂住了周放的嘴巴。

宋凛靠近的时候，周放没有再说话，只是微笑着圈住了他的脖颈。

他是男人，她是女人；他刚硬，她柔软。他的身体构造和她不同，他坚实的拥抱总是让她感到安心。

他们的每一次结合都是快乐的、激烈的，身体的契合会加速灵魂的靠近。很多时候，她都觉得他们的距离很近。

一切结束后周放躺在宋凛的怀里，呼吸渐渐平稳。

不知是想到了什么，宋凛突然轻笑了一声：“周放，你知道你最吸引我的是什么吗？”

周放偏了偏头看向他，回答得有些不走心：“美貌？”

宋凛笑了：“是你这泥鳅一样的性格。除了在床上，我想不到其他能制服你的地方了。”

“你制服我了吗？”周放挑眉，“你不是在伺候我吗？我可是动都没有动一下。”

宋凛眼睛微眯，翻身上来：“正好我也收了钱，那就再服侍一次。”

宋凛送周放去上班，周放一路都在睡觉，到公司楼下的时候才醒。一投入工作，周放就打起了十二分的精神。

一上午，周放都在找当年宋凛扩张的资料来看，网上能看到的资料不多，周放也只能了解个大概。她和副总谈了一下午，目前向衣谜伸来的橄榄枝众多，如何选择确实是很大的问题。

“前几天苏屿山的演讲，您看了吗？”副总问。

周放点头：“二十一世纪初，苏屿山大力推进电子商务，如今电子商务如日中天，他却说电子商务会很快结束，他的忧患意识还是比较强的。”

“那您怎么看呢？”

“纯粹的电子商务时代会结束，这是可以预见的。未来二三十年，也许会产生全新的模式。企业的目的是零库存，物流的本质是要消灭库存，所以线上、线下必须结合在一起，再加上现代化的物流，形成新模式。”周放笑了笑，“我们需要改革自己，适应新的市场、新的消费者。”

在副总的支持下，周放在会上宣布了新构想——“百城千店”计划。实现线上、线下的融合，才能长远地发展公司和品牌，更好地适应变化。会上，周放提出了“三个零”——零库存、零加盟费、零软装，把店商、电商、微商结合起来，与加盟商按比例分成。

在电商发展如火如荼的今天，周放却要开始做并不算赚钱的线下店，并且要坚持线上线下同价，以期刺激线下的发展，提高复购率。

周放知道公司一定会有人对此产生怀疑。她不求现在就得到大家的理解，发展总是需要成绩来证明的。

“如果一个公司成功了，那一定是团队的力量，如果一个公司失败了，那99%是老板的问题，而剩下的1%是团队选错了这个老板才出的问题。”周放语气轻快地说着，大家听完都笑了。

这个年轻的团队最后还是选择了相信他们年轻的老板，公司在周放的带领下，进入了全新的阶段。

“百城千店”计划启动，前来洽谈的人络绎不绝，副总开玩笑说，“百城千店”不够，看来是要“百城万店”。面对不断找上门的商机，周放始终保持着警惕之心，这种扩张是很危险的，必须时刻保持清醒。

本城凡品的例子是业内的教训。以快营销起家的凡品，用一年时间就受到了全国瞩目。然而盲目的扩张，导致原本做服装的电商网站最后品类多得老板到仓库查看都感到震惊。如今凡品只能重新开始，大家都颇为唏嘘。

周放在避免自己的品牌成为第二个凡品。

周放的“百城千店”计划很快就在全国推广开来。衣谜的线下店以很快的速度在市场中获得了不错的占有率，季度增长甚至超过了去年一整年，衣谜三个月的营业额达到2.5亿元，资产也跟着翻了好几番。

近来周放一直在全国各地出差，宋凛也只能在视频通话里短暂地见她一面。

周放公司的生意越做越大，吸引了很多投行、基金公司的注意，甚至连美国的天使基金因维斯特都抛出了橄榄枝。因维斯特就是当初帮助宋凛公司上市的公司，至今还是宋凛公司的大股东。

因维斯特上城总部的总经理和宋凛吃饭时说起周放，对她赞不绝口。他喜欢周放的各种奇思妙想，评价她“年轻人，就是要够特别，才能被记住”。

宋凛有些意外，原来这个女人在不知不觉之间已经这么显眼了。

为了“百城千店”计划的推进，周放创下了一连三个月都在外地出差的纪录，有时候甚至一天要跑三个城市，早、中、晚三顿饭能吃三种完全不同的菜系。周放回来的时候，整个人都快累散架了。

好在结果是好的。

衣谜、新品牌以及“百城千店”计划让周放的财富得到了迅速累积。

公司在催促周放快些做出融资选择的时候，周放却在解决另一件事。

她和苏屿山也算许久没见，他近一年进行了好几次演讲，宣传他对市场“新销售”“新制造”“新金融”的主张。不得不说，他确实走在大部分人的前面，至今还在引领着行业风向，受到众人追随。

对于周放能这么快“还钱”，苏屿山并没有感到意外。

按照合同，苏屿山很爽快地还了周放公司的股份，干脆利落，毫不拖泥带水。

一年不到，他投资2500万元，收益2.5亿元，这绝对是笔不错的投资。

“现在你的公司应该被掏空了吧？不怕被人趁火打劫吗？”苏屿山喝着茶，气定神闲地说着。

周放微笑：“总会有这一天的，还能勉强支撑。”

“你比我想象的更有本事。”苏屿山毫不掩饰地赞赏道，“我必须承认，在女人里，你是特别的。”

对于苏屿山的高度评价，周放却没有表现得多开心或者多惊喜。

“其实我并没有想要在女人里多特别。”周放第一次向苏屿山说了心里话，“如果可以，我只想成为一个人生命中的特别。”

苏屿山笑笑，明明嘴角是上扬的，眼中却有几分遗憾和悲伤。

“当年，四月也是这么说的。”

周放抬起头看着眼前的男人。这个如同神话一样的男人正在一点儿一点儿地老去，他坐拥着世人羡慕的商业王国，甚至连周放也曾崇拜过他。而当她真的靠近他，看清了他的生活、他的一切，她只觉得同情。

他才是真正的除了钱一无所有的人。

“苏总，”周放认真地看着苏屿山，淡淡地问道，“如果四月还活着，你们会有未来吗？”她问这句话的时候，完全是从一个女人的角度出发。

“我早就没有未来了。”

“我只是奇怪，为什么男人放纵自己，都可以把责任推到女人身上。”周放看向苏屿山，“四月不会想到，自己爱着的人，有一天可以有小三、小四、小五、小六。”她并不是要抨击谁，只是不理解苏屿山为什么会这样做。如果爱一个人，为什么会这样？

苏屿山将头转向窗外，一脸绝望。

“她们需要钱，想跟我赚钱；我有钱，我可以满足她们。我和她们就是这么简单的关系。”苏屿山顿了顿，回过头来认真地看向周放，“你告诉宋凛，只要他愿意把‘四月’还给我，我可以把百赛送给他。”

周放摇了摇头：“你的那个‘四月’不是这个‘四月’。现在的这个‘四月’是宋凛一手建立起来的，而你的‘四月’，早就被你毁了。”

许久，苏屿山只是微微低着头：“是吗？”

还清了钱，周放心情大好，虽然把公司都掏空引起了公司高层的不满，但是大家都知道，只有收回股权，才能得到更多融资的机会。

公司最关键的时刻，更需要大家团结一致。

在众多天使基金中，周放接受了因维斯特，和宋凛一样。她必须承认，她这么选择，一方面是看中因维斯特强大的资金实力，另一方面是想向宋凛证明，她是有资格堂堂正正地站在他身边的。

和因维斯特在上城总部签合同的那天，周放没有参加公司的庆祝聚餐，一切活动都交给副总主持。周放的心已经飞了，她提前下班，特意去买了一身新衣服，又去超市买了很多菜。

家务她并不拿手，可是今天，她却只想和宋凛一起庆祝，不想被任何人打扰。

她拎着大包小包，拿宋凛给的钥匙进了他的家门。

周放钻进厨房就开始忙活，杀鱼不敢，切肉嫌腥，洗菜一片叶一片叶地洗，简直不知道要忙到什么时候，周放突然佩服起宋凛，怎么能做饭又快又好吃。

厨房水龙头的声音很大，周放隐隐约约地听见大门有响动，赶紧关了水龙头，直接用围裙擦了擦手，兴高采烈地冲了出去。

“宋——”“凛”字还没有喊出口，周放已经看清了进来的人。

宋凛和林真真。

周放有些尴尬地看了宋凛一眼，很显然，宋凛也没想到周放会在，眼中有一闪而过的诧异。

“你不是去出差了？”

眼前的情景显然有些诡异，周放不自在地看了两人一眼：“合同签完就回来了。”

宋凛看了看她，又看了看林真真，最终轻叹了一口气。

“你先回去一会儿，我有点儿事要谈。”

周放尴尬地解下了围裙，随手放在客厅的茶几上。

周放要走，宋凛才注意到厨房的油烟机一直在响，他一把抓住了周放有些冰凉的手。

“你在做饭？”

“就烧了个开水。”

“没吃饭？”宋凛眉头皱了皱。

周放干笑着摆摆手：“我回去吃面，你谈事吧。”

虽然说得洒脱，但是周放必须承认，此时此刻她根本不愿意离开。

她想知道宋凛到底有什么话要和林真真说，还是不能当着她的面说的话。

他明明说过不爱林真真的，不是吗？

周放甚至不能阻止他们见面。他们有一个女儿，她永远都是他们二人不可分割的纽带，她的身体里融着二人的骨血。

周放脑中突然响起了前阵子在家吃饭的时候父母说过的话。

“你现在是被爱冲昏头脑了,你觉得他的一切都可以接受,实际上你不能。他已经三十几岁了，有自己的世界，不可能为你而改变，只有你去适应他。还有他的女儿，都那么大了，就算嘴上接受了你，你又怎么知道她心里是怎么想的？你还这么年轻，这辈子你还想要自己的孩子吗？如果你有了自己的孩子，你怎么和那个女孩相处？”

当时，对于父母一针见血的话，周放完全没有听进去。

关于宋凛，她始终只有一句话：“我相信我没有选错。”

可是此刻，她突然意识到，父母的反对都是基于对她性格的了解。

他们说的每件事，都是周放之前没有考虑过的。原来她比自己想象的更在乎这一切。

周放和林真真擦身而过时，宋凛没有开口挽留，她一瞬间很失落。

和一身素雅白裙的林真真相比，周放身上穿的火红性感套装实在显得有些艳俗。

回到家，周放一直坐在沙发上，她甚至感觉不到饿。

周放走后，屋子里只剩宋凛和林真真二人。宋凛的表情始终紧绷着，林真真安安静静地坐在沙发上，视线一直落在周放放在茶几上的围裙上。

“你会和她结婚吗？”林真真的声音柔柔弱弱的。

“你蹲我蹲到楼下，就为了问这个？”

林真真执着于这个问题的答案，又问了一次：“你会和她结婚吗？”

宋凛从冰箱里拿了两瓶水，一瓶递给林真真。

冰凉的瓶身透过手心将这份凉意传进心底，林真真听见宋凛说：“不出意外的话，今年吧。”

林真真听到这个答案，心里有些难受。

这么多年，她不知道自己在追求什么。她那么努力，甚至拖垮了身体，却得不到苏屿山的一句承诺，也许他们从一开始就是不可能的。

分手后，那个男人给了她那么多钱，那是以她的层次和能力一辈子都赚不来的钱，可是她却没有感觉多幸福。原来钱多了并不会让人觉得快乐。

近来她常常怀念当年，宋凛一心围绕着她和宋以欣的时候。

人只有在失去后才懂得珍惜。当年她总是嫌弃宋凛拿回来的钱少，现在想想，他当年给她的，就是他的全部了。

“你以后还会有孩子吗？”

宋凛正在喝水，被林真真问得愣了一下，半晌才淡淡地回答：“不管我有几个孩子，我对女儿都是一样的。”

“宋凛，把以欣给我吧。”林真真的语气中充满着乞求。

“你应该很清楚，那是不可能的。”

“你知道我的，”林真真眼中流露着绝望，“我没多久可以活了，我只想用我最后的日子好好和她相处。”

宋凛也听说了她的情况，原来她得了肝癌并不是骗他的。说同情她，宋凛多少还是有一些的，毕竟林真真是宋以欣的亲妈，考虑到孩子，他总不忍心做得太绝。

“好好住院吧，控制得好的话还可以活很久。”宋凛抿唇，“至于以欣，我不可能让你带走，你去住院，我会定期让她去看看你。”

“宋凛，你恨我吗？”林真真眼中水汽氤氲，“如果当年我没有出来，是不是这辈子，我们就会那样过下去了？”

宋凛看向她，神色始终平静，他拿出手机给司机打了个电话。

“我让司机上来接你，送你回家。”宋凛低头看了一眼手表，“不早了，她还没吃饭，我要去做饭了。”

司机很快上了楼，安静地等在一旁。林真真即便再不甘心，也知道宋凛的意思了。

她默默地流着泪，拿起包跟着司机往外走去。

开门的那一刻，她突然听见宋凛在身后说道："要不是你走了，我不会知道我要的到底是什么。我不恨你，相反我很感激你，不是你，我不会有机会遇见她。"

宋凛拿钥匙开门的声音也不算小，但周放想心事太专注，没有听见。

等宋凛走到她面前的时候，周放才意识到自己正一动不动地坐在沙发上，一时也有些尴尬。

"猜到你不会吃面。"宋凛表情温和，"过去，吃饭了。"

周放抬头看了他一眼，想问什么，最终却没有问出口，只是一声不吭地跟着他走。

饭桌上，两人相对而坐，宋凛只做了三个家常菜。

"你买的菜我没做完，有的太费时间，下次吧。"

"嗯。"

周放沉默地吃着饭，宋凛看她一副心不在焉的样子，问道："你不问问我都和她谈了什么？"

"问什么？"

"看来你还挺信任我的。"

宋凛低头夹着菜，筷子却突然被周放的筷子按住。

周放气恼地问道："我不问你还真不说？"

宋凛眉眼带笑："我还以为你真的不在乎。"

周放有些不自在地别开脸，宋凛抿了抿唇，淡淡地说道："她得了癌症。"

这让周放不禁想起了自己第一次和林真真见面时的情景，有些震惊："她真得了癌症？"

周放想不明白，林真真得了癌症还浓妆艳抹地在酒桌上为了苏屿山与他人虚与委蛇地应酬，就为了得到分手后的那些钱吗？据周放所知，苏屿山对跟过他的女人都很大方，不管陪不陪酒他都会给，林真真这样做完全没必要啊，甚至跟了苏屿山后，她还多次找宋凛拿钱，到底是为了什么？

周放考虑到林真真和宋凛的过去，说话也变得小心起来："她得了病，为什么还那样拼？我应酬时碰到过她好几次。"

宋凛表情淡淡地夹着菜，眼中毫无波澜："她想在苏屿山面前博得尊严。她以为自己独立一点儿，又能帮到苏屿山，就能在苏屿山面前与众不同。她若能抓住这个机会成功上位嫁给苏屿山，就能扬眉吐气，她的心理并不难揣摩。"

周放想到这一切，忍不住轻叹。林真真恐怕也明白自己的想法过于天真，可是到了她那个地步，没有钱、没有背景，甚至连健康都没有了，生活哪里还有希望呢？

"她是为宋以欣来的？"

宋凛点头。

"孩子知道她得病的事吗？"

"还不知道。"

周放想到宋以欣几次在自己面前哭哭啼啼的样子，忍不住担心："她其实挺在乎林真真的。"

宋凛比她冷静得多："谁能不在乎自己的妈。"

周放想到宋以欣终会知道这一切，竟然有些心疼她。

"林真真会死吗？"

宋凛拿着筷子的手顿了顿，他沉默了许久，才缓缓地回答："也许吧。"

周放轻叹一声。

周放思前想后半天才开口道："以后你和她见面，能不带回家里吗？"

宋凛一愣，解释道："她在楼下等我，毕竟是个重病的人，我不想在外面闹得难看。”

“你俩在家里谈，我闹心，以后别在家里了。”

“好。”宋凛突然放下碗筷，抬起两只手，越过饭桌，捧住周放的脸，强迫周放看向他。

他语气温和，还带着丝丝心疼。

“其实我也是第一次，不知道哪里是雷区，对不起。”

周放被他温柔的语气惹得眼眶一红。

她年轻的时候谈恋爱，爱的是爱情的感觉，它比爱上那个人更深刻，因此付出了一切、毁掉了一切、最后失去了一切；恢复过来后，再遇到下一个人，因为契合而彼此吸引，从一个人的生存变成了两个人的生活。

这就是成熟以后的爱情。

林真真的病发得很急，听说她是在回家的电梯里病发晕倒的，物业的人把她送去了医院。抢救过来后，她就在医院住下了，听说连个看望她的人都没有。

宋凛考虑了一晚后，决定将此事告知宋以欣。

在强迫宋以欣染回黑发后，宋凛又减少了她的零花钱，没收了她的手机，对她进行了全方面的管束。她现在对宋凛颇有怨气，还有点儿抵触，宋凛去接她回家时，她一直对他横眉冷对。

吃饭的时候，宋凛把林真真得了肝癌的消息告诉了宋以欣。

一向如同小炮仗一样的宋以欣，在知道了这个消息以后，却显得异常平静。

这反而让宋凛有些担心。

晚上八点多，周放回到家，宋凛干洗的衣服送到了她家，便拿钥匙把衣服给宋凛送过去。

周放不知道宋凛把女儿接回来了，一进门，看见宋以欣安安静静地坐在客厅里，显得有些惊讶。

“你爸呢？”周放手上拎着宋凛的西服，左右看了看，“就你一个人？”

“在洗澡。”

宋以欣的声音很低落，周放一听就知道她情绪不太对。周放把西服随手挂在门口的衣架上，两步就走了过来。

“你这是怎么了？终于被人打了？”

宋以欣白了她一眼，没搭腔。周放耸了耸肩，一副不以为意的样子。

“我把你爸的西服给送过来了，我回去了。”

周放刚一转身，就听见宋以欣在她身后问道：“肝癌，是不是挺严重的病？”

周放一听她问这个问题就全都明白了。

“好好控制的话，还是能活很久的。”周放以为自己这么说，多少可以安慰到宋以欣。

宋以欣的表情却很平静：“我同学的爷爷，查出来肝癌晚期，还没开始治呢，一个星期就死了。”

“不至于。”

宋以欣眨了眨眼睛，眼中流露出脆弱：“我以前老是想，与其有那样的妈，不如她死了算了。没想到诅咒成真，她真的要死了。”

“宋以欣。”周放眉头皱了皱。

“我去睡觉了。”宋以欣没有再说下去，起身回房了。

她的背影看上去又瘦弱又孤单。

一对夫妻可以选择要不要孩子，孩子却不能选择父母。

周放突然有些心疼，不管宋以欣平日里多叛逆，终归只是个没有安全感的孩子。

周四是林真真的生日。事实上，她自 30 岁以后就不过生日了，她不喜欢直面自己年华老去。

或许是因为人之将死，这次她突然想要过生日，她怕这是自己最后一个生日了，她想，自己至少要在这个世界上有些美好的回忆。

林真真生日那天，宋以欣去了。病房里的其他人都为林真真唱起生日歌，气氛热烈，林真真那天的精神格外好，被感动哭了好几次。

晚上带宋以欣回家的路上，宋凛接到医院打来的电话，刚才还好好的林真真突然病危。

宋凛当即赶回医院。

可路况不好，堵了四十多分钟，宋以欣终究是没有见到林真真最后一面。

林真真的死让所有人都感到措手不及。

宋凛通知了林真真老家的父母兄弟，才知道她和他们已经彻底决裂了。当年拿了宋凛家六万块钱，“卖”了女儿之后，林真真的父母就再没管过她。林真真背叛宋凛到城里打拼时，父母兄弟的唾弃加深了她对家人的恨意。后来她拼着身体赚到钱，老家的兄弟结婚盖房子来找她要钱，被她拒绝了，那之后她就和老家断了联系。

这会儿她死了,老家的父母兄弟怕她在外惹了事要他们出钱,都拼命推辞，不愿意接手她的身后事，连让她落叶归根、葬回祖坟都不肯。

最后是宋凛带着宋以欣为林真真选了墓地，将她埋葬在了这座让她梦醒梦碎的城市。

周放不知道林真真的死对自己来说是好消息还是坏消息。

以后她再也不用担心宋凛会和林真真见面了。父母带给她的压力一下子就少了很多，可她却没有感到轻松。

人死恩怨消，周放不知道与林真真一起生活的那几年，会不会成为宋凛永远的伤口。

因维斯特的十亿融资正式进入周放的公司，合同中定下的两年内 IPO 的目标如同一块大石头压在周放身上。近期她尽量减少了和宋凛的见面，即使见面也不知道能和他说什么。当作什么事都没发生？可是明明发生了那么多事。

得到融资的周放终于启动了生活馆的计划。

她在原本的构想之上对生活馆进行了比较大的改动。她想以生活馆为文化中心做一个服装商圈，圈一块地建成商业区，进行大规模招商引资。

下午开完会，周放整个人累得不行。正在办公室吃外卖的她接到了宋凛的电话。电话里，宋凛似乎很生气，也不说发生了什么事，就说要来接周放，让她帮个忙。

宋凛带着周放开着车气呼呼地去了一家酒吧。两人半个多月没见，见面后第一件事就是宋凛带着周放一起去找宋以欣。

林真真死后，宋以欣的叛逆值到了顶峰，她连难过的表达方式都和别人不同，她把自己封闭起来，拒绝任何人的靠近。

宋以欣有男朋友的事，周放一直都知道。毕竟是高中生，情窦初开，会谈恋爱也是对这个世界好奇的表现。周放也不是不开明的人，对此也没有太过惊讶。

只是她没想到宋以欣谈的这个男朋友那么不像样，带着宋以欣到了那种场所。

穿过喧闹的人群，宋凛找到了浓妆艳抹的宋以欣。

她故作妩媚地坐在吧台边，但是眼神中还是有着无法掩饰的稚嫩。

见到暴怒的宋凛，宋以欣一脸冷漠，拉起她那已然喝醉的男朋友就要走，却被宋凛一把拦住。

“去哪儿？”

这男孩平日胆子未必有多大，但是此刻喝多了，酒壮㞞人胆，他拍着吧台和宋凛较起劲来："宋以欣是我老婆！你管我们去哪儿？"

宋凛死死地握住拳头，对那男孩大吼一声："滚！"

宋以欣见宋凛一副要吃人的表情，一脸视死如归地挡在男孩面前："我怀孕了，我要和他结婚，你少管我！"

听到"怀孕"两个字，宋凛再也忍不住。他指了指那个喝醉的小子，整个人几乎要着火了："是这小子的？"

男孩年轻气盛，推开宋以欣和宋凛正面对抗："我知道你，你又是什么好东西？你睡了多少人的女儿？我就睡了一个，怎么了？"

宋凛怒极反笑，每当他露出这种表情时，周放就知道要出事了。

宋凛回头看了周放一眼，努力压着脾气交代道："周放，把她带回家。"

周放上前抓住了宋以欣，却被宋以欣一把甩开。

宋以欣冲到宋凛面前说："我已经决定要和他结婚了，以后他就是你的女婿，你接受就接受，不接受我们就断绝关系！"

那男孩也没多大年纪，也就十五六岁。他和宋以欣谈恋爱有一年多了，原本还因为她个性特别对她有几分眷恋，谁知她近来死了妈，老是哭哭啼啼地找他倾诉，搞得他也很恼火。他本来提了分手，谁知宋以欣突然拿了个两条杠的验孕棒给他。起初他也吓得要死，但是考虑到宋以欣是个富家女，又是家里的独女，要是自己真的和宋以欣在一起，以后说不定能继承家业。这样就不用再为考试、升学所烦，也挺不错的。他这么想着，就大着胆子对宋凛嚷嚷道："不管怎么说，她怀了我的孩子！我一定会负责的！"

宋凛被眼前的场面气得失去了理智，拳头高高举起，眼看着就要砸在那男孩身上，却被周放抬手拦住。

她把宋凛往后拽了一步，站到了宋凛和那男孩中间。

看了一眼周围的环境，周放皱着眉教训宋凛："这里这么多人，你一个大男人，怎么能对一个小男孩动手？太没风度了。"

说着，众人就听见啪的一声。

周放毫不留情地抬起手，狠狠地掴在了那个男孩的脸上。

“我是女人，动手比较合理。”

周放突然的一巴掌惊呆了众人，把那男孩也给打蒙了。

宋以欣见自己男朋友被打，立刻上前相护，那一脸倔强的表情让宋凛更是气不打一处来。

十五六岁的孩子能知道结婚的意义吗？又能懂责任代表什么吗？宋凛知道这个男孩接近宋以欣的目的。他冷冷一笑，突然就发了狠。

宋凛对那男孩说：“你愿意负责，很好。我为我女儿的好眼光而感到高兴，不过你们以后的生活可能要辛苦一点儿，这孩子你们怕是得自己养了。”

他把周放往怀里一扯，嘴角带着笑意：“这是我的女朋友，她现在也怀着孕，前段时间刚照过B超，是个儿子。我女儿嫁给你，嫁妆我会准备，但是家里的家产还是得留给她弟弟。”

宋以欣震惊地看向宋凛和周放，大约是没想到事情发展成这样。她瞪着眼睛对宋凛大吼：“谁要你的臭钱！”说着，她拉着小男友就要离开。

谁知刚刚还大言不惭地要和宋以欣结婚的小男孩，一听到没有家产可分，还要自己养孩子，立刻就尿了。

“去哪儿啊？这怎么行啊！你爸不养，我们俩怎么可能养得起孩子？”

男孩变脸如此之快令宋以欣难以置信，她不甘心地问道：“怎么就养不起了？就不能出去打工吗？”

男孩被宋以欣的话吓到了，脸色瞬间煞白，说话都开始结巴：“那怎么行啊……我成绩不好我爸妈都要揍我，这要是不……不读了……那不得打死我啊？”他越想越害怕，软弱地抓着宋以欣的手，“要不这个孩子不要了吧？我们还小，以后长大了还是会有孩子的，好吗？”

宋以欣怎么也没想到最后会是这样的结局，脸上的血色瞬间褪了下去。

原本还叛逆着要和宋凛抗争到底的她，听完男孩的话，架也不吵了，哭着就跑了。

虽然周放和宋凛都很生气，但是此时此刻也顾不上教训那个男孩了，只能赶紧去追宋以欣。

宋以欣哭了一路，回到家就跑进了房间，反锁了房门。

宋凛很少在周放面前抽烟，此时此刻，他一根一根地不停抽着烟，眉头深锁，眼中全是生气和后悔。

宋凛觉得，女儿还不到16岁，还在读高一。她还这么小，能知道什么，是自己没有正确引导她。如今怀孕的事儿不管怎么处理，对她的身心都是极大的伤害。

宋凛自责极了。

周放叹息着看着宋凛，觉得他好像一瞬间老了许多。

宋以欣一贯叛逆，周放又是个“外人”，宋以欣自然不会听她的。但是宋凛是个男人，这种事，总归是女人来处理比较好。

周放起身去敲宋以欣的房门，并没有抱宋以欣会开门的期望。她低头看着自己的脚尖，半晌，她听见门锁咔嗒一声。

周放虽然惊讶，但是她更怕宋以欣反悔又把门关上，赶紧顺着门缝钻了进去。

宋以欣抱着膝盖坐在飘窗上，看上去有些楚楚可怜。

周放进了屋，找了张椅子坐下。

她没有当过妈，也并不知道别的家长是怎么做的，只能凭着本能和宋以欣交流。

两人随口聊了几句，周放见宋以欣不那么排斥自己，开始进入正题。

“你打算怎么办？”周放尽量让自己的语气温和一些，“我是说这个孩子。”

一说起这事，宋以欣又开始哭了。

“你太小了，”周放叹气，“打掉吧。”

“拿什么打？”

“去医院，不会很疼的。”

宋以欣转了个身，撇着嘴瞪她一眼：“我没有怀孕。”

“啊？”周放惊讶得眼珠子都要掉出来了。

“验孕棒是我在学校厕所里捡的。”

“……”周放听说过捡钱、捡手机，捡验孕棒还真是头一回听说。这是什么烂学校？还有，这丫头片子，到底还有什么奇怪的事是她做不出来的？

宋以欣说起这个话题，就忍不住抹眼泪：“我妈死了，我爸又不喜欢我，我什么都没了，就只有他了。我能感觉到他不再喜欢我了，可是没有他，我不知道该怎么办。”

宋以欣看起来难受极了：“他要分手，我不想分。”

“你这方式也是够愚蠢的了。”周放眉头皱了皱，想到宋以欣就算没怀孕，她和那男孩尝了禁果也是铁板钉钉的事了。

周放忍不住咒骂道：“那你还是吃了亏，早知道我应该多打他两巴掌。”

宋以欣见周放这么维护自己，破涕为笑：“没有。”

周放皱眉：“那他怎么能信了你怀孕？”

“他过生日的时候带我去喝酒，估计是想把我灌醉了，趁机……我酒量好，把他给喝倒了。他醒了之后以为自己得逞了，一直挺得意的。我怕他和我分手，一直没揭穿。”

周放想到那男孩的尿样，忍不住说她：“你是疯了吗？这样多坏名声。”

“你不懂。”宋以欣一副小大人的样子，噘着嘴仰着脸，“我特别爱他。”

周放啧啧两声，语重心长地说：“相信我，等你长大了再回首这一段，你只会感慨，当初是怎么眼瞎了呢。”

“……”

两人像姐妹一样聊了许久，最后宋以欣问周放：“你真的怀孕了吗？”

周放笑着说：“你爸蒙你们的。”

“那你以后会生孩子吗？”

“我以后都不一定跟你爸呢，万一有更有钱的男人出现呢？”

宋以欣笑道：“也是，我爸那样的，正常人都看不上。”

周放摸了摸宋以欣的头，很认真地对她说：“你要相信你爸爸，他对你还是很好的。你要知道，要是换了我，早就把你打死了。”

“……”

一直焦急地等在门口的宋凛见门开了，赶紧凑了上去。

宋以欣看见自己老爸要进来，没好气地说：“不要让他进来！”

周放耸耸肩，只得把宋凛推了出去。

“她还好吗？”宋凛有些紧张，声音明显有些发颤。

“没怀孕。”

“怎么回事？”宋凛皱着眉头，很是担心。

周放把宋凛往外推：“别问了，没怀孕就是万幸，以后好好教吧。”

听完周放的话，宋凛绷了一晚上的神经终于放松下来。

周放知道宋凛这一晚经历的复杂心路，抬手摸了摸他的脸，感慨地说：“感觉到你的不容易了。”说完她转身要去拿自己的包，“早点儿睡，我先回家了。”

周放刚一转身，宋凛就把她拉了回来。

宋凛紧紧地拥抱着周放。

“谢谢。”宋凛的声音有些沙哑，这一晚，他实在太累了，“你比我镇定。”

宋以欣抗拒宋凛，却愿意和周放交流。这也许就是男人和女人最大的不同，爸爸永远不可能替代妈妈。

就像宋凛身边出现过那么多女人，却没有一个让他频频回顾、失去原则，除了周放。

看来，不论是宋凛还是这个家都需要周放，只因为她是周放。

“结婚吧。”

宋凛这三个字说得掷地有声，周放觉得自己的心如同一汪平静的湖水，被突如其来的石子击出一圈圈的涟漪。

听了周放的建议，宋凛给宋以欣办理了转校手续，把她从贵族寄宿学校转到了普通的寄宿高中。宋以欣从小生活条件优渥，这样安排既能让她去体验一下普通人的生活，也能不费吹灰之力地分开她和那个男孩。

孩子毕竟是孩子，宋以欣到了新环境以后，把以前的那些烦恼忧伤都抛到了脑后，一心想着怎么和别人交朋友。

转校后，宋凛便切断了宋以欣的经济来源，这种方式是最直接的，叛逆的宋以欣老实了很多。

宋以欣自从转校以后对周放一肚子意见，学校放半天假，宋凛没空，又怕宋以欣会出去鬼混，让周放替他去接女儿。周放正好有时间，也就没有推辞。

宋以欣从坐上她的车后就开始叽歪："我知道都是你在背后挑唆，后妈都是这样，巴不得整死我才好。"

不管宋以欣怎么说，周放始终气定神闲地开着车，看都不看宋以欣一眼，她冷笑着说道："你再不闭嘴，我就挑唆你爸把你送回老家上学。"她轻蔑地看了一眼宋以欣，"反正你爷爷奶奶也很想你。"

一听要回老家，宋以欣立刻识时务地闭上了嘴。老家就是好山好水好无聊，每天睁开眼就是青山绿水、小镇人家，除此之外什么都没有，谁受得了。

宋以欣想了想，咬牙切齿地说道："算你狠。"

周放带宋以欣去吃了饭，又给她买了新衣服。临走的时候，宋以欣一直盯着周放的钱包，周放都被她的小眼神逗乐了。

"干吗？怎么还不滚？"

宋以欣双手交叉抱在胸前，一副理直气壮的样子："给我点儿钱！"

"凭什么？"

宋以欣一脸气愤："我爸一个月只给我 600，吃饭都不够。天天吃食堂，我都要发育不良了。”

周放从钱包里数了 2000 块钱，宋以欣见周放拿钱了，高兴地要去接，谁知周放又把手抽了回去。

周放坏坏地对宋以欣一笑：“我告诉你，阿姨多的是钱，要是你哄得我开心，能给你的，多了去了。”

宋以欣为了拿到钱，立刻上演了一场小狗讨食摇尾巴的戏码。

“阿姨，你怎么这么美啊！”

周放笑笑，拿钱砸了一下她的头：“小丫头片子。”

刚把宋以欣送回学校，周放就接到了宋凛的电话。

宋凛那头很安静，安静得周放可以隐约听见他平稳的呼吸声。

“你给她钱了？”

“你这么快就知道了？”

宋凛温和地笑道：“她特别嚣张地打电话和我宣战，说再也不找我要钱了，以后有人给她钱花。”宋凛说完，顿了顿，“别惯她，她会越来越无法无天的。”

“宋凛，其实她真的是个特别简单的女孩。她要的不是钱，是你的关心和陪伴。”

宋凛没想到周放会说出这样的话，只觉得那一瞬间，自己冷却多年的心突然被焐热了。

他曾经以为自己这辈子都不会想结婚了，现在想想，原来会产生这样的念头只是因为自己没有遇到合适的人。

宋凛感到庆幸，在他快要对感情感到绝望的时候，遇到了周放这样一个女人。

他由衷地说道：“周放，有的时候，我真的觉得你是个特别伟大的女人。”

第十五章
爱人不疑

按照合同约定，因维斯特的十亿融资前后分三次融入周放的公司，合同对每次融资时间都有明确规定。为了启动生活馆计划，周放向银行贷了不少钱。

对此副总非常担心：“如果之前没有付那 2.5 亿给苏屿山，我们不会这么捉襟见肘。”

周放对此却非常乐观：“那次从一开始我就不是为了融资，而是为了搭上苏屿山这辆大车。事实证明，我的选择是对的。没有和苏屿山撕破脸已经不易，既然花大钱买了车票，总得让他多带我们一程。”

“现在这么大一笔借款，如果生活馆计划失败了——”

周放打断了副总的话：“那就不让它失败。”

副总仍是忧心忡忡：“如果后期资金链断了，周总打算如何解决？”

周放想了想，说道：“招商引资，再接一条资金链。”

“比如？”

周放笑了笑，脑海中出现了宋凛的脸。她用开玩笑的语气对副总说：“我啊，近来找到了一张长期饭票。如果有一天我真的撑不下去了，总会有人帮我撑下去的，你就放心吧。”

周放为生活馆圈的地是从一个房地产老板手里拍来的烂尾楼。从生意人的角度来说，这其实是挺让人忌讳的一件事。烂尾楼总归风水不好，会影响财运，因此没什么人竞拍，倒让周放捡了个便宜，她以很低的价格得到了这块地。

在继续建楼之前，周放特意从香港找来一个风水大师，像煞有介事地对整栋楼进行了一些调整，也好在招商引资的时候稳住那些老迷信的心。

为聚集更多人气，周放围绕烂尾楼扩了一圈商业区，建成了一个服装大市场。

对于如何吸引更多的人来大市场购物，周放煞费苦心。

在公司例会上，周放给公司众人下了死命令，不成功便成仁。

“我们现在自掏腰包维持班车接送，是为了吸引更多的人过来看看，口口相传是最好的广告。至于副总提出的向市政申请新修天桥的想法，我赞成。未来天桥直接通到商业区，对我们肯定是有好处的，后期需要你们继续跟进，从大型商业区对经济和就业的带动作用进行侧面敲击。”接着周放切换了一张PPT，说起了下一个问题，“实地考察后，我们觉得大门的方位不理想，原本建在北边的大门距离车站太远，客流也不够，所以需要把大门改到南边，这个后续需要你们去跟进。”

团队的力量总是比个人要大，大家你一言我一语，很快就敲定了生活馆的各种细节，同时也提出了很多新的疑问。

生活馆能顺利建成，多亏了乐青子的支持。她为周放提供了一整个系列的古董衣，都是她的压箱珍藏，是一个复古的电影系列。周放计划以这个复古系列为开端，之后每一期都引进一个噱头，让生活馆能真正为服装文化发展出一份力。

周放一忙起来就不管不顾了，因此基本上宋凛每次出现，都是一副“怨夫”的样子。

宋凛明明晚上订了法餐，要搞搞浪漫，结果周放一句“太忙了不去”就拉着他在公司附近吃小餐馆了。

宋凛对于吃什么无所谓，他在意的是周放对他的忽视。

“你别告诉我，你下半年都会这么忙下去。”

“下半年的重点就是生活馆，肯定只会更忙。”

宋凛敲了敲桌子，一脸不满：“那我呢？”

周放喝了一口水，皱眉看向他：“不是我说你，你一个大老板，怎么天天想着谈恋爱？不能去干点儿正事吗？”

宋凛觉得这对话实在诡异，怎么觉得他俩的角色有点儿反了？

“你下半年就不能空点儿时间出来？”

周放饿了一天，除了吃，脑子里就没别的了，只顾狼吞虎咽。听了这话，她抬头疑惑地看了宋凛一眼。

“干吗？”

“要你陪我去解决一件人生大事。”

商业区的建设需要很长时间，生活馆的规划方案确定下来后，品牌的引进问题亟待解决，除了常规的品牌，其他的还得靠公司招商。

周放并不是激进派，但在同类品牌里，衣谜确实是扩张得最快的。由于担心扩张会带来泡沫，不论是对原本的品牌、生产线还是对最新的商业项目，周放和上下员工都打起了十二分的精神。

对于近来十分顺利的发展态势，周放总感觉有些不安。不知是不是女人的第六感真的很灵验，周放的不安很快就得到了证实。

商业区还没开始赚钱，就先出事了。助理火急火燎地赶回公司，向周放报告："一个工人，上班期间旷工出去……去了声色场所，结果不知道什么原因在回来的路上猝死。现在他的家属在我们的工地拉了横幅闹事，要我们赔钱，还扬言要叫媒体来。"

"这也不是我们的问题，给抚恤金吧。"

"公司提了抚恤金，十万，但是他们嫌少。"

周放皱眉："他们要多少？"

"六十万。"

"呵，那就让他们家叫媒体来。"周放表情严肃，眼中难得地出现了几分厌恶，"旷工是我们的责任吗？他嫖娼猝死是因工死亡吗？既然都不是，我们为什么要怕他们？"

"周总，话不是这么说啊。"助理有些担心，"现在他们在我们工地上闹得很夸张。还没开幕的商业区闹出这种丑闻，对我们的品牌形象很不好，兆头也不好啊。"

助理见自己说服不了周放，又叫来了副总，副总对此也非常担心："舆论这么可怕，现在的媒体都是穷弱有理，钱是原罪，如果闹大了，我们就是有嘴也说不清。"

周放一贯善恶分明，对于原则性问题绝不退让。她气得把手里的笔一摔："钱可以给，但是名目要搞清楚，是出于人道主义的抚恤金。这事我们公司第一次遇到，更应该严肃对待，不能开个不好的头，让人觉得我们是软柿子。拉个横幅闹场我就给钱，以为我是开善堂的吗？"周放拿起包就要去工地，"要打官司，我很欢迎，靠闹事要钱，我还就和他们杠上了！"

比起工地负责人的犹犹豫豫，周放显得果断得多。

工地现场的条幅贴得到处都是，让人看了就有些发怵。周放皱着眉看了一眼混乱的现场，训斥负责人：“怎么回事，怎么没有报警？”

负责人唯唯诺诺地低下了头：“怕警察来了，事情闹大了，媒体也跟着来了。”

“现在媒体就不来了吗？”

“我们关闭了大门。”

周放被他这话气笑了：“现在这个时代，谁没个手机？发个微博谁不会？打 110！马上！”

周放并不是不怕事，相反，身为一个女人，她一贯觉得能忍则忍，息事宁人是最好，但是她实在讨厌恶人先告状、贪得无厌的人。副总和助理都对周放这次雷厉风行的态度感到担忧，毕竟光脚的不怕穿鞋的，他们很怕后面还会闹出更大的事来。其实周放也不是不怕，但她始终觉得，不能在她手里开这个歪风邪气的头。

回到公司，周放继续埋头工作，不知道是因为太累了还是没睡好，眼皮跳了一下午。

晚上六点，周放觉得实在太累，眼前都有些花了，就没有再加班。她刚一走出公司，就发现外面在下雨，心情瞬间也跟着天气一起阴了下来。

初夏的雨总是伴随着让人心慌的闷热，周放回办公室拿伞，刚一进去，就接到了宋凛的电话。

“下班了吗？一起吃饭？下雨了，我来接你？”

周放从写字楼向下看去，这会儿正是下班高峰期，主干道都堵成了停车场。

“别过来了吧，外面堵得不成样子。”周放看了一眼时间，“去哪里吃？”

宋凛没回答周放的问题，担心地问道：“你开车了吗？”

“不开车了，这个点儿坐地铁还快点儿。”

宋凛听到周放没有开车，也不管她同不同意，直接回复了两个字：“等我。”

霸道又强势，一如宋凛平时的样子，可是这一刻，周放却没有觉得讨厌。

周放原本打算去大堂等宋凛,但想起自己的钱包落在了车里,又按了电梯,去了B2层。

周放拿着车钥匙往自己的停车位走。不知道为什么，她停车的位置一片漆黑，似乎是电路出了问题，照明设备全都没亮。周放觉得有些瘆人，不觉加快了脚步。

周放的高跟鞋踏在地面上发出嗒嗒的声音，走着走着，她觉得除了自己的脚步声还有软底鞋踏地的声音。

周放倏然回头，只见两张狰狞可怖的男人脸出现在面前，同时又有一个男人从背后一把捂住了周放的嘴。

周放动弹不得，她瞪大了眼睛，看着眼前的人。

那人凶恶地一笑。

"周总，好巧，我们又见面了。"

周放挣扎着想要逃跑，但她那小身板儿怎么可能斗得过三个长期干体力活的汉子?

三个男人一起把周放往更黑的角落里拖。周放知道如果自己这会儿被拖走了，后果不堪设想。她挣扎着抬腿在空中蹬了几下，试图通过冲撞触发车里的防盗警报，但是勒着周放脖子的男人力气太大了，她几乎要窒息了。

那男人见周放反抗，手臂上又用力了一些。

周放心想自己今天是逃不过去了。

"你们要带她去哪儿？"

安静的停车场里，骤然出现的男声打破了原本恐怖的寂静，让本已绝望的周放重新找到了希望。

周放努力地辨认着说话人的轮廓。

她没有做梦，宋凛熟悉的脸庞在此刻出现在她眼前，周放觉得自己几乎要哭出来了。

不等三人反应，宋凛已经快准狠地撂倒了离他最近的一个男人。他招式沉稳，出手凌厉，一下子就把那男人的手反剪在背后。那男人被宋凛压在车玻璃上动弹不得，骂骂咧咧地叫唤着。

另外两个人看见宋凛这身手，瞬间紧张起来，恶狠狠地威胁着宋凛："我警告你，你别动。你要是再过来就别怪我不客气了！"

说着，周放感觉勒着自己的手臂更用力了些，她的脖子一阵剧痛。那人勒着周放不断往后退，周放被他拖着，鞋子半挂在脚上，周放的后脚跟蹭着水泥地面，痛感阵阵袭来。那人拖着周放退到他们开来的破旧面包车前，对自己的同伴使了个眼色。只见那男人的同伴从车底抽出了两根六七十厘米长的钢管，周放瞪大了眼睛看着眼前的一切，意识到事情越来越严重了。

宋凛看了一眼对面的两个男人，从容地扯下领带，利落地将刚刚制服的男人的手反剪着绑了起来。那男人挣了几下都没挣脱成功，也不敢大声呼救，用眼神向自己的同伴求助。但是没有人过来帮他，几个人就这么紧张地对峙着。

"放了她。"宋凛把那人往旁边一扯，冷静地说着，"一换一。"

那两个人看了一眼周放，又看了一眼被宋凛抓住的同伙，恶狠狠地说："我们这样的贱命和周总能一样吗？我们不放，难道你敢打死他吗？你们这些有钱人可比我们怕死！"

宋凛趁男人说话分心之际，一把将被他捆住的男人推了过去。

那两个男人看着突然被推过来的同伴，下意识地要接，抓住周放的手一松，宋凛趁机把周放拉了过来。

见周放被宋凛救走，三人立刻反应过来，一拥而上。

"快跑！"宋凛大喝一声，一脚将地上的钢管踢向远处。

那三人见宋凛和周放要跑，飞身冲了上来，想要联合起来扑倒宋凛。宋凛一个过肩摔放倒了离得最近的一个，随后与另外两个人扭打了起来。

见三人纠缠在一起，之前被放倒的那个男人从地上爬了起来，吐了一口血痰，他双眼通红，俨然成了不管不顾的亡命之徒。周放见他从口袋里掏出了一把弹簧刀。

“宋凛！小心！”周放瞪大了眼睛，下意识地就要飞扑过去。

…………

宋凛身上的衬衫很快就被染红了，整个右侧手臂都被血浸透了……

那三个男人一见宋凛出了那么多血，立刻慌了神，显然这一切也出乎他们的意料。

“你疯了？！吓吓那个女的，要点儿钱就行了，你捅那个男的干吗？！”其中一个男子吼道。

“跑啊！”另一个男人大喊一声，三人立刻撒腿跑回车里，飞速地将车开离了现场。

周放眼见着车越开越远，怕他们真跑了，捡起地上的钢管就要追上去，却被紧紧按着自己手臂的宋凛叫住了。

“回来！”宋凛的表情仍旧很镇定，语气中甚至带着几分责怪，“一个女人，怎么总是这么彪悍。”

周放这才回过神来，慌忙走回宋凛身边，看见满地的血，整个人失去了理智，说话的声音也跟着颤抖起来：“怎么会流这么多血……怎么回事啊……”

手臂动脉被刺破，大量失血的宋凛越来越虚弱，整个人无力地靠向周放的车：“别怕，我没事。”

周放慌张地守在宋凛身旁：“我这就打 120……是我的错，是我害的……肯定是在我工地上捣乱的那帮人干的……”

宋凛的意识开始有些飘忽，但他还是努力地睁开眼睛，强撑着对周放说：“不想当寡妇就马上送我去医院。”

话一说完，他整个人栽在周放身上，周放用尽全身的力气才撑住了宋凛，让二人没有倒下。

“宋凛……宋凛……”周放的哭腔越来越明显，“宋凛……你别死啊……”

宋凛的声音在周放的耳畔响起，尽管虚弱得很，却蕴含着让周放安心的力量。

“还没睡够，我舍不得死。”

那三个绑匪很快就被警察抓住了，果然是那个猝死的工人的家属。写字楼的停车场里人流复杂，为了确保安全，到处都是监控摄像头，尽管他们砸了周放停车位那一区的灯和摄像头，别处的摄像头却把他们的模样和车子拍了下来。

宋凛还在医院里住着的时候，劳动仲裁的结果就出来了，周放的公司终于得了清白。原本那工人的家属联系了媒体造势，连三个人去绑架周放也被报道成是周放的公司拒绝沟通才不得不去堵人。仲裁结果出来后，舆论出现大反转，在网络上引发了一轮口水战，周放的公司总算摘掉了“杀人公司”的帽子。

接受采访时，公司的副总在一众媒体面前诉委屈：“虽然家属行为过激，我们老总至今还在医院里躺着，但是我们公司依然会做到我们该做的，不带任何怨恨情绪，出于人道主义给予过世工人两万元抚恤金。希望他的家人能好自为之。”

“……”

宋凛得知处理结果后，躺在病床上对守在身边的周放抿唇笑了笑，说道：“你们公司的这次危机公关做得还不错。没想到你这‘周扒皮’居然还愿意掏两万元抚恤金。”

“我才不愿意给呢。”周放撇嘴，“是我们公司的副总说的，要以德报怨，才能体现出我们有多委屈，好博取公众的同情和好感。”

宋凛看着电视里那个沉稳的副总，觉得周放用人的眼光着实不错。

“这副总倒是个人精。”

“嘁。”周放对此嗤之以鼻，“我对这个结局一点儿都不意外，从一开始就不是我们的错。”周放一边削着苹果一边说，“这样的处理结果才算公平正义，如果没有原则，这世界都要乱套了。”

宋凛笑道：“不知道是谁，从来不和我讲原则。”

周放白了他一眼：“那怎么能一样？”

安静的病房里，阳光透过轻薄的窗纱落在宋凛的脸上，光影斑驳。他的表情十分安静、平和，眼中充满淡淡的笑意。

“嗯，我不一样。”

见宋凛又要开始搞意有所指的“肉麻套路”，周放立刻不搭腔了。她啪的一声放下水果刀，把削好的苹果动作粗鲁地塞进了宋凛手里。

宋凛淡笑着接了过去。

周放见他这么心安理得地使唤自己，没好气地揶揄道：“你这每天折磨我的日子是不是也该够了？知道的，你是手受伤了；不知道的，还以为你从脖子以下都瘫痪了呢。”

宋凛啃了一口苹果，恬不知耻地回答道：“那不能，有些地方还是没有瘫痪的。”

“嘁，真是没用，就来三个民工，你还被刺了一刀，白健身了。”

“我一打三，还白健身了？”

周放仰了仰下巴：“电影里，男主都是以一打十、以一当百，完了以后还能抱着女主卿卿我我。”

宋凛看了周放一眼，无耻地说道：“以一打十、以一当百我确实做不到，卿卿我我倒是没问题。”

“……”

创业以来，宋凛已经有近八年的时间没有休过假了。他说出这个数字的时候，周放感到十分震惊。他虽然每年全球各地到处跑，看似光鲜，但是全部是公差。宋凛这种生活情况并不是创业者中的个例，而是常态。自打周放接手了衣谜，个人生活就全部是为公司服务了。

包括父母在内，很多人问周放：“你这么辛苦到底是为了什么？钱有那么好吗？”

这个问题，周放回答不上来。当她走上这条路，就没有回头的选择了，只能不断地往上爬。人是有贪欲的，如果一直待在山脚下，也许一辈子都会爱着“采菊东篱下，悠然见南山”的风景，可是当人上到半山腰，就会忍不住想去看看山顶的日出日落到底有多么壮观。

宋凛这次受伤住院，像在休假一样。他倒是开心，可苦了周放，公司医院两头跑。

下午四点多，公司还在开会，总经理向周放反映了一个新情况：“周总您知道 VR 技术吗？”

“Virtual Reality？”

“对。”

周放对这个概念并不陌生：“VR 现在已经开始推广了，但是和 7D 差不多，因为技术成本太贵，目前只在游戏、电影领域有所涉及。”

周放有些诧异：“你是说要涉猎游戏或者电影？”

总经理笑着摇了摇头，拿出手机，打开了一个 APP 递给周放：“一个年轻的团队，很久以前找投资时曾经联系过我，我当时觉得是无稽之谈，没有理会。最近我发现，苏屿山和宋凛都在和他们接触。”

周放不会玩，随便滑了一下 APP 的界面问道：“是做什么的？”

“这是一个结合 VR 技术的试衣间 APP，VR 眼镜和 APP 连接，在家里就可以体验在实体店逛街的感觉。它可以为一些不喜欢和人接触的消费者免去逛街的尴尬，也可以让预算吃紧的消费者模拟试穿较贵的衣服，最重要的是可以帮助那些没时间逛街的消费者完成购买。这个团队用了四年的时间搜集数据，建立了云数据库，对于消费者购买衣服时的常见尺寸、颜色、布料、款式的选择详细地进行了数据分析。”总经理说，“虽然VR眼镜的造价昂贵，模拟试衣间、模拟店铺的成本耗费也很高，但是这个团队还在不断开发，力求解决问题。”

周放对这个项目持中立态度，VR技术并不仅仅针对服装，如果真能获得较大的发展，将有可能在未来成为全品类的发展趋势，符合“新销售”的概念趋势。但是这种技术性投资，投入多、见效慢，对周放这种根基尚浅的创业者来说，尚不稳妥。

“苏屿山和宋凛在抢？”

总经理点头：“有大佬们在前面扛，我们跟着投资一小部分，如果这个技术真能得到大力发展，我们也是最先吃螃蟹的人。”

“苏屿山和宋凛投资多少？”

“这个团队在慢慢做大，听说想要拆分上市。苏屿山打算融资25亿买大股份，他想要云数据库。宋凛那边目前还不知道，他不是受伤了嘛，最近好像没有之前跟得那么紧了。”

“就算我们只是跟着分一杯羹，按照这个市值，也是上亿的投资。”

总经理沉默了片刻，眼神诚恳地看着周放说：“美国的网约车APP进入中国市场时，为了造势，CEO亲自驾车载人。这让这个定位高端的网约车APP很快走进公众视线，甚至一度超过了国内的两款传统约车APP，仅用了一年时间就发展到了现在的规模。周总，这是一个快时代，很多东西，你觉得冒险，却能让投机者赚得盆满钵满。”

周放没有反驳总经理的话。她回想这一路走来，自己能获得现在的成就，就是因为胆够大。但是现在公司在全力推进生活馆计划，在生活馆开幕之前，她不敢再随意调动资金。

周放抿唇想了想，说：“这件事让我考虑一下。”

生活馆和商业街工程正如火如荼地赶着进度，周放上午把宋凛接出院，下午就把他抛下去谈事了。

为了商量生活馆开幕的事，周放和乐青子约了一起吃饭。乐青子选的日本餐厅，所有的食材都是当天空运过来的，新鲜可口，尤其是奶豆腐，周放吃完赞不绝口。

“前几天我去看过宋凛，那小子现在对你意见很大。”

“嗯。”周放笑道，“太忙了。”

“女人，总归还是要有个家。”

周放用筷子挑了一块天妇罗：“嗯，你上次说的婚纱，可能用得上。”

乐青子笑道：“他带你来见我的那次，我就觉得会有这一天。”

“为什么？”

“你们俩有夫妻相。”

乐青子话音刚落，周放就笑了出来，还以为她会说出什么有哲理的话，没想到……

“还没那么快。”周放抿唇，“他还有一关没过呢。”

“求婚吗？”

周放摇了摇头，她还没想好自己爸妈那关怎么过。不过管他呢，她都这么忙了，哪儿有空管宋凛的麻烦，他自己的事，自己解决吧。

在宋凛的强烈要求下，周放约了爸妈一起吃饭。宋凛特意选了一家有名的会员制私房菜馆，环境幽静，还是周放爸爸的最爱。

周放的爸妈虽然同意了宋凛的邀约，但是对于自己的女儿还在和宋凛“鬼混”并且有走上正道的趋势，二老表现得一万个不高兴。他们还是希望周放找个经历简单的男人。

周放也不太爱和自己爸妈说起这事，她一贯主意大，爸妈知道管不了她，只能在宋凛身上下刀。

晚上，宋凛先到私房菜馆准备，派司机去把周放和她爸妈一起接来。

周放穿得很随意，爸妈倒是穿得很隆重，尤其是老妈，一贯不爱戴首饰的她这次戴了全套的翡翠首饰，贵妇气场十足，一看就不是善茬儿。

“妈，只是吃个便饭，你这样子，就跟鸿门宴似的。”

周爸瞪了周放一眼：“第一次正式见面吃饭，难道穿拖鞋、裤衩吗？”

周放嘿嘿一笑：“您要是愿意这么穿，我也不拦着。”

“真不知道你这脾气随了谁，说什么都不听。”

周放靠在妈妈身上:“肯定是随我妈,当年她死活不听外婆的,非要跟你走，不然你哪儿能娶上这么漂亮的老婆。”

周放妈妈抿唇笑了笑，手指点在周放的额头上。

“能一样吗？”周爸不爽，“你妈可是我的初恋！”

周放：“那我也不是初恋啊，当然和你们不一样。”

“反正道理都是你的。”周爸翻了个白眼，“谁想管你。”

周放爸妈脸色一直不怎么好，絮絮叨叨地念了一路，没想到一到地方，又遇到了令周放爸妈最讨厌的一对夫妻。两家说是老熟人，实际上较劲较了好几十年了，年轻的时候拼事业，后来拼孩子，现在连孩子的婚姻都拼上了。

那对夫妻也有一个独生女儿，比周放还小一岁，高中毕业后规规矩矩地进了大学，生活一直很稳定，发展也不错，大学毕业没多久就结了婚。因此，那对夫妻基本上每次见到周放爸妈都免不了一顿炫耀。

这不，周放爸妈刚一走进去，人已经不请自来了。

“哎呀，老周啊！你好、你好！”那对夫妻热络地和周放爸妈打着招呼，周放爸妈互看了一眼，脸色不悦。

“周放也在啊，好久不见了。”

周放扯了扯嘴角：“嗯。”

见周家三口都不怎么说话，那两人又开始炫耀起来：“真羡慕你们啊，孩子没结婚，老有时间和你们一起吃饭。不像我们家女儿，怀了孕，还拖累我们去照顾。”

周爸嘴角抽了抽：“女儿嫁不出去，有什么好羡慕的。”

“唉，这说起来，也是你们当初不肯听我的。这孩子叛逆的时候，就是要爸妈管着，那时候你们就不该让周放去搞公司。一个女孩子要什么大事业，多难找对象，那时候要是去考公务员，估计现在孩子都满地跑了。”

“叔叔，其实不用考公务员。”周放说，“我去买一家幼儿园，可以让整个幼儿园的孩子都围着我爸妈跑。”

那对夫妻被周放回敬得有点儿难堪，干笑了两声，问周放爸妈：“你们也是来吃饭的啊？”

他们话音刚落，等得着急的宋凛缓缓从里面走了出来。

见周放一家在和人说话，宋凛就没有打扰，只是默默地走了过来。

倒是那对夫妻，一看来人是宋凛，一脸惊喜。

“宋总，来吃饭啊？”那对夫妻谄媚地说道，“您还记得我们吗？上次和我女婿一起，在招商会上和您说过话。”

宋凛皱眉看着眼前的两个人，实在想不起他们是谁，也懒得搭理，只是点了点头。

他走到周放身边，礼貌地对周放父母说道：“不好意思，本来我应该亲自去接的。”

周放爸高昂着下巴：“不必。”

那对夫妻见宋凛对周放爸妈很尊重，好奇地问了一句：“你们也认识宋总啊？”

周爸说：“是周放认识的。”

那对夫妻这几年都没怎么见过周放，不知道她和宋凛这么熟了。毕竟宋凛是业内的新贵，他们家女婿想巴结都巴结不上。

他们再看向周放时，说话都有些讪讪的：“周放生意做得真是不错啊。”

“生意做得不错有什么用啊，就像你说的，一个女孩要那么大的事业干什么？嫁都嫁不出去。”

那两人没想到周爸会把他们说过的话当着宋凛的面复述出来，一时也有些尴尬，但是自家女婿还想求着宋凛做生意，因此也不敢刻薄造次。

宋凛很聪明，不过三言两语就听明白了。

宋凛是个护短之人，看到有人瞧不上周放，自然不能忍。

宋凛信步向前，走到那对夫妻面前，很礼貌地和他们一一握手打招呼。那两人有点儿吃不准宋凛的意思，只是尴尬地回应着。

宋凛居高临下地看着他们，微笑着说：“叔叔阿姨你们好，我是宋凛。”他顿了顿，补充道，“我是周放的疯狂追求者。”

宋凛轻描淡写的一句话让那对夫妻一脸尴尬，话都接不下去了。

他们看了一眼周放，又看了一眼周放爸妈，最后只得讪讪地说道：“周放这孩子，看着就是个有福气的。”说完他们还干笑两声。

宋凛微笑着，始终礼数周全：“既然是叔叔阿姨的朋友，那一起个吃饭吧？”

那对夫妻对视一眼，尴尬地摆了摆手：“我们还有别的事，下次吧。”说着，他们灰溜溜地离开了。

看着他们狼狈离开的背影，周放爸妈就差拍手称快了。几十年了，总算让周爸周妈在那对“老朋友”面前扬眉吐气了一回。当然，他们才不会当着宋凛的面夸他干得好呢。

“还下次呢，”周妈一脸鄙夷，“我们愿意，他们也不会愿意的。”

宋凛站在周放身边，一副彬彬有礼的模样：“叔叔阿姨，那我们先进去？”

周放爸妈此时看宋凛的眼神终于有了几分温和。

宋凛鞍前马后地伺候了一晚上，一顿饭吃下来，周放的爸妈虽然对宋凛的态度始终不冷不热，但是明显没有以前那么嫌弃了。

从周放爸妈的角度来说，他们都对宋凛的各方面条件一万个不满意，但是周放喜欢，作为父母，他们又能怎么办呢？他们知道林真真已经去世了，对二人的反对态度倒也没有以前那么坚决了。

“什么时候把你父母约出来见见？”周爸一脸威严。

宋凛不紧不慢地说：“我父母都在老家，随时可以接过来。”

“那你女儿呢？”

“周放和她相处得还行。”

说完，他对周放微微一笑。周放虽然心里忍不住吐槽，但是还是点了点头说道：“相处得还行，孩子大了，很懂事。”

周爸看到周放胳膊肘往外拐的样子，狠狠瞪了她一眼……

周放第二天要上班，把爸妈送回家后就和宋凛一起走了。

这顿饭虽然没有彻底改变周放父母对宋凛的印象，但是也算有了破冰的迹象。

回家的路上，宋凛开着车，突然转过头来对周放说：“以后我们还是生个儿子吧。”

周放正在看窗外的风景，一时没反应过来，过了两秒才回答：“怎么会突然说到这个问题？”

“想想以后宋以欣要是遇到一个我这样的男人,我肯定也一万个看不上。”

周放扑哧一笑：“你也有这么看自己的时候？”

“自己的女儿，总是希望她找到一个好男人的。”宋凛轻叹，“上次那个小子，把我气得差点儿心梗，再生个女儿，我觉得我得早死。”

周放没想到宋凛平日里看着好像什么都不在乎，原来心里想了这么多。看来当了爸的人就是不一样。

“这种事，哪里是你想要什么就有什么的？”

宋凛皱眉，又道：“实在不行就多生几个，好分散我的注意力。”

“……”周放无奈地看向他，吐槽道，“我哪儿有这个美国时间。”

回到家，周放还没进门，宋凛就把她往里面推，周放忍不住吐槽：“这么宽的道，挤什么？”

“挤点儿美国时间。”宋凛一脸坏笑，用脚把门关上。

宋凛的手正要向周放袭来，就被她抬手挡掉了。

周放呵斥：“干吗呢？”

宋凛环住周放的腰，亲昵地回答：“生儿子。”

早上周放起床去上班，结果刚一下楼就接到了老妈的电话。

周放的爸爸晨练时不小心闪了腰，老妈在电话里又是骂又是心疼，说着说着就要哭。

周放一个瘦弱的女人也搞不定中年发福的老爸，只得给宋凛打电话，他二话不说就从公司赶了过去，带着周放一家去了医院。

宋凛全程鞍前马后地跟着，甚至还弄来一个专家组给周放老爸看病，那样子，俨然成了周家的主心骨。

周放老爸住院，主治医生过来查房时，一脸和善地笑道：“您老人家真是有福气，儿子跑前跑后的。”

周爸一脸傲娇：“我只有个独生女。”

主治医生看了一眼宋凛，有些诧异，随后又笑着说：“女婿就更难得了，孝顺。”

周爸别开脸哼了一声。

担惊受怕了一上午，直到把爸妈安顿好了，周放才得了空去吃饭。

一贯靠自己的周放，第一次感到有个人可以依靠是一件多么幸福的事。

其实，结婚也挺好的，她这么想着。

关于 VR 试衣间的 APP 项目，公司一共开会讨论了三次，每一次激进派和保守派都吵得不可开交。最后经过投票，大部分股东和员工同意投资。

既然苏屿山和宋凛都在抢，说明这确实是一个好项目，况且全球的企业都在研发推广 VR 技术，看来这也是未来的大趋势。一个亿的投资确实负担不小，但只要这个项目一年内资金链不崩溃，让周放公司的资金能够周转过来，完全可以作为长线投资来发展。

等因维斯特的第二笔风投资金进来，生活馆就可以正常开张了。

周放拿到投票结果，最后做出了决定——跟。

做事雷厉风行的周放很快就和 VR 试衣间 APP 项目组的人见了面，项目组向周放详细地介绍了他们目前的研究进度和成果。她不得不承认，这是一场非常漂亮的推广会，在接触了项目组的人后，周放更加确定了自己的决定是正确的。

晚上回家，周放心情很好，决定自己在家里做饭，三菜一汤，两荤两素。菜的卖相还过得去，至于能不能吃，周放不确定，这要看宋凛吃完以后还能不能好好活着了。

周放本来以为宋凛会按时下班，结果直到很晚，宋凛才醉醺醺地回来了。

周放很少看到宋凛醉成这样。他一向海量，外号“千杯不醉”，不管喝得多醉也不会表现出来，永远是那副波澜不惊的样子。

而今天，喝醉的宋凛开心得像个得了期盼已久的玩具的孩子。

周放过去扶他，他把整个身体都靠在了周放身上，半搂着周放，慢慢吞吞地换着鞋，甚至忍不住哼起了歌。

“怎么了这是？什么事这么高兴？”周放问。

“家里还有酒吗？”

周放翻了个白眼：“你已经喝得够多了。”

宋凛笑着说：“可是我还想喝。”

“忍着。”周放没好气地推了他一把。

周放把他扶到沙发上，宋凛拿起遥控器，问周放：“看电视吗？”

不等周放回答，宋凛已经把电视打开了。他调了一会儿，电视居然开始播放 H·O·T（韩国组合 High-five Of Teenagers）的歌曲，家里突然充满了怀旧的气氛。

周放被眼前的画面惊到了，喝醉的宋凛，这画风也太奇怪了吧！

等等，宋凛居然喜欢看 H·O·T？！这结论让周放吓到了。

“你也知道 H·O·T？”周放实在忍不住问出了口。

宋凛没有回答周放的问题，只是歪着头，笑眯眯地问她：“这里面，你最喜欢谁？”

周放下意识地回答：“KANG TA。”

“为什么？”

“他长得最帅。”

听完周放的回答，宋凛忍不住笑了起来，是周放看不懂的那种笑。

“你是不是就喜欢长得帅的？”

“为什么这么问？”

宋凛温柔地看向周放，一字一顿地说：“2004 年，我曾经见过你。”

“啊？”宋凛这句话，让本来准备去浴室给他拧毛巾的周放瞬间又折了回来，“真的假的？我怎么不记得？”

宋凛歪着头靠在沙发上，脸上满是红晕，眼中仿佛有星星，闪着璀璨夺目的光。

“那时候你是还在读高中的富家女，我是来这个城市里打拼的穷小子，你爸爸那时也像现在这样嫌弃我。”

“我们家最多也就算是中产，哪里来的富家女？”

“你们家那时就住上了复式楼，在这座城市有 200 多平方米的房子，在那时候的我眼里，你就是富家女了。”宋凛带着几分欣喜笑着，“没想到有一天，你会在我身边，感觉像做梦一样。”

宋凛是真的喝得有点儿多，整个人软软地瘫在沙发上，哪里还有平时的英武不凡、运筹帷幄？大约是困意袭来，他说话的声音越来越小。

“你爸妈把你养得太好了，像个公主。”宋凛这么说着，想了想又道，“不对，像个女皇。”

周放觉得喝醉的宋凛和平时的他真的很不一样，突然充满了人间烟火的气息。

“周放，”宋凛还在絮絮叨叨，“等我成了服装电商第一，你就是第一夫人了。”

“神经病吧？”周放觉得他的形容太搞笑了，懒得理他，转身给他倒了一杯水递过去。听着宋凛在那儿畅想着未来的人生，周放没有打断，即使她心里并不相信。

苏屿山至今还是行业第一，如今又在研发VR技术，如果能推广到全品类，必然又是一个全新的开始。真实的商场博弈远没有电视剧里那样轻松，要真正扳倒苏屿山这座大山，需要太多年的积累了。

宋凛说着说着就睡着了，如同一个孩子，眼角眉梢都带着笑意。

周放去浴室拧了一条热毛巾，温柔地给宋凛擦了擦脸。

手指掠过宋凛的英挺的眉峰，周放心底一片柔软。

“我从来不想当什么‘第一夫人’，我只希望成为你心里的第一。”

周放在心里这样说着。

VR试衣间APP项目推进得很顺利，项目的创业团队成员全是大学就一起打拼的同学。他们夜以继日地投入项目的情景让周放想起了自己当年和团队创立衣谜的日子。那时他们也是这样年轻热血，有着一股不知道天高地厚的蛮劲儿。

一晃近两个月过去了，生活馆的工程开始进行最后的收尾，周放每天都得上工地，跟着公司的项目负责人一起验收。

从工地回公司的时候已经下午两点了，周放和助理一直饿着，两人随便找了个小馆子。

助理由当初的单纯耿直变得越来越成熟稳重，周放听他头头是道地分析着工作，觉得很欣慰。

两人吃的炒海鲜，周放刚将一块海鲜夹到嘴边，那股海鲜的腥味让她一阵反胃。

周放呕得口腔里都是酸味，胃口顿失，眼前的美味佳肴再也不能勾起她的食欲。

助理见她一直作呕，有些奇怪，忍不住问："周总，你这是怎么了？不舒服吗？"

周放皱了皱眉头："这菜是不是有点儿不新鲜？"

助理夹起一块海鲜闻了闻："挺好的啊？"他看了看周放说，"您大概是太累了，最近都没睡好吧？我睡不好的时候也没什么胃口。"

周放若有所思地嗯了一声。

下午三点多，宋凛给周放打来电话，说自己要去外地出差，让周放去接一下宋以欣。他还强调，是宋以欣点名一定要她去接的。

周放想了想，宋以欣这是无事不登三宝殿，八成是有事找自己。

周放估摸着放学的时间去接了宋以欣。

带着宋以欣去吃饭时,吸取了下午的教训,周放只给自己点了一碗蔬菜粥。

宋以欣已经和周放混熟了，说话做事都很放得开，不会故意为难周放，也不会刻意讨好。

周放太年轻了，她无法逼自己做好一个善良懂事的后母，她只希望自己能成为宋以欣的朋友，彼此真诚相待。

宋以欣欢实地吃着饭，突然想起了什么，她火急火燎地从里面掏出了几张试卷，递给了周放。

"签个名。"她的语气还是一贯的没大没小。

周放接过那些试卷，一张一张地翻着，看着上面那些惊人的分数，忍不住惊叹："厉害了，我的姑娘，这是数学总分还是班级排名啊？15 分？我没看错吧？"周放把试卷从头到尾扫了一眼，忍不住佩服起宋以欣，"选择题全错？真不容易啊，你要知道全错比全对的概率还低啊。你是怎么做到完美地避开了所有的正确答案的？怪不得你要找我签名，要是给你爸，估计卷子都撕了。"

宋以欣被周放说得也有些没面子，忍不住反驳："我也是第一次考这么低。"

"那你以前考多少？"

"三十几。"

"哇！"周放忍不住翻了个白眼，"真高啊！"

周放鄙夷的表情终于惹怒了宋以欣，她把卷子翻了过来，重重地往桌子上一放："签个字儿就行了，你废话怎么这么多？"

周放不理她，又继续翻着剩下的试卷："语文倒是考得挺高的啊，150 分考了 128。"周放一翻页，看到作文题目，下意识地念了出来，"《春雨秋意》？好文艺啊，看不出来啊宋以欣。"

宋以欣终于忍无可忍，把试卷给抢了回来："我找你签字绝对是个错误的决定！"

见宋以欣有恼羞成怒的迹象，周放不再逗她了，笑嘻嘻地把试卷又拿了回来，以宋凛的名义给每张试卷签上了名。

"你这偏科也太严重了。你爸啊，就只顾着做生意，估计学生时代也不怎么认真。"

"你胡说！"一听周放这么说，宋以欣立刻奓毛了，"我爸当年是以全校第一的成绩考进大学的！学费都没交过！学校还奖钱了！"

周放只听人说过宋凛和她是校友，两人差了 6 岁，她上学时实在没有听说过宋凛这么一号人。虽然他们学校是本城最好的大学，但是周放自己念过以后，也没觉得有多了不起。如今她偶然听说这些，倒是有些意外。

“哟，”周放意味深长地盯着宋以欣，“你还挺维护你爸，看来是亲生的啊！”

宋以欣被揭穿了小心思，羞恼地瞪了周放一眼：“他是你老公，你怎么老这么说他！”

周放笑道：“这不还不是嘛！”

“嘁。”宋以欣高仰着头，拒绝再和周放说话。

唉，这傲娇的孩子，又犯病了。

周放带宋以欣回家的路上，手机突然响了。

周放看了一眼来电显示，是她的小助理。这小助理也是个二十几岁的年轻人，每次一下班就玩得昏天黑地的，不是发生了天大的事绝不会打电话。想到这儿，周放忍不住皱了皱眉。

周放接上耳机，刚一接通电话，助理急切的声音立刻从听筒里传来。

“周总，出事了！你赶紧看看现在的新闻头条！”

车开到十字路口，正好遇到红灯，周放的脸色渐渐沉了下去：“我在开车，没法看，出了什么事？”

助理越说越慌，声音都在发抖：“VR 试衣间的 APP 团队和苏屿山一起被挂了。”

“怎么回事？”

“云数据库出了问题，有个很大的法律隐患。这是个大 bug（漏洞），顾客的数据进入云数据库后，安全保护不到位。现在云数据库遭到黑客攻击，大量顾客的个人隐私遭到泄露，其中有几个还是名人，他们在个人的社交账号公开表示形象、名誉受损，强烈谴责开发团队，还有个别人要提出上诉。”

苏屿山是团队最大的投资人，自然难逃众人的口诛笔伐。

周放是第一次做这么大额的投资，没想到两个月不到就出了这么大的事。

“如果云数据库有问题，为什么现在才爆出来？”

“那个大学生团队法律意识比较薄弱，之前出现过问题，但是都靠私下谈判解决了，这次被黑客攻击，涉及范围太广，所以……”助理越说越害怕，“周总，公司出了这么严重的决策失误，因维斯特的下一笔风投很有可能会出问题，那我们的生活馆……”

绿灯亮起，周放再次发动车子，她冷静地说道：“你先冷静下来，叫人都回公司开会，我马上到。”

周放先把宋以欣送回家，又替宋以欣把书包和手里的各种参考书一起搬去了宋凛家，门刚一打开，周放就看到原本应该去出差的宋凛一脸严肃地走了出来。

周放赶紧把书包和书都递给了宋凛，沉声交代：“我有点儿急事要回公司，不和你说了。”

周放急着走，“再见”也没说，宋凛手疾眼快，一把抓住了她的手臂。周放有些奇怪他的阻拦，疑惑地看向他，只见他面容冷峻，皱着眉盯着周放，一动不动。

许久，宋凛动了动嘴唇：“宋以欣，你回房去。”

宋以欣见宋凛语气不好，不敢造次，乖乖地回房。

宽敞的客厅里只剩周放和宋凛诡异地对立着。

“不是要去出差的吗？”周放有些诧异，“出什么事了？”

“你不要盲目扩张。”宋凛说，“赶紧从那个 VR 试衣间项目里退出来。”

“现在容不得我退了，已经出事了。”周放说，“你之前不是也一直在跟吗？”

宋凛严肃地盯着周放，眼中充满了担心，许久，他才一字一顿地说：“这是一个套。”

周放这才弄清楚宋凛拦住她的用意，她很感激他对她的关心，可是此时此刻，已经由不得她了，资金已经进了别人的公司。风险投资，本来就是风险在前。

“你怎么知道的？”

宋凛抿了抿唇：“因为这是给苏屿山准备的。”

周放没想到这件事情居然还有这么多内情：“你干的？那些黑客、明星，都是你安排的？”

周放脑海里突然想起了很多事，比如之前宋凛喝多的那天，说起“第一夫人”的那天。原来这个局他已经做了这么久，他一心想对付苏屿山，苏屿山的 25 亿资金一到位他就动手了，甚至不管是不是还有很多像周放这样跟投的人。

周放这么想着，忍不住把自己的手抽了回来。她联想到这次事件的前前后后，忍不住问他：“你还在恨他？因为林真真？”

“并不。”

“那你为什么？”

“周放，他依然掌握着服装电商的命脉，这一天迟早要来。”

周放知道商场的残忍，也知道投资充满着尔虞我诈的风险，她也可以接受自己决策错误，如今她身陷囹圄都是她贪心不足、急于扩张的错，她都知道。

可是她万万想不到，她进入的竟然是自己枕边人宋凛设下的套。

之后周放要面对的是生活馆开张资金链断裂的压力，是因维斯特的质疑。她知道自己不该去怪宋凛，可是造成这一切的又确实是宋凛，她实在不知道此时此刻自己该怎么面对他。

周放身心俱疲，她挥了挥手：“我先走了，还要回公司开会，毕竟出了这么大的事。”

“跟投的太多了，我不知道你也想分一杯羹。”宋凛紧皱着眉头，“周放，你太贪心了！这种大资金的项目，根本不是你这个级别的玩家可以跟的。”

宋凛的训斥字字诛心，周放胸口烦闷：“现在说这些有什么用？公司的人还在等我开会。”

见周放要走，宋凛怎么都不让。此时此刻，周放越是表现得冷静，他越是担心。

“生活馆那边先搁半年，等风头过去了，我调资金给你开张。”宋凛说这话的时候，明显有些犹豫。他眼神中充满着担心，又带着几分决绝：“周放，这个机会，我已经等了很多年。”

周放明明知道宋凛有多么渴望能取代苏屿山，成为服装行业的第一电商。可是同样，宋凛也知道，她周放有多么渴望把生活馆从一个构想变成现实。

周放不怀疑宋凛说会帮她重建资金链的话，可是半年后，他的投入不过变成了“博美人一笑”的招数，而她呢？成了宋凛圆梦之路上的炮灰。

梦想的碰撞、生活的纠葛，周放觉得这选择太难了。

周放的心蓦地沉了下去，她不知道自己为什么会有这么难受的情绪。

她甚至不知道此时此刻，还可以和宋凛说什么。

“是我太天真了，成王败寇。”周放苦涩地一笑，“宋凛，你赢了。”

第十六章
应爱重生

心情复杂的周放还是回到了公司，由于情况突然，公司的人还没来齐，见大家在会议室等候，周放就先回了办公室。

周放双手环胸在办公室里缓缓踱着步，最后走到窗边停了下来。

窗外夜色沉沉，云层很厚，微弱的月光甚至不如这城市的霓虹灯耀眼。

周放下意识地瞥向办公室墙上的挂历，那是公司在过年的时候印来发给员工的，上面全是同事们一张张或开心或腼腆的笑颜。

原来，不知不觉她已经站在这个位置这么久了。

做出这个错误的决策，让公司深陷危机，周放感到十分挫败，但是更多的是对辛苦付出的同事的愧疚。

看到日期时，周放数了数日子，该来的“亲戚”果然已经迟了很久。

周放身体状况一向良好，“亲戚”每个月都很准时，这次没来，八成是中奖了。近来的一些身体信号也一再提醒着她这一点。

真讽刺，之前和汪泽洋在一起时她专心在家备孕却怎么也怀不上，如今不想要，孩子却来了。

深吸了一口气，看了看时间，周放按下了助理的内线。

“准备开会。”

“都在等了,人到得差不多了。”助理已经大概知道了前因后果,很是担心,“周总，你还好吗？”

“很好。”明明很疲惫的周放还是表现得很有精神，“我们说好的，我要成为你们选对的老板！”

其实 VR 试衣间 APP 项目团队最先是和苏屿山接触的。苏屿山的百赛是全品类网站，利用三维建模技术可以帮助百赛旗下的百万商家快速建模，形成 VR 购物生态系统，让网络购物进入全新的时代。但是苏屿山的公司股东众多，流程复杂，这个团队急需资金开展下一阶段的研发，这才又找了宋凛。

宋凛年轻，他的公司又是快速崛起的新时代电商，对于新科技的兴趣远高于其他人。接触 VR 试衣间项目后，宋凛很快就表示愿意投资。得知宋凛也有兴趣，苏屿山用铁腕政策说服了股东，和宋凛打起了擂台。

这个项目确实值得投资，也不怪苏屿山携资本压人，一门心思要从宋凛手里抢项目。云数据库出现的顾客隐私问题是宋凛的团队最先发现的，紧接着苏屿山的团队也发现了。但苏屿山当时只想打压宋凛，甚至没有去复核 VR 试衣间团队对此事的处理结果。

而宋凛的团队在持续跟进后认为，这个看似已经解决的问题，实际上是未来的一个巨大隐患。

得知有顾客因为隐私泄露找到公司维权时，宋凛立刻心生一计。他花钱将维权的顾客安抚下来，让项目团队和苏屿山都毫无察觉。

宋凛的秘书全程在跟进这件事，知道宋凛是想利用这个漏洞作为扳倒苏屿山的开端。知道越来越多的人在跟投这个项目，甚至谈到了总计近 40 亿的融资，宋凛的秘书也隐隐有些担心。

“宋总，这样可行吗？”他担忧地请示着，“我们现在俨然成了他们的危机公关，到时候会不会脱不了干系？”

“所以我让你们以他们公司的名义做这件事。”

“苏屿山也在跟这个项目，他稍微查一查就能发现问题了。”

宋凛胸有成竹地一笑：“他不会，因为他已经沉浸在赢了我的喜悦中了。你要知道，没有一个项目是完美的，这个尺度我们要把握好，要做到让他们觉得，这虽然是个问题，但是是可以解决的。”

“宋总，”秘书有些于心不忍，“这个项目团队里全是新手，是个很有热血的团队，我和他们接触过，如果给他们时间继续开发下去，也许真的会成功。”

宋凛听懂了秘书的潜台词，也许这个项目确实有问题，但如果不是因为宋凛要对付苏屿山，也许不会成为一个大问题。宋凛要对付苏屿山，会害一个年轻的团队不得翻身。

宋凛顿了顿声，下定了决心：“法律漏洞是确实存在的，他们现在不解决，以后总会爆发，也许早点儿爆发才能更快地解决问题。如果这个项目真的是潜力股，解决了苏屿山，我会给他们投资。”

…………

一切都按照宋凛预想的发展着。隐私泄露问题暴露出来后，十几个跟着苏屿山投资的公司都被迫浮出了水面，这其中也包括周放的公司。

周放参与了投资，这是令宋凛最意外的，一个亿，那几乎是她公司的全部流动资金。这个女人永远能做出让他完全想不到的事。

这起负面事件发酵得很快，作为业内龙头老大，有和苏屿山合作的公司，就有和他竞争的公司。苏屿山出了问题，有人力挺，自然也有人落井下石。

苏屿山意识到自己上了宋凛的当，急于想要脱手自己在这家创业公司的股份以求保住口碑，股份的贱卖程度让人叹为观止。创业公司市值一减少，投资的股东也跟着遭殃。

尤其是周放，她几乎投入了公司全部的流动资金，眼看着生活馆就要开张，风投中止的消息一旦传出去，招商也会出现问题，好多正在谈判中的合同也可能会搁浅，损失不可估量。

现在唯一能扭转局势的办法，是能有一家资金雄厚的公司，把这家创业公司接下来，进行危机公关。可是这时候不是疯了，谁会来当“接盘侠”？

开了一夜的会，周放整个人已经累得呼吸都觉得费劲的地步。

助理给她泡了一杯咖啡，她想了想没喝，换了一杯橙汁。

之后的几天，周放跑遍了各个银行。连最不想求的霍辰东她都厚着脸皮三顾茅庐。

霍辰东对周放还是有些情分的，不管她从前说过多么狠绝的话，他对她总是有几分温柔。

以生活馆的地作为抵押，霍辰东批了一笔数额不小的贷款给周放，虽然不足以支持生活馆开张，但是总算能让周放的公司挺过眼前的难关。

周放对此非常感激。

收到贷款通过的通知时，周放给霍辰东打了个电话。

千言万语，最后就只剩一句话。

“谢谢。”

许久，霍辰东只是轻轻一笑：“你以前从来不会对我说谢谢，仿佛我为你做什么都是理所当然的。”

“那时候不懂事。”

霍辰东说话的声音不大不小，似乎很平静，却有几分难掩的苦涩：“可惜，我们再也回不到以前。”他轻叹了一口气，最后说道，“周放，我能为你做的，只有这些了。”

周放没有说话，只是有些哽咽。

周放从霍辰东那里拿了贷款的事很快就传到了宋凛耳朵里。周放原本以为宋凛会找自己“兴师问罪”，却没想到他完全没有提这件事。

宋凛好几次找周放吃饭，周放都借口工作忙没有去。

她还没有想好该用什么样的态度面对他。

周放从新闻上得知宋凛去了港城为 April 旗下的一个多品牌集合店开张。也是通过新闻周放才知道，原来宋凛在不知不觉间已经陆陆续续收购了二十多个品牌，各式各样，从快消品到奢侈品，从女装到童装，品类齐全。

这次开幕的这家集合店，类似于 I.T 集团的经营模式，对港城的集合店市场也算是一个不小的冲击。

傍晚，周放坐在办公室里吃外卖，半小时后，她还有会议要开。

近来周放的胃口不算太好，但是她还是强迫自己吃下去，刚挑了两筷子，宋凛的电话就打来了。

周放看着屏幕上的名字，沉默许久才接了起来。

半个多小时的休息进餐时间，周放一大半用在了接电话上。发生了那么多事，两人许久不见，此刻能如此平静地交谈实属难得。

“……”

宋凛迎着维港的海风，看着这座曾经被侵占百年的繁华城市，不免心酸。多年前，宋凛也曾跟着四月来这里出过差，当时的他惊讶于这座城市的发达。现在奋斗了多年之后，他终于在这座城市开了自己的店，可是心里却没有想象中那么兴奋。

宋凛的脑海中只是不断地想着当年四月和苏屿山的往事。

“我在四月的工作室打过一阵子工，等我毕业后再想回去找她合作的时候，她已经去世了。四月是个纯粹的女人，你和她很像，你们都是对梦想很珍视的人。”

周放没想到宋凛会突然说起四月，一时也不知该回什么，只是紧紧地握着手机，讷讷地回答："苏屿山也这样说过。"

隔着那么远的距离，两人通过电波听着彼此的呼吸声，熟悉又陌生。

许久，宋凛醇厚低沉的声音再度响起："我不是苏屿山，我不想后悔。"他顿了顿声，自嘲地一笑，"我以为自己天不怕地不怕，原来不是。周放，你知道吗？我好怕会失去你。"

"……"

宋凛的电话还没挂，助理已经兴奋地闯了进来，门都没敲，毫无礼数可言。

他太高兴了，甚至没有注意到周放在打电话，也不管周放是不是脸色严峻。他大声向周放说道："周总！事儿被压下去了！"助理开心得手舞足蹈，"宋总出手的。"

不等周放回答什么，助理突然笑着对周放说："周总，这个男人可以嫁啊！"

周放还在努力地消化着助理传递过来的信息，握着电话的手一动不动。

听筒里只传来维港温柔的海风声，以及宋凛平稳的呼吸声。

他说："周放，等我回来。"

第十七章
东山再起

明明宋凛也没说什么，周放的眼泪却已经无声地落了下来，一颗一颗地掉落在已经渐渐冷却的面碗里。

周放始终记得在学生时代，她看过的一本书里这样写过，“爱之于我，不是肌肤之亲，不是一蔬一饭，它是一种不死的欲望，是疲惫生活中的英雄梦想”。她也像书中所写的那样虔诚地信仰爱情，不管周围的人怎么告诉她，爱情在生活的打磨下最终会失去激情，变成一种没有波澜的默契，她依旧在渴望着爱情再度降临。

周放一直在心里为那个人画像，勾勒了许多不同的形象，充满了她的各种想象和向往。现在那个人的面目终于在她的脑海里清晰起来，是宋凛的样子。

如同在外漂泊多年的船，在一望无际、没有尽头的海上漫无目的地航行，终于找到了港口。

女人是感性的动物，不管这件事是不是还有更好的解决办法，但是对周放来说，宋凛所做的一切，就是最好的方式。

挂断了电话，周放心绪难平，偷偷用手背抹了抹眼角。

在助理探究的眼神中，周放若无其事地说了一句："开会了。"

周放拿好笔记本去了会议室，临走前她看了一眼日历，心想自己是该去接宋凛的。

他走的时候，多近她都不去送；他要回来，多远她都会去接。

宋凛从港城回来的那天恰逢周末，机场出发、到达的人多得不得了，一连碰上好几个旅行团。周放看到实时更新的航班信息表上，宋凛乘坐的航班状态终于从延误变成了到达，动身向特殊通道挤去。却不想宋凛这班飞机上刚好有位当红"小鲜肉"，特殊通道出口处挤满了人，周放用尽了力气也挤不过那些"迷妹"，考虑到身体状况特殊，周放只得退了出来。

周放沮丧地坐在等候区，不知宋凛有没有开手机，正在寻思要不要给他打电话，肩膀就无声无息地搭上了一只温暖的大手。

周放回头，只觉得此时此刻，宋凛的笑容仿佛要将她的心脏都融化了。

他眼眉一挑，指向远处为"小鲜肉"疯狂的粉丝。

"你看看人家是怎么接机的，你就坐在这儿玩手机，敷衍。"

周放也不解释，只是笑着说道："'小鲜肉'和'老腊肉'的待遇肯定是有差别的。"

宋凛也不生气，低头温柔地问她："所以，要不要跟着'老腊肉'回家？"

周放眯眼笑了笑，向宋凛伸出了手。

宋凛一手牵着周放，一手拖着行李箱，两人艰难地穿过人群。

看着宋凛高大的背影，周放只觉得心安。

不管这世界如何喧嚣，她只享受在他身边那一刻的宁静。

宋凛抽了公司的资金低价接手了苏屿山手里的股份，成了 VR 试衣间团队的最新风险投资人。VR 试衣间 APP 项目因为隐私泄露的丑闻元气大伤，不仅融不到资，还有各式各样的问题亟待解决。宋凛接下这个项目，一两年内，除了不断地砸钱推进这个项目，别的是不用想了，可以算是吃力不讨好的一个决定。但他也不敢说绝对不会赚钱，也许未来真的是VR技术的天下，而这个团队能不能研发成功，谁又知道呢?

当然，如果当初以这个丑闻作为突破口，积累资金和苏屿山对抗，宋凛也许能有机会对苏屿山几招连击，不管能不能扳倒苏屿山，至少有机会一试。

如今接盘了这个问题一堆的热血团队，宋凛不再有足够的资金和苏屿山对抗。苏屿山树大根深，错过一次机会，下次不知道要等多久。

宋凛用了那么久布下这个局，最终只是让苏屿山多了一个黑点，连续几天股价受到牵连有所下跌，说实话，这对苏屿山来说是不痛不痒的影响。宋凛要把他赶下服装第一电商的宝座，还需从长计议。

宋凛做了这个决定后，最开心的莫过于那个VR试衣间项目的创业团队。在最艰难的时刻，是宋凛帮助他们重新站起来，他们对宋凛充满了感激。

这件事里面还有丝丝缕缕的内情没有被剥离出来，人也是宋凛，鬼也是宋凛。以后会不会被这个团队知道，他们知道后又会如何反应，那又是另一个故事了。

毕竟商场上的决策，本来就是一秒天堂，一秒地狱。

至于周放，自然是因为宋凛最后一刻的决定改变了命运。

那家创业公司艰难地坚持了下去，解决了公关危机，周放的决策没有造成重大失误，因维斯特高层会议之后决定继续对周放的公司进行投资。资金很快到位，周放的生活馆计划得以继续。

以生活馆为核心项目的商业区开张在即，周放和乐青子就最后一点儿事情见面商量，乐青子忙，就约了周放在自己的工作室谈事。

周放到的时候，乐青子还有点儿事要向助理交代，就让她在走廊等候一会儿。

周放低头看了一眼手机,再抬头正好看见前来探望的苏屿山。这么多年了，苏屿山一有空就会来探望乐青子，即使她百般拒绝。

苏屿山在努力兑现着自己曾经对四月许下的承诺，待她父母如自己的父母，可惜四月再也看不见了。

苏屿山对于在这里碰到周放，虽然没有太惊讶，但是多少有几分防备。他瞥了周放一眼，眼神里充满了冷漠。

他清了清嗓子，对周放说道："人的忍耐是有限度的，如果他再百般挑衅，不要怪我不客气。"

"苏总，您这话应该去和宋凛说，我也是受害者之一。"周放说着，意味深长地强调着，"毕竟技不如人，只能甘拜下风。"

苏屿山被周放的用词激怒，冷嗤一声："如果以为破坏一个一二十亿的项目就能把我打倒，那他未免也太天真了。"

"苏总，偶尔也要让年轻人能喝口水。"

"我已经让你们喝了很多。"

"嗯。"周放笑笑，点到即止，"那我先进去了，苏总，再会。"

"周放，"苏屿山突然叫住了周放，"其实我有很多机会可以对你下手，而我手下留情了。"

他用了陈述语气，这让周放有些抓不准他的意思。

"因为我像四月吗？"周放笑笑，"我不是四月，如果是我，早就离开你了。你是个成功的商人，但你不是一个合格的爱人。"

苏屿山对周放的直接已经习惯了，也没有为自己辩驳什么。许久，他深深地看了周放一眼，欲言又止，最后只是遗憾地叹息。

"也许，他的选择是对的。"说完，苏屿山转身离开了。

看着苏屿山落寞的背影，周放想，坐拥财富又如何，根基深厚又如何，此生此世背负枷锁，孤独终老，再大的荣耀也没有人可以分享，这样的结局已经够残忍了。

和乐青子谈完开张剪彩的事宜，周放本来还要回公司，但是宋凛直接到乐青子的工作室来堵人，周放只得跟他走了。

宋凛开着车，开了很久，穿越了大半个城市，将周放带到了无人的海边。

湿润的海风抚弄着周放半长不短的头发，扫在脸上有些痒。

如火的夕阳烧红了半边天空，太阳渐渐下沉，就要消失于那海天一线之处。

他们曾经来过这里，那是他们第一次认真交谈。

现在回忆起来，一切都好像发生在昨天一样。

“今天是我的生日。”宋凛的手撑着观景台的护栏，表情很平静。

周放是第一次知道宋凛的生日，有些诧异，也有些自责。

“对不起，我不知道，我什么都没有准备。”

宋凛笑道：“我并不是要向你讨礼物。”他顿了顿，“我在维港的时候，想了很多对你说的话，可是回来之后居然觉得那些都是废话。”

周放学着宋凛，双肘撑在护栏上，享受海风拂面的温柔。她看着远方，问宋凛：“你终于有机会打败他了，最后为什么会放弃？”

“我不想毁了你的梦想。”

“那你的梦想呢？”

宋凛沉默了几秒，最后轻轻地一笑。

“很多年来，我一直没有想通，我这一生到底有什么一定要实现的梦想？遇见你之后我才知道，原来我的梦想是这么简单，只是你而已。”宋凛顿了顿，突然转过头来，笃定地对周放说，“你好好保护你的梦想，从今以后，我保护你。”

宋凛说这话的时候，笑容有些傻气。

明明宋凛也没有说什么动人的情话，周放的眼眶却有些湿了。

她狼狈地别过头去，没有接话，只是心头一软。

许久，周放缓缓地说道：“你不亏。”

“嗯？”宋凛诧异于周放这么一句没头没脑的话，转过头来，疑惑地将视线投向她。

周放吸了吸鼻子，瓮声瓮气地说：“我怀孕了。”

简单的四个字，如同从天而降的陨石，把宋凛砸得半天都没有动一下。

“你这是什么表情，不会不想要吧？”周放敛起了笑容。

时间过去了很久，宋凛的表情终于从呆滞变成了狂喜，他也终于给了周放一些反应。

他一把将周放抱进了怀里，抱得那样紧，怕失去，又怕碰坏了，显得有些不知所措。

平日里顶天立地、泰山崩于前都面不改色的宋凛，此时此刻，居然全身都在发抖。

“我庆幸我做对了决定。”他的声音因为激动和庆幸而颤抖着，“周放，这是我三十五年来，收到的最棒的生日礼物。”

被宋凛的情绪感染，周放也跟着高兴起来，她默默地抬起手抱住宋凛的腰，靠着他的胸膛，感慨地说道：“这是我有生以来送出去的礼物里，最贵的一个。”

周放用宋凛的衣服擦了擦眼泪，傲娇地说：“不过我得把话说清楚了，没有‘鸽子蛋’，别想我会嫁给你。”

经周放这么一提醒，宋凛这才想到此行的目的，赶紧放开了她。

宋凛从口袋里拿出了准备了很久的戒指。

如同电影里的场景，宋凛单膝跪地，让周放忍不住惊呼了一声。

虽然动作一气呵成，但是举起的那只青筋紧绷的手还是暴露了宋凛此时此刻的紧张心情。

“嫁给我。”

不等周放回答，宋凛已经霸道地执起了周放的手。

他笑着摸了摸周放细瘦的手指，露出了一贯不正经的表情：“你一个女人，真的该好好保养，这手是我摸过的女人手里最粗糙的。”

“那你可摸得不少。”

周放冷笑，想要抽回手，却被他死死地握住。

“以后只摸你一个。”

宋凛霸道地把戒指套在了周放的无名指上，周放冷哼一声，高傲地乜了他一眼。

直到戒指戴在手上，周放才忍不住感慨起来：“这钻石，真的很像鸽子蛋啊，多大的？”

“24 克拉。”

周放瞪大了眼睛：“我的妈呀，这得多少钱啊？”

“是古董，无价之宝，港城拍卖来的。”

周放惊讶地说道：“宋凛，原来你这么有钱啊？”

宋凛笑着，笑得有些坏：“毕竟要娶女富婆，我也得下血本。为了结婚，我预支了二十年的工资。”

周放越听越觉得不对劲：“真的假的？你别告诉我你把钱都花光了，那以后怎么办？”

“靠你养。”

“什么？！”

宋凛顿了顿，一只手搂住了周放的脖子将她拉近，凑在她耳边，咬着耳朵说：“你不是跟你的小助理说了吗？等有一天我破产了，你要花大价钱包我。我想了想，这确实是对我魅力的巨大肯定，所以我决定给你机会。”

周放情绪激动地说：“我疯了啊？有钱不去包‘小鲜肉’，包个‘老腊肉’！”

“哦？”宋凛一脸无耻的表情，“那怎么办呢？除了你和孩子，我已经一无所有了。”

“我不要‘鸽子蛋’了，也不包你了！”周放吐槽，“你别以为我不知道，你这是仙人跳！”

周放大力摘着戒指的动作被宋凛按住。

他笑着说道：“周放，现在才醒悟，晚了。”

番外一
秦清和左宇霖

我生君未生，君生我已老；我离君天涯，君隔我海角。

我生君未生，君生我已老；化蝶去寻花，夜夜栖芳草。

“这世界上哪儿有姐弟恋。我爱你，以一个男人爱一个女人的心情。”

1

2009 年 2 月 13 日，学校的学生统一返校了。

提前来学校真是一个错误的决定，尤其是没谈恋爱的人，简直是来受虐。

秦清抱着洗澡包一个人在萧瑟的冷风中排着队。

今天来洗澡的同学特别多，毕竟明天是个特别的日子。

唉，真的受不了这些臭不要脸的大学女生了，都有男朋友了，就不能晚上去酒店洗吗？一定要和单身的人抢澡堂吗？

秦清把棉袄的帽子戴上，一脸不满。

啪，一只手重重地拍在了秦清的肩上，还不等秦清反应过来，周放已经抱着塑料脸盆钻到了秦清前面，不管后面的人有多不满。

秦清揉了揉被周放拍痛的肩膀，不满地瞪了她一眼："不去和霍辰东约会，跑到这儿来凑什么热闹？"

周放笑嘻嘻地说："我希望明天他抱着我的时候，闻到的是我的发香。"

秦清郁闷地道："滚。"

好不容易进了澡堂，因为人太多了，管理员阿姨规定每个人只能洗十五分钟。秦清算着时间不太够，进去以后把所有准备工作都做完了才开始洗澡。

洗到最后五分钟的时候，周放突然粗鲁地捶起了秦清隔间的门，秦清无奈地顶着一身泡泡开了门。

周放像泥鳅一样钻了进来，嬉皮笑脸地说："我就说十五分钟不够嘛！一起洗吧！"

隔间本来就小，两个人挤在一起就更局促了。

周放不好好洗澡就算了，还一直在旁边唱歌。

"风在吼，马在叫，黄河在咆哮——"

秦清忍无可忍，一捧水泼在了她的脸上。周放被泼了，自然是要反击的，她邪恶的双手眼看着就要向秦清胸前袭来，秦清赶紧一转身，周放的爪子抓在了秦清的背上。

"秦清，你反应变快了啊！"

秦清翻了个白眼："你又不是男人，怎么老喜欢抓我胸？"

"对大胸的渴望，绝对不是男人的专利。"周放看了一眼秦清的胸口，羡慕地感慨，"你以后的男人可真幸福。"

秦清平日彪悍，其实内心还是很保守。被周放"调戏"得忍无可忍的她大吼："你洗完了没？洗完了就滚出去！"

洗过澡回到寝室，秦清早早地进了被窝。一个寝室四个人，除了她，三个都有男朋友。

听着别人甜蜜地聊天，秦清躲在被窝里拿出了手机，想了许久，给江宴发了一条短信："江学长，明天有空吗？"

一分钟后，江宴回复了，就一个字："没。"

秦清有些失落，还是不气馁，又发了一条："是有什么事吗？"

"约了导师，交开题报告。"

江宴已经读大四了，他和秦清的状态是完全不一样的。

当年秦清初来学校报到时，江宴作为学生会骨干来接待新生，不过是帮秦清拎了个行李，秦清就死心眼地认定了他。

不知不觉，秦清已经追了他快三年了。秦清也是够执着的，不管江宴拒绝她多少次，她依然不放弃。当然，江宴比她更执着，不管秦清表白多少次，他依然不为所动。

秦清看着手机，想到江宴将要毕业，鼻头一酸。

"江学长，问你一个问题，可以吗？"

"问。"

"你都要毕业了，喜欢我一下会死吗？"

半晌，江宴回复："不会死，可我确实不想谈恋爱。"

"江宴，去死吧！"

"呵呵。"

不记得多少次以这样的方式结束对话，每次被拒绝，秦清都要用激烈的言语回应江宴，但是他从来都不会生气。

秦清实在不知道该如何界定江宴在她大学生活里扮演的角色。

友人以上，恋人未满，这绝对是最扯淡的一句话，搞暧昧就搞暧昧，还要说得这么文艺。

毫无疑问，江宴对秦清很好，是个很称职的学长，但是他绝对不会越界扮演男朋友。他不和秦清谈恋爱，也不和别人谈恋爱，这让秦清十分纠结，总在放弃和不放弃之间挣扎。

"有时候我真的很希望江宴去谈恋爱，这样我能抱着祝福的心态放弃。"

听秦清这么说的时候，周放多半会回一句："我始终觉得江宴对你下了蛊，不然你就是被蒙了心。就算江宴还不错，也不值得追三年好吗？”

秦清笑笑，心想，值不值得，哪里是她周放说了算的？

秦清的学校在郊区，平时就比市里要冷一些，如今学校里的人都跑出去过节，就显得更冷了。

寝室中的其他人都出去过情人节了，只有秦清一个人怪可怜的。周放换好了衣服化好了妆，临出门时不忍心地问秦清：“要不你和我们一起去玩吧？”

秦清笑嘻嘻地说：“得了吧，跟着你们晚上我睡哪儿啊？”

周放白了秦清一眼：“今晚学校发通知了会查房，不准外宿的好吧！”

大家都出去约会了，只有秦清裹着被子在寝室睡觉。

秦清想想又不甘心，又给江宴发了条短信：“晚饭约人了吗？”

许久许久，不见江宴回复，秦清忍不住打了电话过去。

电话刚一接通，秦清就忍不住有些委屈地质问：“你现在连我的短信都不肯回了？”

电话那头一阵沉默，许久，传来江宴有些虚弱的声音。

“不好意思，没看到。”

秦清听着江宴的声音有些奇怪，立刻紧张了起来：“你怎么了？”

“咯咯，好像是感冒了，有点儿发烧。”

“怎么搞的啊？”秦清一下子从床上弹了起来，利索地穿起了衣服，“吃药了吗？要不要去校医院看看？”

“太久没有生过病了，药都是大一带来的，没敢吃。”

秦清看了一眼时间，风风火火地说：“我给你送，我这里有。”

“不用——”江宴的话还没说完，电话已经被秦清挂断了。

空旷的校园里冷风阵阵，秦清裹上了羽绒服还是觉得后背一阵一阵地发凉，她扯紧了衣领奔向男生寝室楼。见秦清想要进男寝，宿管阿姨拦住了她。江宴寝室的宿管阿姨对秦清已经相当熟悉，也相当不喜欢她。

“秦同学，这里是男寝。”

秦清拿着药，一脸诚恳地对宿管阿姨说："阿姨，我只是来送个药，送完我就回去了。"

宿管阿姨没好气地说："这个借口你已经用过很多次了，麻烦你也认真地敷衍我一下好吗？"

"阿姨，这次是真的。"秦清拿着药，都快被急哭了，"我真的是来送药的。"

阿姨见秦清冥顽不灵，拿着扫把她往外面撵："快走快走！一个姑娘家的，怎么这么没脸没皮，追三年了人家都没答应，怎么还在纠缠？！"

秦清被无情地赶了出来。

这事儿不能怪宿管阿姨，要怪大概只能怪秦清太傻了。想想阿姨说的话，秦清手上握得更紧了一些，把药盒都抓变形了。

一个人失落地往回走，走了一段后，秦清一回头，正好绕到了男寝楼的背面。秦清一眼就找到了江宴寝室的阳台窗户，308 寝室所在的楼层也不算太高，所以很好找。

秦清见江宴寝室的阳台门没关，就走了过去。

仰起头，秦清目测了一下高度，最后下定了决心。

秦清承认，她喜欢江宴已经喜欢得有点儿疯魔了。

徒手爬男寝，这是秦清大学时代最辉煌的一段历史。

秦清因为在情人节爬进男生寝室的事被学校通报批评，爬男寝的故事也被编了不知多少个版本，连带着江宴也跟着受批评了。

秦清本来是好心送药，最后却让江宴病得更重了。

她做出这么惊世骇俗的事，江宴却没有怪她。

事后，江宴只是摸了摸她的头，很温柔地说："以后别再做这种事了，太危险了。"

秦清想，为什么自己三年都没彻底放弃他？大约就是因为他这份让人沦陷的温柔吧。

虽然江宴没怪秦清，但是班主任沈老师对她的意见很大。沈老师正处于竞争系主任一职的关键时期，本来一直是大热门人选，谁知秦清闹了这么一出。校领导因此把沈老师狠狠批评了一顿，系主任的事也泡汤了。

刚被校领导批评完的沈老师也是憋了一肚子气，开完班会，将秦清单独留了下来。

“你情人节爬到男生寝室干什么？现在你是好好的，没出什么事，如果你真的摔下来，知道后果多严重吗？”沈老师气急败坏地说道，“秦清，你是个女孩，你到底要不要脸？怎么能做出这种事？人得有礼义廉耻的观念，你觉得你做的事是正常人能做得出来的吗？”

批评了二十几分钟，沈老师见秦清始终没什么反应，心里更气了：“给我写三千字检查，好好交代你到底为什么要这么做！好好给我反省！”

秦清从小到大最讨厌的就是写作文。为了写这三千字的检查，秦清可谓是绞尽脑汁，写了一晚上，终于完成了任务。

顶着巨大的黑眼圈，整个人颓废得不行的秦清拿着检查到了沈老师的办公室。她刚要抬手敲门，却不想门一碰就开了。

办公室里一个人都没有，秦清抬头看了一眼办公室墙上的时钟，下午两点四十五分，这个时间老师们都去开例会了。

沈老师的办公桌在角落，秦清不想绕进去，就隔着别的老师的桌子把检查放到了沈老师桌上。刚一放下，秦清又犹豫了，办公室没人，也没人看到她交了检查，现在沈老师这么讨厌她，万一沈老师说没收到，那她岂不是白写了？这么想着，秦清又赶紧把检查拿了回来。

正准备离开时，秦清脑海中突然就响起了昨天沈老师批评她时说的那些过分的话。

就算秦清有错，沈老师也不至于扯到礼义廉耻上去啊？不就是为了系主任竞争的事吗？

秦清想想觉得不爽，又蹑手蹑脚地走了回去。秦清欠着身子，仔细观察了一下沈老师的办公桌，最后被她放在桌上的两摞学生论文吸引了视线。秦清随便翻了翻，发现沈老师只批了一部分，矮的一摞是批改过的，高的一摞是没有改过的。

秦清转了转眼珠子，嘴角流露出一丝坏笑。

她把两摞论文放到了一起，然后东抽一本，西插一本，不一会儿就把顺序彻底弄乱了。她大概分了分，依然是一高一矮的两摞，只是已经彻底分不清哪些是改过、哪些是没改的了。

完成了恶作剧，秦清抱着检查要开溜，但她跑得太急了，一脚踢到了地上的搪瓷盆。

搪瓷盆摩擦瓷砖，发出刺耳的声音，吓了秦清一跳。

“吓死我了。”秦清自言自语道。

“扑哧——”

办公室里突然传来笑声。秦清下意识地抬头，突然发现办公室里多了一个人。

午后的阳光稍微有些暖意，金色的光晕柔和了眼前少年的轮廓。他穿着一件白 T 恤，头发软软地耷拉在头上，看上去年轻而温柔。

方才他一直睡在老师的躺椅上，所以秦清才没看见他。此刻醒了，他懒懒地揉了揉头发，脸上还有初醒时的惺忪睡意。他远远看着秦清，脸上满是戏谑的笑意。

秦清一见有人，立刻竖起了一身的刺，进入警戒状态。

“你是谁？”

那男孩看了一眼秦清，微微勾了勾嘴角：“你猜？”

秦清见那男孩一副不怀好意的样子，心里咯噔一下：“你……你你你，你看到什么了？”

“你是说你把桌上的论文顺序打乱的事吗？”那男孩微笑，“那我都看到了。”

“……”秦清慌张地看向那个年轻的男孩，摸不准这个男孩的身份。她在心里猜测着，他是别班的学生，还是哪个老师的亲戚？

“你想怎么样？告诉老师吗？”秦清故意装作满不在乎的样子问道。

男孩从躺椅上站起，一步步走了过来。

男孩走近了，秦清才发现他看着瘦瘦的，居然长得这样高，比她高出了近一个头。

“我警告你，最好是别多话。”秦清恶狠狠警告着他，尽管一点儿威慑力都没有。

那男孩低头看了秦清一眼，勾唇笑了笑，随即指了指秦清背后的时钟：“例会已经结束了，预计五分钟之内老师们就会回来。如果你想被抓现行的话，可以继续留在案发现场。”

“我……”

“如果你想逃之夭夭的话，我建议你走南门的楼梯，因为他们会从北门回来。”

“嗷——”秦清脚底抹油地逃离了办公室，冲进走廊后，她听了那个男生的建议，往南门的楼梯走去。

一阵小跑，终于找到楼梯口，刚下第一级阶梯，秦清就听见一群老师上楼的脚步声。

“秦清？”沈老师的声音响起，“你怎么在这儿？”

秦清结结巴巴地说：“来交检查，没想到……没想到老师不在。”

沈老师看了她一眼，伸手：“拿来吧。”

秦清乖乖地把怀里的检查交了上去。

“回去吧。”沈老师冷冷地说道。

“哦……”

看着沈老师的背影，秦清想，这下完蛋了，一会儿沈老师回到办公室，发现论文乱了，用脚指头想都能想到是她弄的。

此时此刻，秦清内心充满了愤怒！

那个臭小子居然敢耍她！

2

秦清是想法有些梦幻的双鱼座，她固执地觉得爱情一定会降临，并且是以很浪漫的方式。

所以，她单身了二十几年。

她喜欢的人不喜欢她，喜欢她的人，嗯，没几个。

大学的时候她彪悍地追求江宴的行为，把自己仅有的几朵“小桃花”都吓退了。

江宴毕业的时候，秦清哭得稀里哗啦。不管她怎么伤心，还是留不住他，谁让人家死活就是不喜欢她呢。

江宴领到毕业证书从台上下来的时候，很多女生围了上去。

秦清费了九牛二虎之力也没能挤进人堆，只好远远地看着江宴，看着他穿着学士服微笑着和同学、学妹合影。

许久，人群散去，秦清远远地看着江宴一步一步地向她走来，这么多年，这是他第一次主动走向她。

江宴站定，微笑着张了张手臂，秦清哭着扑进了他的怀里。这是他第一次拥抱秦清，即便秦清知道他这个举动不带任何男女之情，她还是觉得感动。他一贯那么温柔，安抚着秦清。

“好好加油。”江宴说。

秦清哽咽着点点头。

“秦清，你是个好女孩，一定会找到一个适合的人，他会好好爱你的。”

当晚，秦清没有参加江宴的告别宴。平日小尾巴一样跟着他、见缝插针的她，在最后的时刻却选择逃得远远的。

和周放一起坐在烧烤摊上喝酒，估计是老板的啤酒又掺了水，秦清怎么喝都喝不醉。

“周放，老子彻底失恋了！”秦清吼了一句。

周放跟着她一杯一杯地喝着酒，没好气地斜睨她一眼：“得了吧，对江宴来说，你连备胎都算不上，最多是个千斤顶——换胎的时候顶一顶。”

“都这时候了，你就不能不说他坏话了吗？”

“嘁。”周放说起江宴就没有好话，“我就没见过江宴这样的，又不和你好，硬生生吊了你三年。”

秦清心情苦涩地灌着啤酒：“都是我心甘情愿的，不怪他。”

“心甘情愿地蠢。”

“嗯。”秦清点头，“是我。”

江宴毕业后就去了英国，誓要将他的温柔绅士风度发挥到极致。至于秦清，她在江宴走后，就和一摊烂泥差不多了。

秦清就这样浑浑噩噩地混到了毕业，在周放失恋的时候，秦清的生活却突然开了一朵小桃花，她认识了那个人。

她不想提起那个人的名字，如果一定要给那个人取名，她只想用代号：畜生。

畜生在秦清最忙的时候，以“死缠烂打”的招式追求她。俗话说，烈女怕缠郎，更何况秦清一点儿都不烈，自然是要沦陷的。

秦清问畜生：“你喜欢我什么？”

畜生回答：“你对江宴的死心塌地让我很感动。他不懂珍惜，我来珍惜。”

因为这句话，秦清在大学毕业后就和他领了结婚证。

畜生家境非常好，畜生的父母因为他们私自领了结婚证的事大为光火，虽然依然给畜生钱花，但是对秦清的态度始终不冷不热。当然，秦清对此也不在乎，日子是两个人的，她犯不着和老人家较劲。

秦清对畜生也说不上爱，但是肯定是有感激的。因为她一直很孤单，畜生曾给了她一段时间的温暖陪伴。

只是这陪伴太短暂了。

秦清连捉奸都不是故意的。

那天秦清本来订了机票去旅游，畜生把她送到机场。她来早了，在候机室看到别的夫妻因工作而被迫分别，在电话里因为不舍而哭泣，很是感慨，起身决定回家。她舍不得把畜生一个人留在家。

秦清在服务台找到已经托运的行李后，毫不犹豫地拖着行李箱回了家。走出机场，她给畜生打了电话："我不玩了，我还是回家吧。"

"你好好玩。"

秦清用开玩笑的语气说："把你一个人留在家里我多不放心，我得回来捉奸。"

电话那头的畜生轻轻一笑，语气是那样温柔。

"傻瓜。"

那时候秦清以为这句"傻瓜"是爱人之间的宠溺称呼，后来才发现，这真是对她无比精准的描述。

回到家，秦清用自己的钥匙开了门，一进门就看见摆在玄关处的高跟鞋。

秦清就是神经再大条，也知道这是出问题了。

秦清一步一步地向屋内走去，家里很安静，只有浴室里传出的声音。

她每走一步，那不堪入耳的声音就清晰一分。

推开浴室的门，秦清彻底绝望了。

这一切都是真的，不是她的一场噩梦。

最难堪的一刻，秦清只对那个女人说了一句话。

"滚出去。"

女人走后，畜生与秦清对面而坐。秦清抬眼打量着他，他身上穿着灰色的家居服还是秦清买的，是情侣款。

买的时候秦清的心有多甜蜜，此刻秦清就有多撕心裂肺。

那时的秦清毕竟不到 24 岁，还不能很好地控制脾气。冲动之下，她抡起茶几上的烟灰缸就砸向了眼前与她同床共枕的男人。

男人用手臂挡了一下，烟灰缸滚到了地上，最终，头破血流的场景没有发生。

看着男人手臂上渐渐开始显现的那一大块青紫，秦清并没有觉得多快意。

“你可真是贱。”想到在浴室里看到的一切，秦清只觉得一阵阵反胃，看向畜生的眼神里充满了嫌恶，“离婚吧。”

说完这三个字，秦清起身要走，却被畜生拦住。

“我没打算离婚。”

秦清冷笑：“没关系，我打算就可以了。”

秦清的态度刺痛了畜生，他的眼眸渐渐冷了下去：“你心里只有江宴，你永远也不可能像爱江宴一样爱我！”

“江宴至少是人，你只是个畜生。”秦清自嘲地一笑。

秦清的态度一直很坚定，她坚持要离婚，不管畜生怎么挽回都没用。

畜生也许是真的喜欢过秦清，离婚的时候对她倒是没有太狠，分了很多财产给秦清，包括他们住的那套复式楼。

离婚后，秦清有很长一段时间都非常颓废，她一闭上眼睛，眼前就不断上演着畜生背叛她的一幕和江宴离她而去的一幕。

最痛苦的时候，秦清每天都窝在书房玩电脑，在网上种菜偷菜。这种生活类游戏没什么难度，步骤机械化却非常打发时间，让秦清有种使命感，不至于觉得自己是个废人。她每天随便种几块地，收几块地，一个下午就打发掉了。

秦清大学毕业后就没怎么用过 QQ，也没什么新增好友。同学们都就业了，上班忙，只有少数几个单位工作清闲的能在上班的时候种种菜，让秦清有的偷。

秦清的 QQ 好友里也有一些“僵尸号”，其中让秦清印象最深刻的是一个叫“青水雨林”的人，看名字像个女人，但是性别却是男的。这人之前从来没有和秦清说过话，秦清也不记得是什么时候加上的好友。

秦清会注意到他,是因为秦清每次去他的地里绝对都有收获,他级别很高，地里总是种得满满当当的。

原本每天下午偷菜是秦清的固定活动，结果这天小区物业贴了一封公告信。信上说秦清家小区原本的物业公司合同到期，现在要更换一家新的公司，所有的业主都要重新登记，方便新物业搜集信息。

登记的人太多，光是排队就排了两个多小时，等秦清忙完一切回家已经下午五点了。

秦清正准备去收菜，电脑桌面右下角的消息通知图标就闪了起来。

秦清收到了一条新消息，是从来没有说过话的“青水雨林”发来的。

对话框里只有三个字加一个标点，十分简洁。

“不偷了？”

3

这三个字开启了两人近半年的网友关系。

秦清偷了两个月的菜就腻了，之后她又投奔了其他的游戏。反正只要她玩什么游戏，“青水雨林”就跟着玩什么游戏，并且绝对比她玩得好。有“青水雨林”在，秦清只需做个合格的小跟班。

他们没有视频过，也没有互相看过照片，秦清忍不住在心里勾勒着“青水雨林”的样子，不知道他是那种成熟睿智的大叔，还是少言寡语的宅男，抑或是禁欲冷酷的上班族？

“见面吧。”秦清在对话框里打下了这三个字，犹豫了许久，她还是决定发送出去。

信息发出去半天了，“青水雨林”都没有回应。

无数次登录，又无数次退出，秦清必须承认，对方的不回应让她非常失落。

晚上十一点，秦清打算去睡觉的时候，突然收到了“青水雨林”的回复。

还是他一贯的简洁风格，只有一个字。

“好。”

看着对话框里的那个字，秦清的心情瞬间从谷底升到了云上。那一瞬间，她的眼前好像有烟花盛放，璀璨得足以点燃沉寂许久的天幕。

抱着手机，秦清输入了一行字又删除，删除后又重新输入，最后以开玩笑的口吻问道：“你长什么样子？”

“青水雨林”很快回复了。

“不丑。”

秦清笑着，手指飞快地按着按键。

“我喜欢长得帅的。”

“青水雨林”回了一个笑脸。

周五的下午，两人约在城中最热闹的步行街见面。

秦清出门前几乎翻遍了整个衣柜，试穿了二十几条裙子，最后选了一条简单素雅的白裙，不会显得装嫩，也不会显老，一切都刚刚好。

学生时代都没有网恋过的秦清紧握着手机，紧张得手心都是汗。

人来人往的步行街中岛，每当秦清看到有人向她走来，就会下意识地挺直背脊，神色也因为紧张而变得不自然。

“嘿！”

干净的声音在秦清身后响起。

秦清回过头，耀眼的阳光下，一个和刚刚的声音一样干净的男孩出现在她的视线里。男孩长得很高，高出秦清一个头，以秦清的身高刚好看到他凸起的喉结。

男孩穿着简单的T恤衫和牛仔裤，秦清有些辨不清他的年龄，不过他还背着双肩包，看上去有明显的学生气，应该没多大，可能是在校大学生。

“三人禾。”男孩说出了秦清的网名。

是“青水雨林”。

秦清握着自己的手机，微笑着看向他：“你可真厉害，我只说了衣服的颜色，你就能这么准确地找到我。”

“青水雨林”笑了笑。

"缘分。"

"青水雨林"话不多，但是秦清的每一个话题他都能接下去，一点儿也不会让她觉得尴尬。他们一起逛了一会儿，他买了两杯奶茶，两人边喝奶茶边聊天。

秦清开玩笑地说："我感觉你好像还在读高中。"

"青水雨林"微微抿唇。

他们喝完奶茶，"青水雨林"请秦清吃了顿晚饭，吃的是秦清念叨了很久的一家重庆冷锅鱼。这家餐馆菜的价格很实惠，但是排队排死人，也不知道他是怎么弄到的号，两人一到就直接进去了。

酒足饭饱后两人从饭店出来，见路边有人在卖那种镜面纸的气球，秦清忍不住多看了两眼。

"给你买一个吧？"

"我才不要，太幼稚了。"秦清说。

"青水雨林"指了指小贩手里的各式气球，问秦清："喜欢哪个？"

秦清瞟了一眼："那就唐老鸭吧。"

得了气球，秦清眼睛微微一亮。"青水雨林"见她这童心未泯的样子，忍不住抿唇笑了笑，眼神十分温柔，带着几分宠溺。

秦清把气球系在了包上，人在前面走，气球在身后飞。

晚上八点多，秦清借口高跟鞋磨脚，要休息一下，把"青水雨林"拐到了酒店。

前台的服务员对二人说："麻烦出示一下身份证。"

秦清看了一眼"青水雨林"，他表情自然："我没带。"

"哦，没事，那用我的吧。"秦清大方地把身份证交给了酒店的前台。

那时候的酒店还不像现在管得这么严，如果实在没带，一个人登记也行。前台小姐给了秦清房卡，两人进了电梯。

他们找到房间，开门进去的那一刻，秦清回头看了一眼"青水雨林"，只觉得越看越喜欢。

秦清心想，自己从这个人开始放纵也挺不错的，这男孩年纪不大、长得很帅、话也不多，应该不会要她负责。

秦清坐在宽大的双人床上动了几下：“这床挺大的，坐着很有弹性。”她对“青水雨林”勾了勾手指，“你也过来试试啊。”

说完这话，秦清恨不得抽自己两个大嘴巴。

她脑子里到底在想什么？这种话是怎么说出来的？一点儿也不挑逗人好吗！

她正在懊恼，“青水雨林”已经走了过来。他把书包随手丢在床边，整个人压向秦清。

突如其来的身体挡住了秦清眼前的光，她的头陷入他的颈窝，耳边能听到他压抑的呼吸声。

秦清不甘示弱，死死地拽着他的T恤衫，翻身骑到了他身上。

她豁出去一般，脱掉了自己的连衣裙，仅着内衣横跨在他身上。秦清能感觉到他的炙热，这让她的心脏几乎跳出胸膛。

他一把勾住秦清的脖子，正要亲下去，却被秦清一把挡住。

秦清知道自己和这个大学生没有可能，她豪爽地说：“你想要什么，我都可以满足你。”

“什么？”他的呼吸有些失控，声音略有几分急促。

“我不能白睡你，说吧，你想要我为你做什么？”

“青水雨林”因为秦清的这句话，扑哧一声笑了出来。他那好看的眉眼让秦清觉得自己的心脏在那一刻停跳了。

“青水雨林”笑着从地上勾起了书包，从里面掏出一本参考书，随手递给秦清，一脸恶作剧的笑意：“你要为我做什么的话，就把这些都做完吧。”

秦清接过那本书，看了一眼书名，立刻愣在当场——《五年高考三年模拟》。

她咽了咽口水，尴尬地从“青水雨林”身上下来，把扔在地上的连衣裙捡了起来，穿回身上。

“时间不早了，那个……你回去写作业吧，看样子，是快高考了吧？”

秦清尴尬地捋了捋有些凌乱的头发，头皮一阵发麻，讷讷地对他说，“姐姐就……就先回家烧饭去了。”

“……”

秦清见他不说话，自顾自地起身要走，却被他拦住了。

“你什么意思？”他的表情十分严肃，眉头紧皱。

秦清看了他一眼，最后将头别向一边：“我不和未成年人睡觉。”

“青水雨林”深深地看了秦清一眼，随后自嘲地一笑，不再勉强：“好。”

许久，他一弯腰，从地上勾起了自己的书包，又从床上拿走了他的参考书。

“你问我想要什么，其实我只有一样想要的。”

秦清抬头，有些疑惑：“嗯？”

“我想要你记得我。”

“什么？”

“再见。”

“青水雨林”洒脱离去，只留下失落的秦清。

之后，秦清再也没有看见过“青水雨林”的账号上线，大约是高考太忙了。

后来人们开始用微信，秦清就再没有登录过 QQ 号。

她也不知道自己在逃避什么。

从 24 岁玩到 28 岁的秦清，将过往的人和事也忘得差不多了。她“交往”过好几个小男朋友，用自己的那点儿臭钱浇灌着“爱情”，生活倒也不算太难熬。一个走了，下一个总会来，她对感情这种东西已经麻木了，所谓悸动不过是一种新鲜感。

和算命的“小鲜肉”分手后，秦清进入了空窗期。在她最寂寞的时候，闺密周放在搞事业和老男人。而她，既没有事业也没有男人，只有离婚时从前夫那里分来的钱、房子和车。

银行里的一笔大额理财眼看到期了，秦清一直买的是保守型理财产品，不赔，但是赚得也少。现在通货膨胀这么厉害，货币贬值，买楼又不稳妥，只能做点儿金融投资。

经大学的室友介绍，秦清找了家投资业务较多的银行机构咨询个人资产管理。经理是秦清室友的朋友，刚刚留学回来，只爱做大业务，对于秦清这种不上不下的顾客也看不上，就把她介绍给了另一个业务员。

"这小伙子虽然是个实习生，但是能力很强，投资眼光也很好，交给他不会有问题的，让他给你做一个 Portfolio（投资组合）。"

秦清也不懂什么是 Portfolio，只想着能多赚点儿钱就好。

经理把秦清带进接待室就出去了。秦清抱着自己的包，坐在沙发上。

桌子上是一杯刚泡好的花茶，经理给她拿进来的，她手边有一株盆栽。接待室里还放着一个大鱼缸，里面有几条红色的金鱼，吸引了秦清的视线。秦清正看得出神，接待室的门就被人推开了。

一个年轻的男人走了进来。

他五官英俊，身材高大，穿着衬衫西装，气质很干净，手臂下夹着文件夹，笑容温文尔雅。

"秦小姐，你好。"他在秦清对面坐下，礼貌地递上名片，"这是我的名片。"

"你好、你好！"秦清立刻回以微笑。她接过名片扫了一眼，上面写着眼前这个年轻男人的名字——左宇霖。

秦清看了看名片，又看了看眼前的男人，觉得自己好像在哪里见过他。

"我怎么觉得你看着这么面熟呢？"秦清挠了挠头，突然一拍大腿，"哦——想起来了！你长得很像那个……'小鲜肉'明星！那个、那个……叫什么来着，怎么一下子死活都想不起来了。"

秦清正在抓耳挠腮地想着"小鲜肉"的名字，坐在她对面的男人却是意味深长地一笑。

"秦小姐，我们确实见过面。"

"嗯？"

男人动作不紧不慢，始终面带笑意，一字一顿地说："《五年高考三年模拟》。”他意味深长地看了秦清一眼，言语中带着几分秋后算账的意味，“秦小姐，还记得我吗？”

4

那天之后，“五三”经常出现在秦清的生活里。自从他当了她的个人投资顾问，就经常以理财为名约她出来见面。见面见得多了，秦清也有点儿害怕了，她忍不住在电话里控诉“五三”：“当年我似乎也没有做出什么伤天害理的事，你至于这么耿耿于怀吗？你到底想怎样？老这么阴阳怪气的，我害怕，你给我个痛快吧！”

秦清的胆战心惊似乎取悦了“五三”，他的语气十分愉悦：“难道我不能约你吗？”

秦清诧异地答复道：“你约我干吗？研究大龄、离异、颓废、放肆、女青年吗？”

“五三”笑了笑，反问她：“秦清，我就不能拯救一下大龄、离异、颓废、放肆、女青年吗？”

秦清心里忐忑异常：“我看还是不——用——了——吧……”

秦清大学时寝室四个人，只有一个去了外地，其他三个人中，秦清和周放关系最好。她们和同在本城的敏敏联系不算多，但每当二人有事找她，她总是尽心尽力地帮忙，当然，秦清和周放对她也是如此。自打她给秦清介绍了理财的顾问，就对此格外上心，介绍了人不说，还包“售后”。

为了投资的事，敏敏请了客户经理和秦清一起出来吃饭。对于这次邀约，经理欣然应允，还把近来让秦清见了就躲的“五三”也给带来了。

入席时，“五三”不动声色地坐在了秦清身边。秦清缩着身子想要挪动座位，谁知她刚要动，就发现自己的凳子简直重如千斤，拖都拖不动。

秦清低头一看，“五三”这个傻大个儿，一条长腿横插过来，死死地踩着她的椅子横梁。

秦清抬头狠狠地瞪了“五三”一眼，“五三”视若无睹，依旧噙着温柔的笑意，不紧不慢地给她倒了一杯茶，仿佛征询意见一样地问她：“秦小姐，不介意我坐你旁边吧？”

秦清听完，白眼简直要翻上天。

他坐都坐下了，难不成秦清还能让他滚吗？

在人前，“五三”就跟个没事人一样，让秦清忍不住一顿腹诽。

饭桌上，四人都喝了一些酒，除了“五三”，其他三个人都喝得晕头转向的。看到他清醒地对着自己阴笑，秦清后背一阵阵发凉。

饭局很愉快地结束了，室友敏敏和“五三”的经理都是已婚人士，结束后就要踩着门禁的时间回家了，只剩下“五三”这个未婚人士送同样未婚的秦清回家。

大家对于“五三”送秦清回家这件事都表示很放心，即使秦清因为喝多了，已经开始胡言乱语、意识不清。

秦清一喝醉就爱撒酒疯。本来两人打了辆出租就回家了，结果半路上，秦清看到路上有人在卖气球，吵着闹着要下车，“五三”只好让司机停了下来。

平日里荤素不忌、胆子极大的秦清，在看到那五彩斑斓的气球时，却现出了几分少女的胆怯。她想要走近，却又不敢，回过头来，仿佛在征询“五三”的意见。

“五三”轻叹了一口气，像许多年前一样，过去给秦清买了一个气球。

尽管“五三”买来的唐老鸭还是和当年一样，丑得有些滑稽，可是秦清在拿到的那一刻，眼中还是充满了喜爱之意。

秦清熟练地把气球系在了包上，人在前面走，气球在后面飞。那一瞬间，时间好像倒流了一样。

秦清看着飞得高高的气球，眼眶不觉一红，突然哭了起来。

她仰着头，死死地盯着“五三”，忍不住一阵心酸。

秦清越想越伤心，越哭越大声，让“五三”有些手足无措。

“怎么了？”他皱着眉，关切地问道。

秦清哭着回答：“为什么你还是当年的你，而我却不再是当年的我了。我比当年更、老、了！呜呜呜呜！”

秦清闹了一路，终于累了。

好在对于秦清留在银行的资料，“五三”已经烂熟于心，很顺利地就把她送回了家，拿着她包里的钥匙开了门。一进门，秦清就开始了各种下意识的动作，换拖鞋、扔包、脱外套、脱裙子、脱衬衫、脱……

秦清很快就把自己脱得只剩内衣，眼看着她就要把内裤褪下来，“五三”手疾眼快，赶紧一把拦住了她的手。

空荡荡的屋子，连灯都还没来得及开，只有窗外银白色的月光暧昧地洒进屋内，勾勒出秦清傲人的曲线，

几年不见，她身上该瘦的地方都瘦了，不该瘦的一寸都没有瘦。

强烈的视觉冲击让年轻的“五三”眼中开始有些浑浊。

“你喝醉了。”“五三”的声音有些喑哑，“洗澡要去浴室。”

昏暗的环境里，秦清循着声音找到了“五三”的肩膀，双手娇媚地攀上“五三”的脖颈，柔若无骨地靠在他身上。

“五三”想把秦清推开，她却执拗地将他抱得更紧。他再推，她干脆爬到了他的身上。

白皙修长的腿卡在他的腰上，“五三”怕她掉下去，只能伸手环住她的腰。

双手触上她裸露的温热肌肤，“五三”心头一阵激荡。

“你到底要干吗？”他无奈地问。

秦清不安地扭动了两下，这种扭动更加勾起了“五三”深藏已久的欲望。

“你喜欢我吗？”秦清蒙眬的眸子定定地盯着“五三”，“你觉得我长得好看吗？”

说完，她又羞涩又不安地笑了笑，笑容是那么甜美。“五三”觉得心脏好像在那一瞬间酥软了，只能屏住呼吸克制自己的欲望。

“已经很多年没有人喜欢过我了。”秦清看着“五三”，眼神渐渐开始有些伤感，“你什么都好，可是你为什么要比我小那么多？”

秦清说着，双手失落地一放，就要从“五三”身上下来。

就在她要下去的一刻，“五三”却一把托住了她，不让她离开。

“既然我什么都好，为什么你还要顾忌？”“五三”的表情认真得有些偏执。他抱着秦清不肯松手，两人贴得极近，几乎可以清楚地听到彼此越来越失控的心跳声和越来越粗重的呼吸声。

天旋地转，当醉酒的秦清被“五三”放在床上时，她还有些半梦半醒。

彼此融为一体的那一刻，“五三”低头在秦清耳边温柔絮语。

“秦清，你知道吗？我等这一天，已经等了很久、很久。”

“秦清，我成年了。”

5

秦清醒来时，“五三”在做早餐，煎鸡蛋的香味把她馋得直咽口水。

醉意渐渐散去，被麻痹的理智一点儿一点儿地回来，秦清才意识到自己闯下了大祸。

秦清酒品不好，这一点和她熟悉的人都是知道的，所以她从来不和不熟的人一起喝酒，就怕自己惹是生非。

秦清以往撒酒疯，也就号一号、哭一哭，最多也就吐人身上什么的，没想到这一次……

秦清懊恼地抓了抓自己的头发，对于自己酒后乱性的行为追悔莫及。

秦清还在纠结要不要起来，起来以后又该用什么表情面对“五三”的时候，就听见厨房里的响动声停下了。

“五三”的脚步声由远及近，眼看着他就要进门了，秦清下意识地闭上眼睛装睡。

“五三”的动作很轻，进房后，他先是找到皮带系上，然后穿上了外套，最后走到床边坐了下来。

“把手表递给我。”

秦清心里咯噔一下，却只能硬着头皮继续装睡。

见秦清无动于衷，“五三”轻轻一笑，最后俯身过来，在枕边找到了他的手表，熟练地戴上。

他微微低下头，温热的呼吸扫在秦清的额头上，秦清紧张地屏住了呼吸，一下都不敢动。

“我知道你醒了。”“五三”说着，低头在秦清额上轻吻着，秦清能闻到他熟悉的牙膏味。

他轻轻地理着秦清有些凌乱的额发，轻声交代：“早餐在桌上，我去上班了。”

“五三”声音温柔、动作亲昵，表现得像个宠爱妻子的丈夫。他的一句话，让秦清麻木多年的心脏，好像复苏了一样，一阵悸动。

秦清以往交往过的“小鲜肉”明明也和“五三”差不多的年龄，她却从来不会对他们产生内疚感。

她不是对“五三”没有感觉，相反，还有一种异样的感觉。身体的感受是最直接的，只要想到他，秦清就会感到一阵燥热。

可秦清再怎么傻也知道自己和“五三”是不可能的。如果她任由自己越陷越深，最后只能既伤害自己，又伤害“五三”。

“五三”走后，秦清才像做贼一样起了床。

她给敏敏的朋友、“五三”的上司打了个电话，聊了一大圈后旁敲侧击地问了一句，确定“五三”已经去上班，不会再杀个回马枪，才彻底放下心来。

桌上有“五三”做的早餐，不仅如此，他还给秦清补了不少家里已经快没了的生活用品，看来“五三”起得比她想象的还要早。

那天之后，“五三”对秦清的攻势就更为猛烈了，逼得秦清不得不躲到周放家里去。

周放工作很忙，再加上她家对面那个邻居——活阎王宋凛，每天守着、盼着秦清早点儿离开，秦清也不好打扰别人的生活，收拾了行李，回家去了。

秦清刚一回家就被“五三”抓了个正着。

他不由分说地抢过秦清的行李和钥匙，像回自己家一样进了秦清的家门，这让秦清忍无可忍。

“你为什么还要来？ One night stand（一夜情）——”她用手指了指自己，又指了指“五三”，“明白吗？”

对于急于撇清关系的秦清，“五三”也不生气，只是微笑着反问她：“我为什么不能来？你能包别人，为什么就我不行？”

秦清没想到他能厚颜无耻到这种地步，忍不住回敬他：“你们搞金融的收入那么高，我哪儿包得起？我只包那种朝不保夕的，管管生活而已。”

“我也朝不保夕。”“五三”微微收了收下巴，视线向下，“上一顿已经是很久以前了。”

秦清眨眼想了一会儿，才意识到他的潜台词。

她懒得和“五三”说下去，要把他赶出门，奈何气力不如人，不仅让他进了门，还吃了一顿他做的饭。

秦清也不知道自己是怎么和“五三”发展到这一步的，总之，“五三”就这么强势地出现在了秦清的生活里。

情人节那天，秦清提前买了花，把家里的花瓶都放上了新鲜的玫瑰。不仅如此，她还买了一套全新的内衣。她也不知道自己为什么要做这些，总之，她就是做了。

下午的时候，秦清正在超市买菜，“五三”突然打了电话过来。

“你晚上有安排吗？”

秦清心底一阵窃喜，立刻端起了架子，说道：“约我的人可多了，约了周放，闺密之夜。”

“五三”笑着说：“那就好，我今晚要加班，不回去了。”

秦清正在往购物车里拿食材的手顿了顿，有点儿不自然地说道："情人节还加班？"

"五三"无奈地回答："搞金融的哪有情人节。"

秦清还是不死心："加班总有个时间吧，晚一点儿呢？"

"活儿做不完的话，可能要到一两点，你和周放好好去玩吧。"

秦清也不知道自己为什么突然很生气，将购物车里的东西都拿了出来，她恶狠狠地对"五三"说："那就最好了！我今晚要和周放去看脱衣舞秀！情人节！就是要对自己好一点儿！"

说完，她气呼呼地挂断了电话。

晚上秦清和周放一起去了脱衣舞酒吧,本来她只是心情不好,来发泄一下。可到了现场，秦清还真来了兴趣——对没见过的新奇东西，谁不好奇？

门口的工作人员长得很帅，秦清一直痴痴地看着人家。那人大约对这种花痴早就习惯了，按下荧光印章就为秦清指了指路。

秦清刚要进去，就感觉有人一把拎住了她的衣领。

秦清挣扎着回头，正看见"五三"横眉冷目地出现在身后。

大约是下班后急忙赶来的，"五三"双排扣的风衣里还穿着上班时穿的制服，眼睛里布满了疲惫的红血丝。

"放手，干吗呢？！"秦清不满地瞪着"五三"。

"五三"也不说话，只是死死地拎着秦清的大衣领子，仗着身高优势，让秦清寸步难行。

"你怎么知道我在这儿？"秦清难以置信，这城中也不止这一间脱衣舞酒吧啊！

"Find my iPhone。"

秦清忍不住啐了一声："乔布斯怎么老研究些没用的功能。"

"跟我回去。"说着，"五三"拽着秦清的衣领子就要走，秦清激烈地反抗着。

"凭什么啊！"秦清剧烈地扭动着，嘴里还在嚷嚷，"我要去潇洒。"

“五三”的脸色越来越难看，到最后，他几乎是警告一般，咬牙切齿地说道：“不要让我说第二次，回家。”

“我不回家！”秦清叛逆劲上来了，“你是不是神经病啊？！你管我回不回家！再说了，我为什么要回家，回家没有脱衣舞看！”

“五三”眉头紧蹙，脸色黑得吓人：“我脱给你看。”

情人节，秦清最后还是和“五三”一起过了。

秦清顶着个大黑眼圈醒来的时候，“五三”已经在用她的电脑看什么K线图了。

听到响动，“五三”回过头来：“醒了？想吃什么？”

秦清疲惫地说道：“你怎么还没走？想把我累死吗？”话语中充满幽怨。

“五三”冷哼：“累点儿好，这样你就没精力去乱搞了。”

秦清不满地控诉道：“上班去啊，在我家办什么公啊！”

“昨天为了陪你过节，加班加点才赶回来的。”

“谁稀罕？”秦清瞪了他一眼。

“五三”一步一步地走到秦清身边，微微低下头，抬手揉了揉秦清的脸颊，被秦清一把打开。

“你这么对我，对得起我因为你受的委屈吗？”

“五三”只道秦清是在说脱衣舞的事，说道：“今晚脱。”

“谁和你说这个了？”秦清把手机丢到“五三”身上，“每天都来私信，不知道哪儿来的，说是你女朋友。”秦清双手环胸，“你要是有女朋友就别来招惹我，更别打扰我的生活。我虽然离过婚，但是我从来不和有对象的人在一起，这是我的原则。”

秦清义正词严地说完，最后倔强地抬起头与“五三”对视，毫不躲闪。

两人都没有再说话，突如其来的沉默让秦清有些尴尬，她刚要别开头，就被五三攫住下巴低头吻住了。

许久，他终于放开了她。而她因为短暂缺氧，人有些蒙，半天才清醒过来。

“你又不睡未成年人，又不和有对象的人在一起，原则倒是不少。”

秦清脸红红的，羞臊地别开头，以掩饰自己的不自然。

“五三”笑着摸了摸秦清的头发，温柔地解释道：“我从来没有女朋友。”

“什么？”

“秦清，你是我的第一次。”

秦清瞪大了眼睛，一脸难以置信：“不可能吧？”

6

“你还要脸吗？”

“左宇霖不是你这种人可以染指的！”

“左宇霖的爸妈不可能接受你的，别做梦了！”

“像你这么老的女人，还缠着左宇霖，真是不要脸。”

“秦清，老女人、不要脸！”

“秦清，老女人、不要脸！”

“秦清，老女人、不要脸！”

秦清最近被“五三”的同学纠缠上了，每天删留言删不完，最后忍无可忍，只好关了评论，可谓身心俱疲。

对于那些污言秽语和人身攻击，秦清一条都没有回复，但是她必须承认，那些话确实戳到了自己的痛处。

这一切，秦清都没有告诉过“五三”。“五三”是无辜的，秦清不想让自己的这些烂事影响了“五三”的心情。

心情最郁闷的时候，秦清突然收到了大学班主任——沈老师的邀约。

也不知道她从哪里弄来的秦清的号码。多年不曾联络，刚刚回国的沈老师在电话里对秦清的态度十分客气，一点儿都不像当年的她。

“……”

“秦清，这次同学会，你可一定要来。”

秦清接到电话时就有些诧异，心想沈老师教过那么多学生，如今又升了系主任，桃李满天下，怎么偏偏就挑他们这一届给她接风？

秦清一向不喜欢她，自然是不想去的。沈老师还没说两句，秦清已经开始找借口推辞：“沈老师，我最近挺忙的，可能没时间，只能让同学们代替我给您敬杯酒了。”

沈老师笑道：“秦清，毕业到现在也有六年了，这点儿面子都不给老师？”

“沈老师，我是真的忙。”

“那你哪天不忙？我们按你的时间来改。”

“我……”秦清一计不成，又接连找了好几个理由，都一一被推了回来。沈老师的异常表现让秦清有些错愕。

说不过沈老师，秦清只好抽时间前往。

秦清必须承认，这次同学会大约是她这辈子印象最深刻的同学会。

第一，江宴回国了。

没错，就是当年被秦清追了三年却死活不接受她，只是在毕业的时候给她发了一张“好人卡”的江宴。

第二，原来大学时对她极其看不惯的沈老师，正是“五三”的妈妈。而这场同学会，是沈老师在知道了“五三”和秦清的事之后，特意给秦清和江宴安排的。她大约是希望他俩赶紧在一起，这样秦清就不会再和“五三”有什么关系了。

秦清曾经那么喜欢江宴，如今他和她一样离婚了，不管是从情感上还是物质上，他们都十分登对，可她一点儿都高兴不起来。

还有第三，秦清最终还是下定了决心，结束了自己和“五三”的关系。

倒不是秦清有多么尊重沈老师，只是沈老师在乞求她的时候说的那些话，让她十分动容。

秦清不讨厌沈老师，她甚至可以理解沈老师，因为沈老师所做的一切都只是因为爱着“五三”。

这就和秦清决定结束这段关系的初衷一样。

她们都希望“五三”能得到更好的人生。

秦清很理智，她很清楚自己和“五三”是没有未来的。她已经28岁了，还离过一次婚，“五三”尚不满22岁，大学还没毕业，还在实习。

就像那句诗一样：“我生君未生，君生我已老。”

秦清不怕和“五三”一起面对世人的流言蜚语，她怕的是，有一天“五三”成熟了，想起如今对她的执着，恍悟这一切不过是年少轻狂。那时，恐怕他唯一会怨怼的，只能是和他一起发疯的秦清了。

秦清不愿意毁了“五三”这么优秀的一个男人，在她内心深处，她始终觉得他值得更好的。

不管秦清怎么狠心绝情，“五三”始终不肯放弃。分手后不过几天，“五三”就变得颓废瘦削。秦清买了机票去外地散心，试图用距离击退“五三”，然而他的执着远在她意料之外。

在外玩了十几天才回来的秦清，刚一回家就碰到了在她家门口蹲守的“五三”。

不过十几天的时间，“五三”憔悴得几乎成了另一个人，秦清被他的样子吓坏了。

“五三”眼窝深陷，一脸倦容，也不知道是有多久没有好好吃过饭了，整个人瘦得厉害，颧骨凸出，唯有一双眼睛，因为秦清的出现，流露出几分欣喜的光亮。

“你这是等了多久？”秦清问道。

“没多久。”“五三”的声音有些沙哑，这段时间大约是没少沾烟酒。

秦清正准备说话，叮的一声，电梯门就开了。大厦的保安走了出来，他正在逐层巡视。

走到秦清家门口，见到秦清，保安一脸如释重负的表情。

“秦小姐，你可算是回来了。”他指了指“五三”，“这小伙子每天都来，我说你不在，他就是不信。”

保安说完，轻叹了一口气：“年轻人，别老吵架，有个这么爱你的男人多不容易。”

保安走后，两人在宽敞的走廊里面面相觑，表情都有些尴尬。

“五三”强撑着虚弱的身体对秦清笑了笑：“我就是下班路过。”

秦清觉得鼻子有些酸，她努力地把心疼和难受通通收了回去。

“左宇霖，你别这样了。你这样让我感觉很有负担，我已经说了，我要分手。”

“你真的要分手，真的不想在一起了，我不会逼你。可是我要知道为什么。”“五三”眼神执着，“你参加了一次同学会就这样了。你告诉我，你是因为江宴，还是因为我妈？”

“五三”的目光炽烈得如同一团烈火，让秦清几乎无力招架。她瞥向别处，假装满不在乎地说：“有区别吗？我不想和你在一起了，哪里需要什么理由？就是腻了，不行吗？”

秦清说完，冷冷地一笑。

“不就是网恋了一阵子吗？左宇霖，至于让你这么念念不忘吗？”

“不是。”

“什么不是？”

“不是网恋。”“五三”低着头，凝视着秦清，“我在那之前就知道你了。青水雨林，清、霖。”

经“五三”一提示，秦清才发现了“五三”网名的秘密。

“怎么会？在那之前？什么时候？”

“八年前。”

“八年前？”秦清紧皱眉头，“怎么可能，那时候你才14岁……”

秦清说着，突然想起了当年在沈老师的办公室，确实有一个男孩在沈老师的躺椅上睡午觉，后来还给她指了条错路……

只是一面之缘，秦清早就忘记了，谁能想到当年的男孩会以这种方式再次出现在她的生命里？

秦清难以置信地抬起头看向眼前的“五三”。

原来当初的那个男孩已经长这么大了。

“你别告诉我，你当年对我一见钟情？”秦清瞪大了眼睛，始终不敢相信。

见秦清不信，“五三”自嘲地一笑，反问道：“如果我说‘是’呢？”

秦清觉得这一切都荒谬极了，她还是不能相信，不依不饶地问道：“那你告诉我，你为什么对我一见钟情？左宇霖，我身上有什么值得你对我一见钟情的？”

秦清有多普通，她自己是最清楚的，一见钟情发生在她身上？怎么可能呢？

许久，“五三”始终一动不动，表情也没什么变化。

“我说不出来。”

秦清有些失望，但是这一切也都在意料之中。

“你看，我就说吧，怎么可能呢？”

“你想过吗？如果我能理智地解释这个问题，那我为什么不理智地换一个人喜欢？”“五三”说着，自嘲地笑了笑，“至少，不会像现在这么辛苦。”

“秦清，爱就爱了，没有为什么。”

“五三”的表情是那样诚恳，他解释不出自己为什么爱秦清，可他用实际行动爱着她。

爱是什么呢？爱是没有道理、没有逻辑、没有理智的，有些人甚至可以为爱拼了这条命。

秦清的眼眶有些泛红，许久，她只是狠心地说道：“我在你之前交往的那些小男孩都是好聚好散，为什么只有你纠缠不休？要不我用钱补偿你吧？我真的没想到你是第一次。”

秦清说出的话有多伤“五三”，就有多伤自己。他疼，她也逃不过。

“五三”愤怒地拂袖离开后，当晚就进了医院。

他喝得太多了，胃出血住了院。

秦清和“五三”一起喝过酒，知道他酒量很大，没想到以他的酒量居然还能喝到胃出血，他到底喝了多少？

秦清是第二天早上才知道这件事的。“五三”的经理给她打来电话，刚一接通对方就长吁短叹：“你去医院看看他吧。他求我给你打个电话。唉，真是没想到啊。”

“……”

犹豫再三，秦清最终还是去了医院。

去医院之前，她特意去“五三”大学附近的小吃街排队买了锅盔，又拎了一碗“五三”最喜欢吃的打卤面。虽然是很寒酸的礼物，但是这已经是她能想到的最好的礼物了。

还没进病房，走到住院部的秦清就遇到了一脸疲惫的沈老师。

“你怎么来了？”沈老师气愤地问道。

“我——”

沈老师打断了秦清的话：“秦清，算老师求你了，你回去吧。”

话音刚落，沈老师就忍不住抽泣起来：“我的儿子国也不出、研也不读，还开始酗酒了，他已经快被你毁了。你放过他吧，求求你，秦清，求求你了。”

秦清没想到，自己的存在居然会让别人这么困扰。

“秦清，你答应老师，别再去刺激他了好吗？老师只有这么一个儿子，真的不能失去他。求你了，放过他吧。”

沈老师越说越激动，让秦清觉得无地自容。

秦清眼眶一红，看着手上拎着的锅盔和打卤面，觉得自己仿佛是全世界最大的笑话。

“对不起，沈老师，真的对不起。”秦清吸了吸鼻子，终于崩溃，“我这就回去，我不上去了。”

7

秦清蹲在路边麻木地吃着打卤面和锅盔，冷掉的食物已经完全失去了味道，她还是一口一口地都吃了下去，味同嚼蜡。

看着马路上车来车往，人流如织，秦清脑海中不断地回想着当初“五三”带她去小吃街的情景。那时候他们还好好的。

秦清是本地最好的综合性大学毕业的，当年高考的时候也算是超常发挥，后来才和周放成为室友，一起在大学里混了四年。“五三”的学校是城中最好的财经类大学，离秦清的学校不远，但是秦清当年从来没有去过。

“你成绩还没我好，都没考上我们学校。”秦清揶揄“五三”。

“五三”给她夹了一筷子她最讨厌的香菜，淡笑着说：“我是个人原因才不去读你们学校的，我喜欢自由的生活。”

当时秦清很鄙视“五三”的论调，现在回想起来，“五三”说的个人原因大约就是沈老师。他为了避开自己的妈妈，才选择了那所财经类大学。

她又想起，很多年前他们第一次见面的时候，“五三”曾对她说过：“我想要你记得我。”

原来，这么多年，他曾给过她那么多提示。

这么多年来，秦清不管嘴里说得多么随便，心里始终在卑微地渴望着自己能碰到一个真的爱她、护她一生的人。

如今这个人终于出现了，他们却注定不能在一起。

两人之间横亘着那么多现实的问题，没有一样是秦清可以解决的。原来这世界上有那么多事，是努力也不能达成的。

想到这，秦清忍不住难受地哭了。

她哭着哭着，天下起雨来。

秦清抱着膝盖低着头，眼前突然出现了一双黑色的皮鞋。

秦清抬起头，一个男人正举着雨伞，将她护在伞下。看清来人，秦清整个人有些恍惚。

江宴温柔地扶起了秦清，眼眸一如多年前那么温暖。

他说：“小流浪狗，我送你回家吧。”

“对不起，弄脏了你的车。”秦清坐上了副驾驶座，发现湿漉漉的衣服打湿了椅背，有些不好意思。

“傻。”江宴笑着说，“我倒觉得这是让我好好表现的大好机会。”

江宴脱了西装外套，披在秦清身上。

江宴没有问她发生了什么，也没有问她为什么哭。他永远那么绅士，温柔得让人觉得不真实。

秦清忍不住一阵鼻酸。

“为什么你当年死活不肯答应我？”秦清难受地看着江宴，“如果当年我俩能在一起，就不会有现在的这些事了。”

江宴答道：“那么我们可以当作时光倒流，重新开始吗？”

秦清摇了摇头，眼中满是痛苦：“时间不可能倒流，江宴，我爱上别人了。”

“是沈老师的儿子吗？”江宴回想起同学会那天的情景，摸了摸下巴，“秦清，我发现你还挺专一的，不管自己多少岁，都只喜欢 20 岁的男孩。”

一句话，让原本伤心极了的秦清扑哧一声笑了出来。

明知道事情不是他说的那样，秦清还是觉得心情好了很多。

“江宴，我很庆幸自己当年喜欢的是你。你让我觉得，我的眼光真的很不错。”

江宴笑了笑，略带失落地说道：“我的荣幸。”

回到家，江宴坚持送秦清上楼。两人一起踏出电梯，他们刚一走出来，就看到了“五三”靠着墙等在那里。他脸色有些苍白，外套里面穿着医院的病服，一看就是直接从医院过来的。

她没去医院，他就来了。

秦清不知道他等了多久，这会儿等到秦清和江宴一起回来的“五三”看江宴的眼神，简直像要杀人一样。

秦清有些担心他的身体，但是想到沈老师的态度，又狠下心来：“你找我有事吗？”

“五三”低着头，死死地盯着秦清，嘴唇动了动：“你不知道我在医院吗？”

“知道啊。”

“五三”看了一眼江宴：“是因为他吗？”

秦清握了握拳，故意满不在乎地一笑：“这是我大学的学长江宴，你稍微打听一下……哦，你妈也知道的。我当年追了他三年，为了给他送药，徒手爬过三楼。我的青春里全都是江宴，现在他终于回来了，我的青春也回来了。”

“五三”的脸色越来越白，他用手顶着自己左边的腰腹：“够了。”

秦清握紧了拳头，用尽了全身的力气才没有对“五三”说出真话。

“你回医院去吧。”秦清说，“外面下雨了，我去给你拿把伞。”

说着，秦清回头，对一直没有说话、沉默地配合她演戏的江宴说：“江宴，你先进屋去坐会儿吧。”

江宴看了一眼“五三”，又看了一眼秦清，欲言又止，最后只能回头进屋。

他刚踏出一步，就被“五三”拦住了。

“他不能进去。”

秦清皱眉看向“五三”：“这是我的家。”她试图扯开“五三”抓着江宴的手，但他抓得太紧了，秦清根本扯不开，“放手吧，你这样没意思。”

“五三”手上青筋凸起，指节发白，想来是用尽了全身的力量在克制情绪。

“我做不到眼睁睁地看着他进去，除非我死。”“五三”执拗地盯着秦清，仿佛要把秦清看穿一样，他问她，“秦清，你想要我的命吗？”

“你的命要来有什么用呢？”秦清别开视线，故意用冷漠的语气说，“左宇霖，去找个适合你的女孩吧，我这种姐姐真的不适合你。你看，姐弟恋一点儿也不好玩。”

“五三”深深地看了秦清一眼，一字一顿地说：“这世界上哪有姐弟恋。我爱你，是以一个男人爱一个女人的心情。”

“五三”失望地松开了江宴，捂着自己的腰腹，扶着墙一步一步地离开了。

当那孤寂的背影消失在电梯里时，秦清心如刀割，都快不会呼吸了。

最难受的一刻，秦清感觉自己的后背被人推了一下。她一个趔趄，向前走了一步。

秦清回过头，诧异地看着江宴。

他始终温柔地笑着。

“当年你爬进我寝室给我送的药，其实是治胃痛的。”江宴回想起当年的情形，“我是感冒，你却送来了胃药。你说，这是老天的安排吗？”

“这么多年，我再也没有遇到过一个女孩像你一样对我那么执着。人可真是奇怪，失去了才知道自己曾经拥有过最好的。秦清，我不想你像我一样后悔。”江宴鼓励地对她说，“去吧，他应该还没有走远。”

秦清冲进大雨中的时候，“五三”果然没有走远。

秦清快步跑过去，自背后狠狠地抱住了“五三”。

大雨冲刷着两人紧紧贴在一起的身体，也冲刷掉了秦清的眼泪。

“对不起。”秦清的声音哽咽，“我说的那些都不是真心话。”

“我知道。”“五三”的声音也有失而复得的庆幸。

“五三”的手覆上秦清紧紧抱着他的手：“我不相信我们在一起的时候，你的眼神都是装的。”“五三”转过身来，将秦清拥入怀中。他抱得那样紧，仿佛只有把她揉进自己的五脏六腑里，才能真的确保她不会走了。

“秦清，我是个男人，你要相信，我会处理好一切的。”“五三”温柔地吻了吻秦清的额头，无比笃定地说，“不要再离开我，我不怕别人反对，我只怕你不敢和我一起面对。”

秦清把脸埋在“五三”胸前。

很多年前，她爬了三层楼，却给感冒发烧的江宴送去了胃药。

原来，她不是江宴的药，却是“五三”的。

也许，这才是上天的安排。

和“五三”和好后，秦清就再也没有遇到过沈老师。

秦清不知道“五三”是怎么处理的，或许他并没有处理。

据秦清和沈老师打交道的经验，沈老师是个非常固执的人。短期内，要她接纳自己优秀的宝贝儿子和一个大他六七岁、还离过婚的女人在一起，怕是比杀了她还难。更何况学生时代她就非常讨厌秦清，这种印象怕是很难改变了。

秦清对此虽然担心，但是“五三”让她别管，她也不好再去追问。

那天之后，秦清也一直没有遇到过江宴，再后来重遇江宴，还是在周放和宋凛的婚礼上。

也不知道周放脑子里是不是装了糨糊，居然把江宴、秦清和“五三”安排到了一张桌上。

江宴倒是没什么，依旧风度翩翩、姿态自然的样子。而“五三”表现得像个大醋坛子，江宴的视线但凡往秦清这边过来一点儿，他就全身戒备，随时准备上去打架的样子。

婚礼结束后，“五三”开着车载秦清回家，一路臭脸。都到家了，他还是别扭地闷着，不肯和秦清说话。

秦清无奈，主动上去抱他，他倒是没有推开，但是也没有如平时一样热烈回应。

“吃醋啊？”秦清说，“要不是江宴，我也没有勇气去追你。你没谢谢人家，还一副要吃人的样子，恩将仇报啊。”

“五三”回过头来瞪了秦清一眼：“你还好意思说？”

“要是当年江宴答应了我，就没你这小萝卜头什么事了。”

“他敢！”

秦清笑道：“人家不敢，人家才看不上我。”

“哼。”

洗漱上床后，“五三”一个翻身上来，动作娴熟地解开秦清的衣服。

“你当年真的追了他三年？”“五三”对秦清和江宴的往事还是很不爽，

忍不住低头咬了秦清一口。

秦清被他咬得有点儿痒，嘻嘻笑了出来："谁让你那时候那么小，你要是和我一样大，我就追你了。"

"你这个女人，""五三"气急败坏，"一说话就惹我生气。"

"我22了。"他说，"秦清，结婚吧。"

8

比起上次只领了个证就走入婚姻的冲动经历，秦清人生的第二次婚姻确实如她当初想的那样完美。当然如果她不是大着肚子举行婚礼的话就更好了。

想来周放结婚的时候也是肚子里有"货"，但是周放一贯清瘦，结婚的时候月份不大，也没怎么显怀，不像秦清，是个人都能看出来她是奉子成婚。

婚礼当天，"五三"的父母都出席了。"五三"的父亲对秦清虽然说不上多喜欢，但是也算客气。至于沈老师，不知道"五三"用了什么办法让她接受了秦清，总之，她没有大闹婚礼，也没有拒绝到场。虽然沈老师全程都不怎么高兴，但是婚礼也算是顺利地进行了下去。

现实生活并没有童话故事那么美好，能得到这样的结局，秦清已经很满足了。毕竟对于他们的结合，至今仍然有很多人在背后指指点点。

最初秦清也会在意别人怎么看她，也会因为别人不好的议论而伤心，每当她沮丧退缩，"五三"总是对她说："不管旁人怎么不看好，我们过好这一生，比什么都重要。"

原本秦清的预产期在周放之后，但是她的身体出了一些状况，医院不得不决定提前为她进行剖宫产。

手术的当天，"五三"一直在产房外等候，孩子不足月，秦清的身体又出了状况，这让他完全无法冷静。毕竟还是年轻，孩子还没当够就当了爸爸，秦清被推进产房的时候，"五三"整个人都在不住地颤抖。

最后是沈老师拍了拍他的肩膀，才让他稳住了神。

“只差两个月，肯定没事的。”沈老师说，“我生你的时候，你也没足月，不是一样好好地长大了？”

剖宫产之前，秦清因为太害怕了，求着大夫给她打全麻，被大夫笑了半天。整个生产的过程她都十分紧张，最可怕的是，她全程都是有意识的，这让她更加紧张了。

秦清被推出手术室的时候，整个人还有些恍惚，只记得手术的大夫向她报喜的时候和她说了一句：“恭喜你，是女儿。”

秦清抻着脖子只能瞥到孩子一眼，看到那个小小的肉团确实会动以后，才累得闭上了眼睛。

去病房的路上，“五三”全程都握着秦清的手。秦清强撑着睁开眼睛，看到平日里那么坚强淡定的“五三”，此刻眼眶居然有点儿红红的，忍不住笑道：“我生孩子，你哭什么？”

“五三”别过头去：“哪儿哭了？你刚手术完，眼花了。”

“确实怕得有点儿眼花了，里面挺吓人的。”

“五三”握紧了秦清的手：“以后不让你遭这种罪了。”

秦清笑了，有些感动。

“傻。”

秦清到病房后就安心地睡去了。

“五三”的感性没有持续太久，女儿还在保温箱里，管完大的，他还得去管小的。不足月的小家伙身上插着一根根管子，看得作为爸爸的“五三”又兴奋又心疼，隔着玻璃窗望了许久都不肯走。

秦清睡了很长的一觉，醒来的时候没看到“五三”的身影，便撑着身子想要去外面看看。可是腹部的伤口仍然很痛，她只得又躺回去。

正在这时候，沈老师拎着开水瓶走了进来，见秦清要动，赶紧加快了脚步。

“要拿什么？”

秦清看着沈老师，表情有些尴尬：“左宇霖回家了？”

“去交费了。”

“哦。”

沈老师看了秦清一眼，拿了杯子：“喝水吗？”

秦清点头也不是，摇头也不是，只能愣愣地看着沈老师。

她平静地倒了一杯水，递给了秦清。

秦清去接的那一刻，听见沈老师用低低的声音说道：“辛苦了。”

秦清忍不住眼眶有些红。

“谢谢您的成全。”这绝对是这么多年来秦清说得最真心的一句话。

和“五三”结婚，可苦了秦清，6岁多的年龄差真的让她十分有压力。为了不让两人看起来像老妻少夫，秦清禁止“五三”用一切保养品。

秦清生大女儿的时候，“五三”心疼死了，说以后再也不让她遭罪。结果后来她彻底好了，他还是算计了她，“不小心”又让她怀上了双胞胎。

看着家里闹腾的三个孩子，秦清对“五三”简直一肚子都是气，顾不过来的她只能把比较难照顾的双胞胎送去爷爷奶奶家立规矩去了。

大女儿已经上小学四年级了，有了独立意识，每天在家上演“十万个为什么”。

这天和周放一家聚完餐，大女儿听到周放喊左宇霖“五三”，回来的路上忍不住问她：“妈妈，为什么爸爸叫‘五三’？”

“五三”开着车，笑眯眯地向女儿解释：“因为爸爸追了妈妈八年，五加三等于八，懂了吗？”

秦清瞪了“五三”一眼，简直服了他胡说八道的能力。她没好气地睨了父女俩一眼，最后对女儿说：“《五年高考三年模拟》，等你再大点儿妈多给你买几本。正好你成绩也差，让你爸给你好好辅导一下，好好体会一下爸爸的诨名！”

女儿：“……”

“五三”：“……”

一大一小一起哀号：“不要啊！”

番外二
人间喜相逢

周放在秦清前面怀孕，这原本是一件让宋凛松了口气的大喜事。

毕竟宋凛大了“五三”一轮，要是孩子还比人家的小，面子上实在有点儿过不去。

谁知秦清这死丫头，不足月就把孩子给剖了。而周放这边，因为身体素质还算可以，坚持要自己生，结果预产期都过了一周，还没有迹象，最后在医生的建议下，也进行了剖宫产。

周放生孩子那天，宋凛的公司出了点儿问题，几个经理急着要宋凛做决定，追人都追到医院里了。

周放爸妈为了女儿鞍前马后，结果医院里因为自家女婿挤了一堆不相干的人。外人多，他们又不好发作，只好迁怒到宋凛身上，宋凛除了赔笑脸，也没别的招了。

在众人见证之下，宋凛又当爸爸了。

周放剖宫产生下个大胖小子，这“哪吒”没有白怀，胖胖的，很健康。

周放爸妈回家拿东西，刚好错过了护士把孩子抱到病房的时间，孩子被放在周放身边，伸着小手在空中乱抓。周放低头看了一眼刚出生的儿子，非常受伤：“我的妈呀，可真丑，完全像你那死爹。”说着，她嫌弃地看了一眼宋凛。

坐在一旁的宋以欣看了一眼自家老爹，再看一眼刚出生的老弟，赞同地点了点头：“确实丑。”

宋凛不客气地敲在宋以欣的头上。宋以欣揉着脑袋，不满地控诉：“不敢打你老婆，就只会拿我发泄！”

“谁让我是你老子？有本事你当我老子。”

宋凛接周放出院那天，宋以欣已经返校了。

周放初为人母，虽然还是非常不靠谱，但是也算有些架势了。

孩子的大名是随姐姐的名字取的，叫宋以劼；孩子的小名则十分随意，叫“有子”。周放对这个名字十分不解，问宋凛：“‘有子’是什么深意？”

宋凛开着车，一脸得意地说：“就是有儿子的意思。”

“……”周放无语。

“简单明了，不好吗？”宋凛握着方向盘，脸上带着丝丝笑意，“几年前我随客户去爬山，爬到山顶，有个道士给我算命，说我事业会走上巅峰，但是命中无子。”

“然后呢？”

“然后你给我生了宋以劼。”

周放忍不住吐槽：“这也叫算命？”

宋凛摸了摸下巴：“现在想想，那道观香火差也不是没有道理的。”

有子吮着手指睡着了，周放用衣服给他盖了盖，突然想起前天秦清给她打的电话，赶紧给自家老公汇报：“秦清家女儿满月，你记得抽出时间。”

“嘁。”想起这事，宋凛就是一副不满的样子。

周放生完儿子第二天，秦清夫妇就带着孩子来了。“五三”话里话外都透着几分得意，这让老男人宋凛多有不服。

宋凛忍不住埋怨自家儿子："真不知道你怎么这么磨人。人家就知道早出来，你还就不肯出来了！"

"至于吗？你都这么老了，也不差这一时半会儿的落后。"周放摸了摸自己儿子的小脸蛋，揶揄道，"毕竟老来得子，多不容易。"

宋凛笑道："我老当益壮，还能再生几个。"

"滚！"

"这就回家滚。"